T0038008

Catedrales

Claudia Piñeiro
Catedrales

ALFAGUARA

El papel utilizado para la impresión de este libro ha sido fabricado a partir de madera procedente de bosques y plantaciones gestionadas con los más altos estándares ambientales, garantizando una explotación de los recursos sostenible con el medio ambiente y beneficiosa para las personas.

Penguin
Random House
Grupo Editorial

Catedrales

Primera edición en Argentina: febrero, 2020
Primera edición en México: enero, 2021
Primera reimpresión: agosto, 2021
Segunda reimpresión: marzo, 2022

D. R. © 2020, Claudia Piñeiro
c/o Schavelzon Graham Agencia Literaria
www.schavelzongraham.com

D. R. © 2020, Penguin Random House Grupo Editorial, S. A.
Humberto I, 555, Buenos Aires

D. R. © 2022, derechos de edición mundiales en lengua castellana:
Penguin Random House Grupo Editorial, S. A. de C. V.
Blvd. Miguel de Cervantes Saavedra núm. 301, 1er piso,
colonia Granada, alcaldía Miguel Hidalgo, C. P. 11520,
Ciudad de México

penguinlibros.com

D. R. © diseño: Penguin Random House Grupo Editorial,
inspirado en un diseño original de Enric Satué

ISBN: 978-607-319-518-8

Impreso en México – *Printed in Mexico*

A los que construyen su propia catedral, sin dios.

La religión de una época es el entretenimiento literario de la siguiente.

R.W. Emerson

Lía

Es lo que quiero pensar, lo que quiero creer, pero tengo miedo de dejar de creerlo. Me pregunto si querer creerlo tan intensamente no es la prueba de que ya no creemos.

EMMANUEL CARRÈRE, *El Reino*

1

No creo en Dios desde hace treinta años. Para ser precisa, debería decir que hace treinta años me atreví a confesarlo. Tal vez no creía desde tiempo antes. No se abandona "la fe" de un día para otro. Al menos no fue así para mí. Aparecieron algunas señales, síntomas menores, detalles que, al principio, preferí ignorar. Como si estuviera germinando dentro de mí una semilla que, tarde o temprano, reventaría y abriría la tierra para salir a la superficie como un tallo verde, tierno, débil aún, pero decidido a crecer y gritar a quien quisiera oírlo: "No creo en Dios".

Al principio, cuando la idea se me presentó, sentí un malestar que luego reconocí como miedo. ¿Qué podía pasar si asumía mi falta de fe? ¿Qué tendría que dar a cambio? Aquellos primeros pensamientos los eliminaba como un mal sueño del que era mejor despertar, o como una idea irreverente que debía descartar de plano a la espera de que llegara la próxima, un poco más sensata. Hasta que, un día, recibí un mazazo que me dejó aturdida, desnuda frente al mundo, incapaz de entender qué estaba sucediendo a mi alrededor y sobre todo los porqués; entonces, la incomodidad fue tan evidente que no pude seguir fingiendo una fe que no tenía. Ya no creía en Dios. Lo confirmé en el instante en que me anunciaron que había aparecido el cuerpo sin vida de mi hermana menor, Ana. Lo dije al día siguiente, en su velorio.

Ana, "el pimpollo" —como le decía papá—, la que dormía en mi mismo cuarto, la que me robaba la ropa, la que se metía en mi cama para contarme secretos que nadie más que yo podía conocer. A media tarde, llegó el párroco a dar el pésame y a rezar por ella; lo acompañaba Julián, que entonces era seminarista. Mis padres me invitaron a unirme en la oración junto al cajón cerrado. Me negué. Insistieron, me dijeron que me haría bien, me preguntaron por qué no quería rezar. Evité una o dos veces la pregunta hasta que por fin respondí: "Porque no creo en Dios". Lo dije muy bajo y con la cabeza gacha. Levanté la mirada, todos tenían los ojos clavados en mí: lo repetí en voz alta. Mi madre se acercó, me tomó del mentón, me forzó a mirarla a los ojos y me hizo decirlo una vez más. Como Pedro, pero convencida y sin vuelta atrás, negué mi fe por tercera vez. "Entonces Pedro se acordó de las palabras de Jesús, que le había dicho: Antes de que cante el gallo, me negarás tres veces", Mateo 26:75. Treinta años de ateísmo asumido y todavía puedo repetir pasajes de los evangelios de memoria. Como si me los hubiesen tatuado en la piel con un hierro caliente. El número del capítulo y el versículo no los recuerdo, eso lo busco en el propio texto cuando quiero citar, prefiero pensar que por deformación profesional y no por trastorno obsesivo compulsivo. ¿Por qué aún los recuerdo? ¿Con qué amenaza me los grabaron? "Y saliendo fuera, lloró amargamente". A diferencia de Pedro, yo no lloré. Me temblaron las piernas pero, a pesar de eso, me sentí poderosa, dueña de mí a una edad en que todo eran dudas.

Declararme atea incomodó a los presentes. Excepto al cura, que no se dio por aludido. Con una sonrisa que pretendía ser comprensiva, el padre Manuel definió mis palabras como la consecuencia de un enojo adolescente, entendible y pasajero, frente a la circunstancia brutal del asesinato de Ana. Mi madre se tranquilizó con la interpretación que hizo el cura, aunque aseguró que yo no hacía otra cosa que querer llamar la atención, que ni siquiera frente a la muerte de mi hermana me detenía en mi afán de protagonismo. "Típica hija del medio", solía decirme cuando se fastidiaba conmigo. Ese día no lo dijo, pero lo debe de haber pensado. No entendí de dónde mi madre sacaba fuerzas para cualquier otra cosa que no fuera desgarrarse en vida por la muerte de su hija más pequeña. Mi padre, que era quien mejor me conocía y no tenía dudas de que yo hablaba en serio, me apartó del grupo para pedirme que lo reconsiderara y que, mientras tanto, al menos dijera que era agnóstica. Carmen, nuestra hermana mayor, muy perturbada durante el velorio, pero sin abandonar ni un segundo su papel de encantadora de serpientes, intentando mostrarse como la más afectada por el drama que atravesábamos, aprovechó la ocasión para cobrarse viejas deudas conmigo, lloró en los brazos de sus amigos de la Acción Católica y dejó de hablarme a partir de ese día.

El único recuerdo de complicidad y cercanía que tengo de aquel momento fueron las miradas que crucé con Marcela, la mejor amiga de Ana, sentada en el piso a unos metros del ataúd, apoyada sobre una pared para no derrumbarse, sola, aturdida, dejando en claro que no quería que nadie la tocara, que nadie la consolara, sin poder parar de llorar, destrozada como yo —una, seca; la otra, empapada en lágrimas—. Las dos estábamos, ostensiblemente, del mismo lado. Percibí en sus ojos no sólo el dolor y el horror que compartíamos, sino un pedido confuso, una demanda que no terminaba de poder expresar, como si quisiera decirme algo que ni ella entendía. Tal vez me estaba pidiendo que la sacara de allí; quizás ella tampoco creía ya en Dios. No me olvido de su mirada, de sus ojos clavados en mí mientras jugaba con un anillo que movía de arriba abajo por su dedo anular sin llegar a sacárselo. Lo reconocí recién después de un rato: ese anillo era mío, tenía una piedra turquesa demasiado grande para nuestras manos. Ana lo había declarado "el anillo de la suerte" y me lo robaba cuando decía que necesitaba mi "fuerza". ¿Qué fuerza veía Ana en mí que yo nunca percibí? Usaba el anillo cuando tenía un examen, cuando se enfrentaba a una cita con un chico que le gustaba demasiado, cuando participaba de algún campeonato de vóley con el seleccionado del colegio —un día me confesó que durante los partidos se lo ponía dentro de la bombacha para que no le molestara en el juego y yo grité: "¡Qué asco!"—. Ana se lo habría dado a su amiga, o se lo habría olvidado en su casa. ¿Qué importancia tenía en aquel momento un anillo que no había podido proteger a mi hermana de la muerte? Ese día no me acerqué y luego Marcela se perdió, le diagnosticaron amnesia de corto plazo como consecuencia del trauma por la muerte de Ana y de un fuerte golpe que recibió en la cabeza. Ya no pude hablar con ella. La muerte de Ana dejó marcas en todos nosotros.

A partir de que anuncié mi ateísmo, mi familia veló no sólo el cuerpo de mi hermana, sino mi fe. ¿Era necesario decirlo en medio del velorio de Ana? No tengo dudas de que sí, de que lo dije en ese momento y en circunstancias fúnebres porque se lo debía a ella, porque quería decirlo antes de que su cuerpo —los trozos de su cuerpo— fueran sepultados y condenados a permanecer definitivamente bajo la tierra, antes de que yo me despidiera de Ana para siempre. Aprendí esa misma tarde que "ateo" es una mala palabra. Y que la mayoría de los creyentes puede convivir con quienes creen en otros dioses, pero no con quienes no creen en dios alguno. Lo digan de manera directa o con eufemismos, es evidente que consideran que los ateos somos personas "falladas". Más aún, hay quienes hasta concluyen que la imposibilidad de tener fe religiosa trae como consecuencia un grado de maldad inevitable: una persona que no cree en ningún dios no puede ser una buena persona.

Trato de no pensar en aquel día. Trato de que mi hermana Ana siga siendo, en mi recuerdo, la que se metía en mi cama a contarme secretos. Deposité todas mis preguntas en la fe o en la falta de fe. Desde que me negué a rezar junto a su ataúd cerrado, cuestiono cualquier relato, de la religión que sea, con el que se siga transmitiendo, aún en el siglo XXI, una construcción ficcional como si fuera la verdad. Me inquieta no poder descifrar qué hace que tantas personas, miles de años después, sigan creyendo en historias que no resisten la prueba de verosimilitud que le exigimos a cualquier ficción menor. Tal vez, lo hacen porque la duda frente a creencias arraigadas viene acompañada del temor a perder beneficios secundarios: los regalos que traen Papá Noel o los Reyes Magos, el dinero que deja bajo la almohada el Ratón Pérez, el cielo que nos espera después del Juicio Final. ¿Por qué sigo escribiendo "Juicio Final" con mayúsculas si para mí ese juicio no significa nada? Quien deja de creer en Dios ya no cuenta con la vida eterna, ni con la protección de un ángel de la guarda, mucho menos con la aprobación de los que lo rodean. En un mundo que asume la corrupción como un mal inevitable, no tengo dudas de que debe de haber quienes fingen creer a cambio de seguir disfrutando de esos beneficios. Yo no pude. Un acontecimiento inesperado rasgó el velo que protege la vida cotidiana de lo brutal, que la separa de lo salvaje, y ya no hubo lugar para seguir mintiendo una fe que no tenía.

Eso fue lo que repetí delante de todos, cuando empezaron a rezar un avemaría distribuidos alrededor del cajón de Ana, como para que no quedaran dudas de que mi atrevimiento no había sido la manifestación de una rebeldía adolescente, sino una convicción. Negué mi fe por cuarta vez, ni Pedro se atrevió a tanto. Tan pronto dijeron "bendito es el fruto de tu vientre, Jesús", me hice lugar en un extremo del cajón, apoyé las manos sobre esa madera lustrosa que contenía el cuerpo descuartizado de mi hermana y dije, en voz baja pero firme, como si también estuviera rezando: "No creo en el fruto del vientre de ninguna mujer virgen, no creo que haya un cielo y un infierno, no creo que Jesús haya resucitado, no creo en los ángeles, ni en el espíritu santo". Repetí una y otra vez la misma larga frase, como un mantra. "No creo en el fruto del vientre de ninguna mujer virgen, no creo que haya un cielo y un infierno, no creo que Jesús haya resucitado, no creo en los ángeles, ni en el espíritu santo". Primero, en medio del murmullo, pensaron que rezaba con ellos, pero alguno dudó y se detuvo a escuchar. Luego escuchó otro, y otro, hasta que, uno a uno, fueron callando, y sólo se oyó mi voz. El cura se persignó. Mi madre dio tres pasos veloces hacia mí y estuvo a punto de darme una cachetada que mi padre detuvo en el aire. Habría sido en vano, aunque me la hubiera dado yo ya no creía, simplemente porque no temía más. Y si no le tenía miedo a Dios, no le tenía miedo a nadie. ¿Qué cosa peor podía pasarme si dejaba de creer? El cuerpo despedazado de Ana había aparecido en un terreno baldío y, de pronto, esa salvajada me hizo ver con claridad que mi fe estaba construida sobre el miedo, sobre la sospecha de que si no creía en ese supuesto Dios en que creían los que me rodeaban —o en cualquier otro dios—, podía pasar algo malo, terrible: el fin del mundo. Así había sido educada, en el temor reverencial a Dios. Pero ahora habían matado a mi hermana, habían intentado quemar su cuerpo, la habían descuartizado, ¿qué cosa más horrorosa podía suceder si yo dejaba de creer?

No lloré en su funeral, no pude; el enojo y el espanto eran tan fuertes que no me permitieron llorar. Mi llanto fue el silencio. Y lo cierto es que he llorado muy pocas veces en estos treinta años; si no lloré por su muerte, cómo encontrar motivo suficiente para hacerlo después. La furia, incluso el odio que sentía por quien la hubiera matado, empató y empata aún el dolor. Pero a partir de ese día dejé de ir a misa, dejé de rezar, nunca más me colgué un crucifijo ni siquiera de adorno, nunca más le conté supuestos pecados a un sacerdote para luego poder recibir una hostia que no puede ser el cuerpo de nadie. Abandoné una neurosis colectiva, me declaré atea. Y me sentí libre. Sola, rechazada, pero libre.

Con el correr de los meses, no soporté la mirada de los demás —que me señalaban fallada—, no soporté que Carmen no me dirigiera la palabra, no soporté el gesto reprobatorio de mi madre ni la supuesta neutralidad de mi padre —incapaz de abrir un nuevo frente de disputa en medio de tanto dolor—. Y, sobre todo, no soporté la ausencia de Ana ni que nadie pudiera decirme quién la mató y por qué, quién la quemó, quién serruchó sus piernas, su cuello, quién dejó las partes del cuerpo de mi hermana en un terreno baldío donde los vecinos depositaban la basura. Me fui de mi casa, de mi ciudad, de mi país, de mi vida anterior. Empecé una nueva a miles de kilómetros de distancia, en Santiago de Compostela. Ana había visto un documental sobre el Camino de Santiago y soñaba con que algún día hiciéramos juntas ese recorrido; apenas estábamos saliendo de la adolescencia, un viaje de ese tipo recién lo podríamos haber hecho cuando trabajáramos, cuando pudiéramos ahorrar para un pasaje, cuando fuéramos "grandes". Pero a ella no le permitieron ser grande, y yo crecí de golpe aquel día. Conseguí un empleo de recepcionista en un consultorio médico y ahorré hasta que pude pagarme un pasaje barato a España y, luego, el tren más económico de Madrid a Santiago de Compostela, un tren que paraba en casi todas las estaciones. Mi camino de Santiago fue ese, desde Buenos Aires y sin caminata. Al poco tiempo de instalarme en esta ciudad, conseguí trabajo también de recepcionista pero en un hotel, adonde llegaban a diario peregrinos de una fe que yo ya no tenía. Quizás vine hasta aquí no sólo para cumplir el deseo de Ana, sino para entender por qué algunos sí creen en un cuento inverosímil narrado una y mil veces después de tantos siglos.

Hoy tengo una librería en la misma ciudad. Después de que dejé mi primer empleo en el hotel, trabajé durante muchos años como vendedora en el salón y luego como encargada. Cuando el dueño murió, sus herederos me propusieron comprarla con tantas facilidades que aún hoy les agradezco la oportunidad de quedarme para siempre con ella. En esta librería voy a morir, no tengo dudas, es mi lugar en el mundo. Está ubicada en una calle por donde pasan peregrinos a diario. No se detienen a comprar libros antes de llegar a su meta, la Catedral de Santiago; apenas miran de reojo la vidriera. Pero varios de ellos, luego de instalarse en un hotel o en un refugio, vienen a mi librería y eligen algún ejemplar. Si no conocen el idioma, se llevan al menos uno de fotos de la ciudad. Aquí termina su caminata, así que ya no le temen a cargar peso. Los oigo hablar, decodifico sus gestos, cada tanto entiendo sus lenguas. No tengo dudas de que muchos de los que caminan tampoco creen en ningún dios, de que son tan ateos como yo. No es la religión lo que los lleva a hacer el Camino de Santiago. Marchan con el objetivo de llegar a un sitio concreto, de tener una meta, una certeza. Y probarse

21

que pueden cumplir lo que se propusieron como un desafío. Creen en sí mismos, en su perseverancia, en su fortaleza física y anímica para no abandonar antes de llegar. En eso ponen su fe, en ellos mismos. Una fe que siento bastante más cercana a la mía. Yo podría ser uno de esos peregrinos ateos.

—Disculpa, Lía... —Ángela, la encargada de la librería, abrió la puerta de mi oficina sin golpear.
—Sí... —dije disimulando el malhumor que me provocó la irrupción.
—Te buscan en recepción...
—¿Quién? —pregunté sin mayor interés.
—Una tal Carmen Albertín.
Me costó unos instantes comprender lo que Ángela acababa de decirme. Oír el nombre de mi hermana junto al apellido de Julián me sorprendió. Sabía que se habían casado tiempo después de que él abandonara el seminario, me lo había dicho mi padre en una carta. Me enojé cuando me lo contó, si bien había aceptado que mantuviéramos una correspondencia periódica y amorosa de padre e hija, también habíamos acordado, a mi pedido, que a menos que se descubriera quién había matado a Ana, nuestro intercambio epistolar no incluiría noticias mías ni de ellos. Era nuestro pacto, el compromiso de que seguiríamos buscando la verdad. Pero, además, yo no estaba dispuesta a leer nada que me remitiera a aquello que había dejado atrás, ni estaba dispuesta a revelar cómo había construido mi nueva vida. Sólo quería seguir en contacto con mi padre, necesitaba

22

su voz, aunque fuera por escrito. A pesar de saber que Carmen se había casado con Julián, nunca había asociado el nombre de mi hermana con ese apellido: Carmen Albertín. Nosotras éramos las hermanas Sardá. Carmen, Lía y Ana Sardá. Ana la linda, la de los ojos azules, la que se ponía colorada cuando mi padre le decía "pimpollo" frente a terceros y escondía la cara detrás de su cabello castaño.

Ángela esperaba una respuesta. Yo había quedado en blanco, no atinaba a decir nada. Ella insistió:

—En cuanto dijo el nombre agregó que eran familiares tuyos.

—¿Por qué hablás en plural? ¿Carmen y quién más?

—Su marido. Supongo. No me lo presentó, pero da la impresión de que son un matrimonio. ¿Si quieres pregunto?

No hacía falta, no había dudas. Eran ellos, mi hermana había decidido volver a dirigirme la palabra treinta años después y yo debía decidir si me prestaba a su juego o no. Carmen, desde niñas, había sido siempre quien definía a qué jugábamos, cuándo y qué rol nos tocaba a cada una. No cabía ninguna posibilidad de que Ana o yo nos quejáramos por su decisión. Si nuestra hermana mayor había aceptado compartir algún tiempo con nosotras, eso ya era suficiente, y teníamos que estar agradecidas, por más que a mí me asignara, una y otra vez, el papel de "la tía soltera". Cambiar sus planes, los que fueran, no entraba dentro de su cosmovisión, el mundo de Carmen era "Carmencéntrico" y, si sus hermanas menores osábamos modificar alguna de sus indicaciones, la insubordinación era castigada con el silencio, la burla o el destierro infantil a los lugares más solitarios y oscuros de nuestra casa. Durante la infancia y parte de la adolescencia, la obedecimos casi reverencialmente. Carmen no sólo era la mayor, sino aquella persona a la que Ana y yo más temíamos en esa casa; un miedo que no sentimos por nuestros padres, ni siquiera por nuestra madre, que hacía muchos méritos para espantarnos. Fuera de casa, mi hermana era otra cosa, nunca entenderé cómo lograba ser carismática, agradable, seductora, ni bien pasaba el umbral. Estoy segura de que si le hubiera preguntado a Ángela qué impresión le había dado Carmen en ese primer encuentro, me habría respondido: "¡Muy maja!". Esa habilidad de mi hermana mayor para ser dos personas muy distintas, una con nosotros y otra con el resto del mundo, creo que era lo que más me enojaba de ella.

Pero para cuando Carmen se presentó en mi nuevo mundo, nuestra infancia había quedado muy atrás. Y mis miedos y enojos, también. O eso creí.

—¿Los hago pasar, Lía? ¿O prefieres verlos en el salón?

2

Ángela abrió la puerta otra vez y se puso de lado, para permitir que Carmen y Julián entraran en mi oficina. Mi hermana le dio las gracias al pasar con un gesto amable, y la sonrisa de Ángela me confirmó que ella le parecía, tal como temí, "muy maja". Estaba preparada para recibirlos, casi en guardia, pero en el momento en que los vi, se me cortó la respiración. Me paré detrás del escritorio; ellos avanzaron hacia mí, aún sin dirigirnos la palabra. Me tembló una pierna, traté de calmarla levantándola apenas del piso y flexionando la rodilla; me enojé con mi cuerpo, que seguía reaccionando de las maneras más insólitas ante la presencia de Carmen. El silencio, que había sido natural entre nosotras durante los últimos tiempos compartidos, ahora, en mi pequeña oficina y con Julián delante, resultaba incómodo. Supongo que los tres, cada uno a su manera, estábamos midiendo quién daría ese primer paso después de tantos años sin palabras.

—Hola, Lía, qué linda librería tenés —dijo Julián, por fin. Quizás asumiendo que, por ser el hombre, debía tomar la iniciativa; esa actitud y su modo conciliador, lejos de aliviarme, me irritaron.

—Hola —respondí, seca, amarga.

—Tanto tiempo... —sumó Carmen, recién unos segundos después, con su tono discreto pero altivo que, me di cuenta entonces, yo nunca había olvidado.

Sin agregar una palabra más, hice un gesto para que nos sentáramos y evitáramos los saludos de forma. Julián corrió la silla de Carmen y esperó parado detrás de ella para acomodársela. Mi hermana, en esa silla de oficina sin gracia alguna que heredé de los dueños anteriores, parecía una reina.

No hubo besos ni abrazos. Ni siquiera nos dimos la mano.

Carmen seguía siendo Carmen.

Su pelo mantenía el color gracias a la tintura mensual, pero había perdido el brillo de la juventud. Sus caderas se habían ensanchado. La papada colgaba floja detrás de un pañuelo de seda que no cumplía el encargo de disimularla. Aun así, la hubiera reconocido en medio de una multitud. Su mirada altanera, la cabeza ligeramente ladeada a la izquierda, ese gesto en la boca a medio camino entre una sonrisa y un reproche. Y la cruz de plata, ancha, gruesa, que fue de mi madre, cayendo en medio de su escote.

En cambio, no creo que hubiera podido reconocer a Julián si me lo encontraba por ahí sin previo aviso. No sólo porque ya no usaba esa ropa anodina gris, negra o azul que, aun sin sotana ni alzacuello blanco, nos indicaba que sería cura, sino porque se había convertido en un hombre. Y eso, ser un hombre, lo hacía definitivamente otra persona. La piel de la cara se adivinaba áspera, opaca, tenía canas detrás de las sienes y dos arrugas profundas en la frente que no se correspondían con su edad. Pero lo que más alejaba a ese señor —que ahora permanecía en silencio sentado frente a mí después de decir: "Hola, Lía, qué linda librería tenés"— de aquel joven que conocí en la parroquia de Adrogué es que sus ojos marrones no temblaban más cuando miraba. Ya no tenían esa oscilación involuntaria que los hacía únicos, dispuestos a entrecerrarse primero con extrañeza, como si no hubiera entendido bien, para luego abrirse con sorpresa cuando Ana o yo decíamos una imprudencia o hasta una guarangada delante de nuestro "curita". Muchas veces, lo hacíamos sólo para verlo repetir ese gesto y que sus ojos vibraran.

Creo que Ana estaba enamorada de Julián. De alguna manera lo estábamos todas, como una fantasía inconfesable, descubriendo el erotismo de lo prohibido y deslumbradas frente a un hombre que no remarcaba su condición de macho en una época en que se repartían los roles entre mujeres y varones de manera tajante. En cambio, Ana, sospecho, se había enamorado en serio. Estoy convencida de que eso quería decirme una noche, dos días antes de su muerte, cuando me pidió pasarse a mi cama a contarme un secreto y yo le dije que no, que estaba cansada, casi dormida, que mejor mañana. A veces no hay mañana. Cómo saberlo. Ana no insistió; eso fue raro, siempre insistía cuando quería algo. Se sentía mal, eso dijo, pero ni el dolor de estómago más fuerte podría haberla detenido si hubiera querido contarlo. Tal vez no estaba tan segura como para confesarlo. Tal vez hasta la alivió que yo le dijera que no, que mañana. En medio de la noche, me pareció oírla llorar; miré hacia donde dormía, totalmente tapada por las mantas, temblaba debajo de ellas. Pero, al rato, empezó a respirar más profundo y se calmó. Intenté volver a dormir, me levantaba muy temprano al día siguiente, tenía mi primer examen en la universidad y seguiría teniendo uno cada día aquella semana. Aun sabiendo que mi hermana estaba mal, decidí dormir. No me parecía tan grave que se hubiera enamorado, a los diecisiete años, de un hombre que iba a ser cura y ni sabía el nombre de ninguna de nosotras. Peor era enamorarse de alguien libre para quererte y que miraba para otro lado, como me sucedía a mí en aquella época. Podríamos haberlo hablado, pero esa conversación con Ana me hubiera llevado un largo rato y yo necesitaba descansar. "Mañana", me dije, antes de que se me cerraran los ojos. Me lo reprocho hasta hoy, haberla escuchado no hubiera cambiado el hecho de que poco tiempo después la asesinaran, pero otro sería el recuerdo de mi último momento con ella. En lugar de un pedido que rechacé, habría sido un abrazo, su mano sobre mi hombro —o quizás jugando con mi pelo—, ella acurrucada detrás de mí, tibia, susurrándome al oído algo que nadie más que yo, en esa casa, debía saber.

—Te sorprenderá vernos —dijo Carmen, y claro que me sorprendía, no solo verlos allí, también verlos juntos.

—¿Apareció el asesino de Ana? —pregunté sin vacilar, y ella levantó el pecho, enderezó la cabeza, me miró fijo, desde arriba, pero no contestó.

No necesitaba que respondiera, sabía que no era ése el motivo por el que estaba en mi oficina, lo dije para que se incomodara, para que supiera que lo único que podía interesarme de su visita era una respuesta a la pregunta: "¿Apareció el asesino de Ana?". No podía imaginarme a qué había venido mi hermana. Recordé que Carmen siempre elegía caminos sinuosos para llegar al tema que quería tocar, y cuánto me fastidiaba ese modo tan suyo de abordar un asunto cuando ya me había cansado de escucharla hablar de nada. Desde chica, tenía un discurso que se regodeaba en sí mismo, a Carmen le encantaba oírse y que la escucharan. Le parecía interesante que, para contarnos qué haría a la noche, su relato comenzara por cómo se había lavado los dientes esa mañana. Supuse que ésta no sería la excepción. Por fin, después de un silencio fastidioso, repitió mi pregunta por lo bajo: "Si apareció el asesino de Ana"; luego dijo:

—Lía, la muerte de Ana, a esta altura, es un capítulo cerrado, ya nadie busca a ese supuesto asesino. ¿Vos sí? ¿De verdad? ¿Treinta años después?

—Yo sí, de verdad, treinta años después.

El clima entre nosotras se seguía enrareciendo. Julián se notaba incómodo, desubicado, casi de más. Yo, debo reconocerlo, no lo estaba haciendo fácil, pero la que tenía que esforzarse por mejorar el clima, en todo caso, era Carmen. Ella había venido a verme; si fuera por mí, no la habría tenido sentada en mi oficina. No me interesaba saber nada de ellos ni del sitio que había dejado atrás hacía treinta años. Mi único lazo vivo con aquel mundo era a través de mi padre. Y en ese lazo no estaban habilitadas noticias, sino sólo presencia, palabras, cariño. Había recibido su última carta tres o cuatro semanas antes, le había respondido hacía unos días, en una semana o dos me llegaría su nueva respuesta.

Un gesto brusco de Carmen —un movimiento sobre la silla, que Julián interrumpió poniéndole una mano sobre el muslo— me develó que, si mi hermana no me hubiera necesitado, se habría levantado e ido sin más, en el mismo momento en que dije: "Yo sí, de verdad, treinta años después". Carmen habría salido, prepotente, atolondrada, ya sin disimulo, arrastrando a su marido ex seminarista con ella. Si se quedaba, era porque me necesitaba y mucho. Mi hermana, por fin, se acomodó en la silla ampulosamente, como si pretendiera que, después de ese movimiento, todo empezara otra vez. Julián agachó la cabeza y suspiró. Se quedó un instante mirando el piso, luego levantó la frente y me miró a los ojos sin su temblor, pidiendo una tregua. Yo le mantuve la mirada, tampoco dije palabra, pero hice un gesto que pretendía aceptar ese pedido; por él, no por Carmen. Entonces Julián, sintiéndose habilitado, se ocupó de ir directo al asunto que los había empujado hasta allí.

—Tenemos un hijo, se llama Mateo, acaba de cumplir veintitrés años.

No me importaba que tuvieran un hijo. No me importaba ni quería saberlo. Pero no me extrañó que le hubieran puesto ese nombre, el de un apóstol, o Jesús, o María Inmaculada si hubieran tenido una niña. No dije nada y mucho menos pregunté por ese chico del que no tenía noticias hasta ese día, no me alegré ni me asumí tía de nadie. Sin embargo, en ese primer momento malinterpreté el comentario de Julián; creí que había sido apenas un intento de aflojar la tensión, sin advertir que, por el contrario, su hijo era precisamente el objeto de la visita. Aun así, francamente no me interesaba ni eso ni ninguna otra cosa de la vida de mi hermana; si Julián y ella no estaban allí para decirme quién había asesinado a Ana, no entendía qué hacían conmigo en la librería ni cómo habían averiguado dónde ubicarme. Estaba convencida de que mi padre había guardado mi secreto. Lo había prometido. Mi remitente era una casilla de correo para que nadie pudiera rastrearme. Él no les habría dado mis datos, ni siquiera el nombre de la ciudad donde me instalé. Tenían que haber llegado por algún otro camino.

Traté de tener un poco más de paciencia. A lo informado por Julián, se sumaban ahora Carmen y sus vueltas para decir las cosas.

—Mateo viajó para conocer algunas catedrales. Estudia Arquitectura, pero ya desde chiquito tiene una gran admiración por las obras levantadas para adorar a Dios. Lo educamos en un profundo catolicismo, como el que practicamos nosotros. Y en Europa hay catedrales maravillosas. Así que juntos decidimos que era importante que hiciera este viaje que unía su profesión y nuestra Fe.

Mi hermana hizo una pausa marcada después de decir la palabra "fe". Yo no tuve dudas de que lo hacía a propósito, con el objetivo de señalar lo que más nos separaba. Por un rato, quedamos otra vez en silencio. Si Carmen quería marcar con su pausa algo que sospechaba incómodo para mí, yo no iba a demostrar ninguna incomodidad, pero mucho menos aportaría a la conversación frases hechas o lugares comunes para evitar el vacío. Julián, esta vez, no amagó a llenar el silencio; creo que en algún momento decidió que no intervendría más en ese juego de hermanas que parecían medir su poder con cada palabra pronunciada. Me levanté, les serví café, se los traje al escritorio. En silencio. Luego de revolver el azúcar, Carmen siguió; era evidente que me necesitaba.

—Hace un tiempo, Mateo dejó de contactarse con nosotros. Su teléfono da apagado. Primero pensamos que había desactivado el chip al salir de la Argentina, para no gastar tanto dinero. Que ya se comunicaría cuando se instalara y encontrara *wifi*. Pero la primera alarma sonó cuando no estuvo conectado el día de su cumpleaños. Y pronto nos dimos cuenta de que también había cerrado sus cuentas de *mail* y sus perfiles en redes sociales. Desapareció de los lugares virtuales en los cuales podíamos comunicarnos con él. No sabemos nada desde… —se detuvo; aunque me pareció que se le había quebrado la voz, no logró conmoverme.

Carmen no pudo seguir. Levantó la vista y buscó una ventana donde clavar la mirada, pero en mi oficina apenas hay una muy pequeña que le debe de haber resultado insuficiente. Me hizo un gesto pidiendo un vaso de agua, me levanté, se lo alcancé y esperé que continuara. Después de beber, mi hermana aún seguía sin poder hablar. Julián, entonces, tomó la palabra y la liberó de esa congoja, una debilidad inesperada en ella, al menos para mí. Empezaba a conocer a mi hermana en su calidad de madre.

—Pusimos un especialista a investigar qué puede haber pasado. Sabemos que está vivo, y eso es lo importante. Nos preocupa que haya tenido algún tipo de trastorno. Es un chico muy sensible. Y a veces la gente demasiado sensible camina por una cornisa muy fina entre la realidad y sus pensamientos. Vivía en casa, se suponía que al terminar el viaje por Europa regresaría. No es normal que corte toda comunicación con nosotros sin darnos una explicación. No hubo una pelea previa, ni siquiera una discusión.

—Sería extraño incluso si hubiera dado una explicación —aclaró mi hermana un poco más compuesta—. Los tres somos muy unidos, vivimos felices, no hay lógica posible en esta desaparición.

Me permití dudar. Nadie auténticamente feliz anuncia su felicidad y menos en medio de un drama. En cambio, mi hermana hacía alarde de una maravillosa vida familiar, sin advertir lo inverosímil de su relato; no dudé de que su intención no era engañarme a mí, sino a ella misma. Más que una descripción, parecía una coartada que respondía a su propia necesidad de sentirse inocente. Si los padres son responsables de aquello en lo que devienen sus hijos, y Mateo se había convertido en un joven dispuesto a "abandonar" a sus padres, Carmen quería dejar en claro que ni ella ni Julián asumían responsabilidad frente a un acto que les parecía antinatural, descabellado, doloroso, injusto y que, sin dudas, estaban dispuestos a revertir.

—¿Y cómo llegaron hasta acá? ¿Qué tengo que ver yo con todo esto?

—El investigador consiguió entrar en los movimientos de la tarjeta de crédito de Mateo. Ahí figura que las últimas tres transacciones son compras de libros en esta librería. Hasta ahí, el dato que manejábamos era que Mateo estaba en Santiago de Compostela, algo que no nos llamó la atención teniendo en cuenta el objetivo de su viaje —explicó Julián.

—Y que compraba libros, algo también usual en él, que lee casi enfermizamente —dijo Carmen, y me pregunté qué enfermedad se imaginaría. ¿Qué sería para ella "leer enfermizamente"? ¿Cuántas horas por día? ¿Cuántos libros por mes? ¿Sería consciente de que me lo estaba diciendo a mí, que soy librera?

—Nuestra sorpresa fue mayor —siguió Julián— cuando el investigador quiso averiguar por qué sólo hacía compras en esta librería. Y entonces supimos que la dueña del local sos vos —dijo, y noté que a mi hermana le salía fuego de los ojos, como si yo, ignorante de lo que me contaban, tuviera la culpa de algo.

—¿Entonces? —dije.

—¿Sabés donde está nuestro hijo? —preguntó Carmen, ahora sin rodeos.

—Me acabo de enterar de que tenés un hijo. Si vino a esta librería, jamás se presentó. Tal vez, ni siquiera sepa que este lugar le pertenece a una hermana de su madre. Puede haberlo traído la casualidad, el azar.

—Claro, evaluamos esa posibilidad —dijo Carmen—. Que Dios lo haya puesto en tu camino.

—Quizás Dios quería que nos volviéramos a ver, Lía —agregó Julián.

—No creo en Dios, los dos lo saben.

—Tal vez...

—No creo en Dios —repetí antes de que agregaran nada. Y no hizo falta ni tercera ni cuarta negación porque fui enfática y rotunda, así que no insistieron.

Carmen revolvió en su cartera. Apoyó algunas cosas sobre mi escritorio para buscar mejor. Aunque tuvo que mover algunos papeles y libros para hacerse lugar, no pidió permiso, lo que volvió a confirmarme que Carmen seguía siendo Carmen. Por fin, me extendió una foto de su hijo. Lo miré, era un chico de una belleza llamativa, casi impúdica. Estaba segura de que nunca antes lo había visto; si lo hubiera tenido frente a mí, lo recordaría sin dudas.

—No lo conozco —les confirmé.

—Si pudieras revisar tus registros y decirnos qué libros compró, tal vez el dato nos ayude para sacar algunas conclusiones —dijo Carmen y agregó algo inusual en ella—: Por favor, Lía.

Durante un instante, creí que, quizá, mi hermana era sincera en su ruego. Casi logró conmoverme, casi logró ser ante mí la Carmen que solía ser ante los demás. Pero, entonces, sacó un pañuelo y se sonó la nariz de una manera falsa, exagerada sin necesidad, como hacía cuando éramos chicas y quería hacernos creer, a Ana y a mí, que se había puesto mal, que debíamos ceder a sus caprichos porque ella estaba sufriendo. Recordé todas las veces que mi hermana, después de lograr que yo bajara la guardia, me asestó un golpe en medio de la cara y me juré que, esta vez, no iba a permitir que lo hiciera. Fue un juramento en vano, porque Carmen me golpeó al poco rato. Y cómo.

—Lo voy a intentar, pero me llevará algo de tiempo revisar las facturas de compra hasta que aparezcan las de tu hijo.

—Creemos que volverá... —interrumpió Julián—. Nos quedaremos por la zona, intentando ubicarlo.

Y por supuesto, si lo ves, si lográs hablar con él, cualquier dato que puedas obtener te lo vamos a agradecer. No creemos que esté en peligro real, amenazado por alguien o por algo, nada de eso. Pero, a veces, la propia cabeza es nuestra peor amenaza y nos lleva a creer cosas imprudentes, locuras.

—O a no creer —dije con ironía, y pensando más en mí que en ese chico a quien no conocía. Sin duda, Carmen y Julián, en el velatorio de Ana, sin ser novios aún, cada uno por su lado, deben de haber pensado que yo estaba loca cuando me declaré atea.

—Está confundido. Ya se le va a pasar. Confío en la educación que le dimos, pero, sobre todo, confío en el poder de la Fe —sentenció Carmen y, antes de que pudiera responderle "yo no", agregó—: te dejo mis datos para que puedas contactarnos.

Mi hermana escogió un tarjetero de entre las cosas que había apoyado sobre el escritorio. Lo abrió, sacó una tarjeta celeste y me la dio.

—La foto conservala, hice varias copias, ojalá se la puedas mostrar a tus empleadas. Quizás ellas sí lo hayan visto. Preferimos no mostrársela nosotros, no nos gustan ese tipo de escándalos. Somos gente discreta, vos ya sabés...

Otra vez sentí el fuego en sus ojos. Me imaginé que ese fuego sumaría odios diversos, que al escándalo de declararme atea en el velorio de Ana le habrá seguido el escándalo de irme de Adrogué para no volver más. Sin dudas, el asesinato de Ana no entraría para Carmen en la categoría de "escándalo familiar", porque nada le agregaba ese hecho al buen nombre y honor de la familia, más que ser protagonista de una tragedia.

Por fin, Carmen metió sus pertenencias en la cartera, una a una, y con cierta parsimonia se paró y le hizo un gesto a Julián para que hiciera lo mismo. Él dudó, parecía como si estuviera dispuesto a quedarse un rato más, como si tuviera otras cosas que decir después de treinta años de no saber los unos de los otros. Pero Carmen no le quitó los ojos de encima, hasta que Julián se levantó y la siguió.

Nos despedimos, cada una de un lado del escritorio. Sin abrazos, sin tocarnos, como cuando llegaron; apenas con un saludo y un movimiento de cabeza. Noté que mi hermana se olvidaba un estuche de metal sobre la mesa y se lo advertí.

—No, es para vos —me dijo—. Son las cenizas de papá.

—¿Cómo? —llegué a preguntar, confundida; yo había bajado las defensas, y mi hermana acababa de darme un golpe en medio de la cara. Sentí que me desvanecía.

—La mitad, la otra mitad la esparcí en la tumba de mamá. Ella quiso ir a la tierra; como católica, ésa era su voluntad. Él pidió cremación; lo hicimos a nuestro pesar. Pensé que querrías conservarlas. ¿Me equivoqué?

No respondí. Apenas podía mantenerme en pie. La noticia me dejó pasmada. Sentí un mareo, me senté otra vez. Mi padre había muerto, y mi hermana me lo decía recién al despedirse, cuando yo había descartado que la visita tuviera que ver con él; como al pasar, como si todo lo otro que dijo en ese rato sentada frente a mí fuera más importante que la noticia de que nuestro padre estaba muerto. Mi madre había muerto para mí hacía mucho tiempo, daba lo mismo que yo no supiera cuándo. Pero mi padre estaba vivo. La odié, odié a mi hermana, aunque —a diferencia de su sumatoria de odios antiguos—, el mío era un odio nuevo, fresco, uno que recién nacía. No iba a perdonarle nunca la manera displicente en que me anunciaba una noticia que me desgarraba.

Más allá del dolor por la muerte de mi padre y del odio por la actitud de mi hermana, debía reconocer su coherencia: Carmen seguía siendo Carmen. Ella no había venido a hablarme de nuestro padre, sino de su hijo; y había traído las cenizas como quien trae alfajores de la Argentina a quien le cae de visita, casi una gentileza por el tiempo que le dediqué.

—¿Cuándo murió papá? —pregunté en cuanto pude reaccionar.

—Hace dos meses, unos días antes de que Mateo empezara su viaje —dijo Julián, y yo, haciendo cuentas en el aire, me di cuenta de que había leído su última carta cuando ya estaba muerto—. Vivió más de lo que los médicos y todos nosotros esperábamos.

—Estaba enfermo, ¿no lo sabías? —preguntó Carmen.

—No, no sabía —respondí.

—Cáncer. Un tumor en la cabeza que lo mató muy rápido y, lo que es peor, le hizo no ser él los últimos tiempos —dijo mi hermana.

—¿Cómo "no ser él"?

—Desvariar, decir cosas sin sentido, mentir. No era a propósito, fue el tumor.

38

—No sabía. Lo siento mucho.

—Claro, cómo vas a saber. Es lo que pasa cuando alguien se va y corta lazos, hay cosas de las que, para bien y para mal, no se entera —concluyó.

Julián observó nuestro intercambio con una actitud que yo no terminaba de entender. Por un lado parecía reprobatoria, como si quisiera que Carmen se callara de una vez; pero, por otra parte, parecía afectado, hasta me pareció que los ojos se le llenaron de lágrimas. No tenía idea de qué relación había tenido Julián con mi padre, quizás lo había querido con sinceridad y su muerte lo entristecía, quizás lloraba porque no aguantaba más la agresividad de Carmen. Lo cierto es que además tenían un objetivo en esta visita, y los comentarios de ella no ayudaban en ningún sentido. Habían venido hasta una librería, a miles de kilómetros de distancia de su casa, a pedirme un favor, pero Carmen no era capaz de contener un reproche, de evitar herir a quien necesitaba. Aquel gesto de mi hermana, por fin, había develado su intención. Quise que se fuera, que se fueran los dos, ya no había nada más que hablar. Ellos habrán sentido lo mismo, porque apenas unos minutos después, Carmen y Julián salieron. Yo quedé sola, sentada frente a mi escritorio, sin poder moverme, con la vista clavada en el estuche que contenía las cenizas.

Sonó el teléfono, la estridencia de la campanilla me ayudó a volver en mí. Guardé las cenizas de mi padre y la foto de Mateo en el cajón de mi escritorio. Tiré la tarjeta de mi hermana al papelero.

Recién entonces, atendí.

3

Por unos días, me olvidé de Mateo. Y de casi todo. Lo único que tenía en la cabeza era la muerte de mi padre, su soledad durante la enfermedad aunque hubiera estado rodeado de gente, su dolor o bronca por la conciencia del fin inminente. Me reprochaba mi egoísmo al haberle prohibido que me contara noticias que no fueran acerca del hallazgo del asesino de mi hermana. Debí haber estado con él o, cuanto menos, haberlo acompañado en su padecimiento con las cartas que le mandaba, cada quince días, desde este lado del océano. Revisé sus respuestas varias veces. No había referencias ni indicios relacionados con el cáncer que lo iba matando en ninguna de las cartas que me envió. Tampoco frases que me alertaran de los desvaríos que mencionó Carmen. Tal vez una vacilación en el trazo, casi imperceptible, que sólo advertí comparando unas con otras. Después de mi enojo en la respuesta a aquella carta en la que me había contado que mi hermana y Julián se habían casado —donde le anunciaba la interrupción de nuestra correspondencia—, mi padre debe de haber sentido terror de que desapareciera otra vez. No insistió, esperó con paciencia a que fuera yo quien retomara el contacto. Me conocía, a pesar de los años transcurridos y la distancia, y sabía que forzar el diálogo podría haberme sumido en el silencio para siempre.

Estuve varios meses sin escribirle; hasta que un día, una tarde de primavera, entró en la librería un señor que olía precisamente como yo recordaba que olía mi padre y, cuando ese hombre pasó delante de mí, su perfume me apretó el estómago. Me encerré en mi oficina, con ganas de llorar pero con los ojos secos como siempre, y le volví a escribir. De todos modos, a partir de ese nuevo intercambio epistolar nuestra correspondencia se circunscribió a breves ensayos de la vida cotidiana; fuimos precavidos, temerosos, como si habláramos con un vecino o con un amigo con el que nos veíamos cada tanto, al que apreciábamos y no queríamos incomodar. Disimulábamos, con esa distanciada cordialidad, nuestro verdadero vínculo, pretendiendo que no éramos padre e hija y que no estaba de por medio el océano Atlántico. Un tema traía el siguiente con naturalidad. Allí, en esos textos, aprendimos a sentirnos cerca uno del otro, pero sin riesgo de hacernos daño; allí nos seguíamos queriendo al resguardo de testigos. Tocar las cartas que me llegaban era acariciar un papel que mi padre había tenido en sus manos y a él le pasaría lo mismo. Quizás por eso, en tantos años, ninguno de los dos sugirió pasar a una correspondencia vía *mail* o a hablarnos por teléfono.

Recuerdo que uno de los primeros temas en que nos sumergimos fueron las catedrales. Antes de dejarnos de escribir, yo le había contado que hacía meses que estaban restaurando la catedral de Santiago de Compostela y que muchos peregrinos, cuando llegaban exhaustos a sentarse o simplemente a dejarse caer frente a ella, sentían cierta desilusión al verla cubierta. Creo que varios de los libros de fotos que vendí, por aquella época, se los debo a la necesidad de saber cómo era esa iglesia detrás de los andamios y de las telas que la cubrían. En su primera respuesta, luego de que retomé el intercambio, mi padre me pidió que le describiera la catedral de mi ciudad en detalle: "Para que pueda verla como si estuviera allí, con vos, frente a ella. No me hagas trampa mandando una imagen, foto o bosquejo. Quiero palabras". Él me pedía lo que yo le podía dar, palabras. Sabía que, en cambio, soy pésima dibujando. Ana era la artista entre nosotras —lo había heredado de mi padre—. Carmen le envidiaba ese don, pero sobre todo el parecerse a él en algo. La mayor de nosotras se daba maña con la cerámica y la escultura metálica —hierro, cobre, bronce—; a pesar de que había invertido en un horno y una amoladora sus primeros ingresos como profesora de Teología, y de que se había hecho un lugar en el depósito al que llamaba "mi taller", lo que hacía no pasaba de ser un intento pretencioso y poco agraciado de copias de trabajos de otros, especialmente ángeles, vírgenes y santos. En cambio, Ana habría llegado a ser una artista reconocida, no tengo dudas de eso; pero trato de no pensar en lo que mi hermana menor podría haber sido, porque cada vez que permito que mi pensamiento vuele para ese lado quedo destrozada. Ana podía dibujar el retrato inconfundible de cualquier persona, aunque el modelo no estuviera frente a sus ojos. Nunca supe si mi padre tenía tan presente como yo las veces que dibujaron juntos; tal vez, él escondía algunos recuerdos que prefería no evocar, así que no lo mencioné.

42

Tal como me había pedido, en la próxima carta no hice trampa. Sólo me tomé una licencia. No le envié una foto; pero tampoco mis palabras, sino las de otro: fotocopié el cuento *Catedral*, de Raymond Carver, y resalté algunos párrafos. En el reverso, escrito de mi puño y letra, agregué: "Tal como cuenta Carver, no se puede describir una catedral con palabras, tendríamos que dibujarla juntos, uno guiando la mano del otro, y nuestras manos están demasiado lejos". El cuento termina con una escena en la que el narrador le debe contar a un ciego qué es una catedral, pero el hombre no encuentra la manera de hacerlo. Entonces, se excusa de este modo: "Lo cierto es que las catedrales no significan nada especial para mí. Nada. Catedrales. Es algo que se ve en la televisión a última hora de la noche. Eso es todo". Sin embargo, el ciego no está dispuesto a darse por vencido y le propone un método: que la dibujen juntos, una mano sobre la otra, guiando el trazo. A mi padre —profesor de Historia que se la pasaba leyendo ensayos de cualquier tipo, pero nunca había sido un gran lector de ficción— le encantó el cuento de Carver. Escribió: "Lo sentí cercano, hay mucha gente que no es ciega y, de todos modos, no quiere ver. Quizá tomándoles la mano lo logren". Y me contó que él mismo se puso a dibujar catedrales después de leer el cuento que le mandé. Recordó en la carta que hacía mucho que no dibujaba y que había recuperado el placer de hacerlo. En esa frase, sin nombrarla, estaba Ana. Con ella dibujaban personas, cada uno de nosotros teníamos nuestro retrato dedicado. Me pregunté al leerlo dónde estaría el mío, por qué no me lo había traído cuando me fui, si mi retrato habría sobrevivido a mi ausencia.

Gracias a ese primer entusiasmo por *Catedral*, pasamos a cartas donde hablábamos enteramente de libros, aunque no sólo del contenido: yo le contaba qué nuevo autor había descubierto, qué libro releía, a quién le daba una nueva oportunidad después de no haber podido terminar su novela anterior, a quién no leía más; pero también cómo ordenaba los libros en los estantes de mi librería, cuántos meses de crecimiento soportarían esos estantes, de qué material y color había encargado los nuevos. Luego de una carta donde mencioné las cualidades de la madera de cerezo, mi padre contestó con un detallado inventario de los árboles de su jardín —el jardín que había sido mío, el que había albergado mi infancia— y, en una carta posterior, describió cómo organizaba la huerta— no había huerta en aquella casa de Adrogué cuando yo vivía con ellos—, qué plantaba en cada estación, qué colores despuntaban primero, qué semilla muy esperada había resultado un fraude a la hora de germinar. A veces, me costaba entender a qué especie o a qué planta se refería mi padre porque ya no recordaba el nombre de uso en la Argentina, y el que se utilizaba en España era otro muy distinto. Entonces, cuando le preguntaba, él me respondía: "Para que supieras cuál es, debería dibujarla llevando tu mano como el hombre de las catedrales".

Creo que los dos abrigábamos la esperanza de que algún día lo haríamos, sumar nuestras manos, dibujar juntos, pero no hubo tiempo. Le había prometido que volvería cuando se supiera quién había matado a Ana. Fue una promesa injusta, de alguna manera lo hacía responsable del avance de una investigación que no dependía de él; le reclamaba porque, como yo, mi padre era el único integrante de la familia que parecía querer saber quién había matado a mi hermana y por qué. Mi madre y Carmen no hacían otra cosa que rezar para tratar de aceptar "el designio de Dios". En cambio, mi padre parecía no querer resignarse, él iba al juzgado a revisar el expediente cada semana en persona y puso al mejor abogado que le permitía su discreta economía. A pesar del esfuerzo, toda línea de investigación se empantanaba tarde o temprano. Así fue, al menos, hasta que yo decidí irme. Luego ya no supe, como no supe tantas cosas a pesar de nuestra correspondencia. Mi padre tampoco supo de mí: no supo que estoy en pareja con Luis desde hace quince años, que decidimos no tener hijos, que dormimos abrazados, que tenemos un gato que se llama Poe, que Luis me va a buscar al balcón cuando me levanto en medio de la noche y sabe que si me desvelé, es porque soñé con Ana. Yo no supe que murió mamá, mi padre no me lo contó; debe de haber querido hacerlo, debe de haberse sentido extraño sin mencionármelo, pero así eran las reglas de nuestro intercambio tal como lo habíamos pautado. ¿Cómo habrá sido el día en que le dijeron que tenía cáncer? ¿Estaría aún mi madre con él? ¿Quién lo habrá acompañado al médico hasta el último día? ¿Quién le habrá tomado la mano antes de que se fuera? ¿Con quién habrá dibujado catedrales? Me duele pensar que haya sido con Carmen, ella y papá nunca se entendieron bien. Pero quién si no.

Las últimas cartas que intercambiamos fueron conversaciones acerca de mi jardín, no del suyo: el

Parque de la Alameda de Santiago de Compostela. En mi casa tengo apenas un balcón; abro la ventana y allí está el parque, todo mío. Lo atravieso de camino a la librería, cuando voy y cuando vuelvo. Leo sentada en alguno de sus bancos. Allí, bajo un roble de la Carballeira de Santa Susana, me suele esperar Luis, leyendo, si termina en la universidad antes de que yo salga de la librería, para llegar juntos a casa. O nos encontramos a mitad de camino, cuando nuestros tiempos coinciden. Mi padre me hizo miles de preguntas acerca de las especies del parque. Conservo todas sus cartas, pero también copias de las mías que redactaba en borrador y luego transcribía con letra esmerada para que él no tuviera que padecer mi tortuosa caligrafía. En alguna de las últimas, mi padre mencionó que habían florecido las santarritas de la casa que fue mi casa y me preguntaba si en el Parque de la Alameda las había. Dudé. Yo quería cerrar los ojos y verlas, pero no podía recordar qué planta era la Santa Rita; la forma en que nombramos plantas, flores, frutos, aun usando un mismo idioma, devela nuestro origen tanto o más que cualquier tonada. De allí somos, de donde florece o da fruto cada palabra. "Cierro los ojos y no puedo verlas, papá, como si estuviera ciega a esos recuerdos." Mi padre las describió con detalle en la siguiente carta, "ya que no puedo tomar tu mano y dibujarlas". "Púas afiladas, tallo áspero que parece viejo, afán de enredadera que se encarama sobre otra planta, en una pared o en una columna como lo hacen en nuestra casa, flores blancas, agrupadas de a tres y rodeadas de hojas moradas o fucsias según cómo les dé el sol". Me confundió

46

que él hablara de flores blancas porque yo, como muchos otros, confundía las hojas moradas con la flor. Pronto descubrimos que lo que él llamaba santarrita en mi nueva vida se llamaba buganvilla. Mi padre dedicó una de sus cartas a los múltiples nombres que recibe el arbusto: en España, buganvilla; en México, Perú, Chile y Guatemala, bugambilla; en el norte de Perú, papelillo; Napoleón en Honduras, Nicaragua, Costa Rica y Panamá; trinitaria en Cuba, Panamá, Puerto Rico, República Dominicana, Venezuela; veranera en Colombia y El Salvador. El Parque de la Alameda, ese parque que siento mi jardín, también las ostenta con orgullo. Le mandé a mi padre un plano con la localización exacta de las buganvillas. "Santarritas", me respondió él. Yo había perdido la palabra con la que se las conocía en el lugar donde nací y viví hasta los veintiún años, él quería que la recuperara.

¿Cuántas otras palabras habré perdido? ¿A qué lugar de la memoria irán a parar las palabras olvidadas? No era consciente de esa pérdida hasta que me lo hizo notar mi padre. En todas las cartas posteriores, incluso en la última, hubo alguna mención a las santarritas/buganvillas. Y, precisamente en esa carta, la última, mi padre confesó, como quien hizo una travesura, "PD: Me siento en falta y debo decirte algo, la lista de nombres no la armé yo, se la pedí a un gran amigo (Mateo), que buscó en internet las distintas opciones. Él me las dictó, una a una. Si hay errores, no son nuestros, sino de esa nube en donde los jóvenes buscan verdades. Serían buenos amigos vos y Mateo. Yo, a esta altura, sigo teniendo problemas con la tecnología".

Después, cuando releí las cartas sabiéndolo muerto, recién en una tercera o cuarta lectura, me di cuenta de que el nombre de ese amigo coincidía con el del hijo de Carmen. Se lo comenté a Luis, sin darle mayor importancia. Él descartó la coincidencia.

—Juraría que es el hijo de tu hermana. Tu padre no se debe de haber atrevido a mencionar a un nieto, pero dejó una pista para que tú sepas que existe alguien llamado Mateo, que ese alguien es confiable, que es amigo, y que se entenderían bien. Tal vez por eso es que el chaval está en nuestra ciudad. Tendrías que tratar de encontrarlo. No por tu hermana. Por ti y por él.

No respondí. Luis sabe que cuando no respondo es porque me quedo pensando. Tengo mal carácter; si algo no me gusta, lo digo en el momento y, por lo general, de feo modo. Por eso me llama "polvorín", "mi polvorín", o "polvorín mío". Que me quede callada significa otra cosa. Frente a mi silencio, sonrió y se sentó junto a la ventana a leer.

Al día siguiente, ni bien entré a la librería, fui a buscar la foto de Mateo al cajón de mi escritorio. Se la mostré a Ángela.

—El guapetón argentino, claro que lo conozco, cómo no haberlo visto —dijo.

—Parece un lindo muchacho.

—Decir eso sabe a poco: parece un modelo de Calvin Klein.

—¿Hace mucho que no aparece?

—Sí, muchísimo, lamentablemente. Venía muy seguido. No compraba siempre, pero una pasada hacía casi a diario. Y se quedaba rato largo. ¿Sabes?, ahora que lo dices, sucedió algo extraño, tal vez no tenga importancia la coincidencia.

—Decime.

—¿Te acuerdas del día que vino ese matrimonio a verte? ¿Cómo era el nombre...?

—Sí, Carmen.

—Exacto, Carmen y su marido. Bueno, el guapetón había entrado a la librería apenas unos minutos antes. Yo le estaba entregando dos libros que me había encargado hacía tres o cuatro días y que no teníamos en el *stock*. Y de pronto, cuando esa gente se acercó a la caja, me pareció que él trató de ocultarse. De hecho, pegó una voltereta muy singular. Luego dejó los libros sobre el mostrador y se metió detrás de un anaquel, como si buscara algo. Nunca te lo dije, porque no venía a cuento y yo a ese argentino le perdonaba lo que fuera de lo bonito que era, pero me resultó muy extraño. Mientras tanto, y con él ahí escondido, entré a avisarte que estaban tus visitas; luego los hice pasar y, cuando volví al salón, ya se había ido. Dejé los libros a un lado, porque pensé que volvería; aunque, hasta hoy, no lo hizo.

Le pedí a Ángela que, si tenía esos libros a mano, me dejara verlos. Me dijo que uno sí, pero que el otro lo había vendido porque ya habían pasado muchos días. Me entregó el que aún estaba allí: un ejemplar de *El espejismo de Dios*, de Richard Dawkins.

—¿Te acordás de cuál era el otro?

—Sí, claro, *Catedral*, de Carver —respondió, y la mención me hizo un nudo en el estómago idéntico al que sentí aquella tarde en que entró un cliente que olía como mi padre.

—Por favor, si el chico llega a aparecer por acá, no dejes de avisarme —casi rogué.

—¿Algo que deba saber? —se inquietó Ángela.

—Nada importante. Es hijo de gente que conozco y no pueden ubicarlo.

—Vale, tranquila, yo te aviso, Lía.

Volví a mi escritorio y trabajé todo el día con la foto de Mateo junto al teléfono. A última hora de la tarde, cuando junté mis cosas, la guardé otra vez en el cajón. Al abrirlo con cierto ímpetu, el estuche con las cenizas de mi padre se deslizó hasta el borde. Lo tomé y me lo llevé conmigo, me pareció que era momento de hacer algo con esas cenizas. De camino a casa, atravesando el Parque de la Alameda, me desvié hacia donde estaban las buganvillas. Había sido una tarde de sol y, a la hora de mi regreso, los restos del día les daban una luminosidad especial a los senderos. Me senté en un banco, dejé que la vista se me perdiera en medio de las plantas y evoqué la cara de mi padre: sus ojos marrones —como los míos—, su sonrisa amplia, su piel bronceada. No importaba la estación del año, él siempre se las arreglaba para leer al sol. Quise recordar su voz; no me fue posible, la había perdido. Saqué el estuche con las cenizas de mi cartera, pero lo retuve unos minutos entre las manos sin atreverme a esparcir el contenido. El metal empezó a levantar calor, se cargó con la temperatura que mi cuerpo le transmitía. Me quedé con la vista perdida en las buganvillas florecidas, esperando tomar coraje para despedir a mi padre para siempre. Sentí el deseo de llorar; una vez más, no pude hacerlo. Pensé que, quizás, fuera mejor que dejara la ceremonia para un día en que me pudiera acompañar Luis. Y estuve a punto de tomar esa decisión, guardar el estuche con sus cenizas e irme. Pero, en el preciso momento en que abría la cartera para hacerlo, sentí que alguien ponía su mano en mi hombro. No dudé de que era él, mi marido, como si lo hubiera llamado con el pensamiento. Giré sonriente, aliviada por la coincidencia. Sin embargo, quien estaba parado allí, detrás de mí, no era Luis sino Mateo, que me miraba sin atreverse a decir nada, tan bello como se lo veía en las fotos, mucho más alto de como lo había imaginado, tímido, muerto de vergüenza, inestable en sus casi dos metros.

Esperé, le di tiempo a que fuera él quien, por fin, hablara.

—Hola, Lía —pudo decir, luego de unos segundos interminables.

—Hola, Mateo —respondí— Qué bueno verte.

Mateo

¿Para qué vivir de obras de arte ajenas y antiguas?
Que cada hombre construya su catedral.

JORGE LUIS BORGES

1

Llegué a Santiago de Compostela un domingo. Llevaba tres cartas en mi mochila de mano. Una abierta, la mía. Otra que debía entregarle a Lía de parte de mi abuelo Alfredo, su padre. Una tercera para los dos, con el encargo de leerla juntos si y sólo si ambos decidíamos hacerlo. También traía conmigo un anillo de piedra color turquesa.

Me instalé en un *hostel* y salí a recorrer la ciudad. Era raro caminar con esa libertad desconocida, sin rendirle cuentas a nadie, sin sentirme observado. A pesar de que habían pasado varias semanas desde mi salida de la Argentina, recién entonces empezaba a sentirme libre. Como si por delante tuviera la promesa de una vida diferente que arrancaría en cualquier momento, esa misma tarde o al día siguiente, no tenía claro cuándo, pero pronto. Al llegar a Santiago, aún no sabía cuál era la librería de Lía. El abuelo no tenía el dato exacto, ella siempre le escribía con el remitente de una casilla de correos. De todos modos, no fue difícil ubicarla. En cuanto conseguí *wifi*, combiné un par de veces su nombre con las palabras "librería" y "Compostela" en el buscador de internet de mi teléfono. Entre las primeras opciones, apareció una nota de prensa de la presentación de la novela de un autor español que yo no conocía. Y como pie de foto de una imagen del evento —que mostraba a un hombre y a una mujer alzando el libro— aparecía el nombre de ese escritor y el de mi tía con la siguiente descripción: Lía Sardá, dueña de la librería The Buenos Aires Affair. *Googleé* el nombre de la librería y la búsqueda me condujo a una página de Facebook bastante precaria, pero que anunciaba la dirección del local mencionado en la nota. Pasé por allí esa misma tarde. Aquel domingo, como muchos otros negocios, la librería de Lía estaba cerrada.

Si bien no pensaba hacer contacto con ella inmediatamente, al menos quería estudiar el terreno. Tenía decidido rondar por el lugar algunos días, espiarla, ver quién era, cómo se movía, sentir si podía haber alguna conexión entre nosotros. Y recién después de eso hablarle de las cartas. Si no, si no me sentía cómodo ante su presencia, le dejaría la suya, anónimamente, sin darme a conocer, y rompería la nuestra, la que el abuelo nos había dirigido a los dos. Ante la posibilidad de que Lía y yo no sintonizáramos, esa carta dejaría de tener sentido. Fui varias veces a la librería hasta que por fin di con ella. Me impactó lo parecida que era a mi abuelo y lo poco que se parecía a mi madre. No lo había notado en las fotos que él me había mostrado, fotos en las que mi tía tenía menos edad de la que yo tengo ahora. Tampoco en un retrato en carbonilla que le había hecho mi tía Ana. Ni en la foto que la mostraba junto a aquel escritor en la presentación de su novela. Esperaba encontrarme con una versión suavizada de mi madre, pero en la que pudiera reconocerla como su hermana. Lo cual —me declaro cobarde— me intimidaba.

Mi madre me intimida. Todavía hoy.

Hace unos treinta años, el cuerpo de mi tía Ana, la menor de las Sardá, apareció quemado y descuartizado en un basural. Ana tenía apenas diecisiete. Lía, diecinueve. Mi madre, veintitrés; la edad que tengo ahora.

Lía resultó ser una mujer ágil y bien predispuesta. Verla subir y bajar de empinadas escaleras para encontrar el libro que le pedía un cliente, estimularlo en su búsqueda, indicarle otras opciones, reír en medio de la charla, y que de pronto, sin aviso, yo encontrara que alguno de sus gestos fuera idéntico a los de mi abuelo, me llenó de esperanza. Cuando llegué al *hostel*, me inspeccioné con detalle frente al espejo del baño. Busqué parecidos de mi rostro con el de Lía. La miré otra vez en la foto que había encontrado en internet. Quizás el color de pelo, quizás los ojos rasgados. Aunque yo tengo los ojos azules, como los tenía Ana. Cada vez que alguien lo decía, se me venía a la mente la imagen de sus ojos en una cabeza que había sido cortada del cuerpo al que pertenecía. Los de mi madre son claros pero distintos, más fríos, como transparentes. De cualquier manera, siempre me dijeron que soy el vivo retrato de mi padre. Me aliviaría encontrar la prueba de que no lo soy o, al menos, de que no soy sólo eso.

No me limité a observar a Lía en la librería. La seguí por La Alameda un par de veces. Y conocí a quien supuse su marido o su novio. Me entusiasmó la forma en que se miraban cuando se descubrían uno viniendo en una dirección del camino, y el otro, en la contraria; la caricia que él le hacía en la mejilla ni bien se encontraban, la sonrisa que ella le devolvía. Me hizo ilusión saber que éramos familia, que, muerto mi abuelo, lo que quedaba en pie de esa extraña institución compuesta por miembros que uno no elige, y a la que se nos condena por nacimiento, no era sólo aquello que representaba su lado más oscuro: mis padres. Así que, a los pocos días de llegar a Santiago de Compostela, ya lo había decidido, me presentaría ante Lía y le diría: "Hola, soy Mateo, tu sobrino, tengo una carta para vos y otra para nosotros, si nos atrevemos". Y luego de su sonrisa, agregaría que me siento huérfano, que no tengo amigos, que me resulta muy difícil relacionarme con las mujeres, más aún cuando me gustan.

No, mejor todo eso lo dejaría para más adelante.

Estaba seguro de que me atrevería a leer la tercera carta. Y, de sólo verla moverse, apostaba que Lía también. Pero aparecieron mis padres y, con ellos, la sombra, lo que está mal, la mentira. Verlos entrar a la librería hizo que me bajara la presión. Se me nubló la vista, se me aflojaron las piernas, como cuando terminaba una carrera de resistencia en el colegio. Me escondí de ellos. Me sentía como un chico después de romper el vidrio de una ventana de un pelotazo. Con mi altura, no es fácil esconderse sin llamar la atención. Me agaché como si estuviera buscando algo al ras del piso. Hice lo mejor que pude. "Seguís siendo un adolescente", habría dicho mi madre si me hubiera descubierto. Y a manera de reto o de advertencia o de maldición, habría aclarado que yo no estaba preparado para dejar la casa, que me faltaba madurar, que ya llegaría el día, que con paciencia y esfuerzo, que "si Dios quiere". Aunque rezaría a su Dios para que ese día no llegara y él jamás quisiera. Si mi madre me hubiera descubierto aquella tarde en la librería, me habría llevado de la mano al hotel, o de una oreja si mi altura se lo hubiera permitido, ante la mirada esquiva de mi padre —que obedecería estuviera de acuerdo o no—, y para mi vergüenza.

Muchas veces sentí vergüenza de mis padres. Sé que está mal visto, que los mandamientos lo condenan, que uno los debería querer y respetar tal como son y por sobre todas las cosas. ¿O al que hay que querer por sobre todas las cosas es a Dios? Nunca me acuerdo. Entiendo que para muchos sea posible obedecer cualquier precepto a fuerza de voluntad. Pero sólo yo soy hijo de mis padres.

Me necesitaban y por eso me educaron para que fuera lo más dependiente posible, así se garantizaban mi presencia en el mundo que se habían inventado. Yo era una pieza clave de su plan familiar.

Los espié detrás de los estantes de libros de autores latinoamericanos. Me quedé en cuclillas hasta que se me acalambraron los muslos. Me arrodillé y los seguí espiando por un hueco donde faltaban algunos libros. Los vi agobiados, grises; pero si algo de eso tenía que ver con mi supuesta desaparición, no me importó. Sí me sentí un cobarde por no poder enfrentarlos. Tan cobarde que, detrás de esa estantería, estuve a punto de orinarme encima. En cuanto vi que mis padres entraban a la oficina de Lía, me fui de la librería sin dar explicaciones. La vendedora se debe de haber quedado esperando con los libros que le había encargado unos días atrás y que acababa de reclamarle.

Me gustaba esa vendedora.

No sabía por qué mis padres estaban en Santiago de Compostela y en esa librería. Pero era fácil adivinarlo. La hipótesis más probable era que hubieran descubierto que yo estaba en la ciudad y venían por mí. Mi madre despreciaba a Lía y no había vuelto a hablar con ella desde que mi tía se fue de la casa familiar. O desde que asesinaron a Ana; mis padres no se ponían de acuerdo en ese punto. Rara vez mencionaban a mi tía muerta delante de mí. A Lía tampoco. Si no hubiera sido por el abuelo, ella apenas habría sido en mi vida una parienta que un día se fue y con la que no se habla bajo pena de

destierro por traición. Pero ahí estaban mis padres, trai-
cionándose a sí mismos, en Santiago de Compostela, en
The Buenos Aires Affair. Y de su presencia se desprendía
que habían decidido volver a dirigirle la palabra a la
única hermana viva de mi madre. Ante esa evidencia,
estaba claro que ya no iba a ser yo quien le diera a mi tía
la noticia de que era su sobrino, que había viajado desde
el otro lado del océano, que había venido a conocerla.
Ya no sería posible sorprenderla en La Alameda con las
cartas del abuelo, como me había imaginado. Mis padres siempre arruinaban todo.

¿Por qué alguien decide ser padre? En el caso de los
míos, la paternidad parecía estar vinculada con una
cuestión de propiedad, "tener un hijo", ser dueños de él.
Cuando le pregunté a mi madre por qué había estudiado Teología, me contestó: "Porque quería ser madre".
No entendí la relación entre la teología y la maternidad.
Hasta que me di cuenta de que lo que ella oponía a ser
madre era convertirse en monja, y se me puso la piel de
gallina.

No sé por qué mis padres no tuvieron más hijos.
Cuando les preguntaba, decían: "Porque Dios así lo
quiso". Y evitaban otra respuesta. Por mi condición de
hijo único, no tuve con quién compartir la intensidad
desmedida de nuestra relación. Temían exageradamen-
te que me pudiera pasar algo, siempre, ante cualquier
circunstancia. Ellos nunca iban a permitir que me fuera

de la casa familiar sin su consentimiento, no importaba que ya hubiera alcanzado la mayoría de edad.

Que no haya querido entrar al seminario para ser cura fue un golpe duro al poder que ejercían sobre mí; estaban convencidos de que yo concretaría, algún día, aquello que mi padre no quiso o no pudo. No entiendo el deseo de que un hijo sea cura. Mis padres tenían ese deseo. No sabía si para cuando llegaron a Santiago ya estaban enterados, además, de que había dejado los estudios de Arquitectura, al menos yo no se lo había dicho. Claro que, a esa altura y frente a mi desaparición, estarían convencidos de que algo sucedía, algo extraño, fuera de su lógica. Deben de haber rezado mucho, en casa y en la iglesia; deben de haber pedido en sus oraciones diarias desde algo tan concreto como que yo apareciera, hasta algo tan abstracto como que se salvara mi alma, alejada de su religión y de su dios.

No soy simpático; tampoco pedante, aunque lo parezca. Mi madre, en cambio, es la persona más pedante que conozco. Simula con eficacia ante terceros, y al mundo entero le cae bien. Logra producir en el otro la sensación de que alguien inteligente e importante se pone a su altura y se interesa por él. Pero es todo falso, es su manera de manipular. Hasta me han dicho: "Qué lindo tono tiene tu madre". Y a mí su tono me suena desafinado. En mi caso, se confunde pedantería con la distancia que pongo, soy inseguro hasta la parálisis.

Es una pedantería involuntaria. Necesito protegerme. En especial de las miradas. "El infierno es la mirada de los otros", tengo tatuada la frase de Sartre en la muñeca izquierda, describiendo el recorrido de una pulsera.

Yo prefiero espantar a agradar, corro menos riesgos. El caso de mi madre me es indescifrable.

Mi abuelo murió en su cama, un martes de julio. No recuerdo el día, pero sí que yo estaba de vacaciones; no tenía clases en la universidad y, por eso, me había quedado toda la tarde con él. No tengo dudas de que hizo un esfuerzo para no morirse delante de mí. Me sonrió cuando me fui, estaba extremadamente flaco, apenas hablaba, la sonrisa le bailaba en la cara. Al poco rato de llegar a mi casa, sonó el teléfono. Atendió mi madre, era Susana, la señora que lo cuidaba, para anunciar que había muerto. Mi madre colgó y dijo simplemente: murió. Sin aclarar quién. No hacía falta. La sentí aliviada, y eso me molestó. Suspiró luego de recibir la noticia, como quien se quita un peso de encima. Pero debo reconocer que la enfermedad de mi abuelo, después de meses de agonía, se había convertido en un suplicio. Sobre todo, para él. Sufría, y el fin de ese sufrimiento tenía un valor. Tal vez, hasta había sido egoísta desear que siguiera más tiempo con nosotros. Salí corriendo hacia su casa. Recién cuando llegué, me di cuenta de que estaba descalzo. Susana abrió la puerta, y me metí adentro sin darle tiempo a nada. Fui a su cuarto, lo abracé y lloré sobre su cuerpo. Todavía estaba tibio. Al rato llegaron mis padres. Susana dijo que el abuelo había dejado tres cartas para mí. Las tenía ella, él le había dado instrucciones de dármelas en mano en cuanto muriera. Mis padres la escucharon con atención; aunque Susana no les hablaba a ellos, sino a mí. Ella se disculpó, fue a su cuarto y volvió con las cartas. Mi madre quiso agarrarlas cuando Susana me las ofreció, boca abajo; supongo que lo hizo así para que no se viera a quién iban dirigidas. Pero la mujer le adivinó la intención y extendió el brazo un poco más hasta ponerlas sobre mi mano. Yo me metí las cartas en el bolsillo sin vacilar.

Creo que Susana sabía nuestros planes, quizás el abuelo le dijo, hay secretos difíciles de guardar.

Carbonización y descuartizamiento, dos palabras que aprendí a una edad demasiado temprana. Los niños no hablan de familiares que aparecen muertos, ni de cuerpos calcinados, ni de trozos de una tía. Yo sí. Tal vez fui niño demasiado poco tiempo. Si hubiera sido por mis padres, nunca habría dejado de serlo.

La muerte de mi abuelo no me tomó por sorpresa en cuanto al hecho, sí en cuanto a la oportunidad. Teníamos conciencia absoluta de su muerte cercana: sabíamos que iba a morir, no sabíamos cuándo. Porque morir, vamos a morir todos. Yo también pero, como apenas paso los veinte, tengo permitido no pensar en eso. De cualquier modo, no me tomo ese permiso, pienso en mi muerte. No como algo inminente, sino como algo certero e impredecible. A mis padres les encanta la frase: "Vos tenés la vida entera por delante". ¿Una vida de qué duración? Ése es el punto. ¿Horas, días, semanas, años?

Ante una enfermedad como la que sufría mi abuelo, ya no fue posible simular que aún quedaba tiempo. Tenía un tumor en la cabeza en un lugar no accesible para la cirugía, así que todos sabíamos que no habría cura. Por supuesto que aquella tarde no se me cruzó que sería la última que pasaríamos juntos; de lo contrario me habría quedado con él, esperando, junto a su cama, tomado de su mano. Me había engañado, durante la enfermedad de mi abuelo me encontré varias veces pensando: "Todavía no, por ahora no va a morir". Pero, más temprano que tarde, llegaría el llamado inoportuno para advertirme que me había estado haciendo trampas. Aunque tenía asumido que algún día me quedaría solo en nuestro peculiar sistema familiar, no saber exactamente cuándo me había provocado una falsa ilusión. Hasta aquella noche en que sonó el teléfono de mi casa, vivía como si el diagnóstico del abuelo no incluyera una certeza de muerte sino una amenaza. Y las amenazas, en algunas ocasiones, se lanzan para amedrentar, pero no se cumplen.

Me había equivocado.

Creo que mi inminente soledad le preocupaba más a mi abuelo que a mí; él, sospecho, tampoco me sentía capaz de arreglármelas por mí mismo. Claro que su preocupación no era como la que yo provocaba en mis padres, siempre alarmados por una supuesta discapacidad permanente, propiciada por ellos, alimentada por ellos. Para mi abuelo, en cambio, mi timidez, mis dificultades para relacionarme, mi fragilidad y mi *nerdismo* eran características transitorias y reparables con el adecuado entrenamiento. Y nunca se olvidaba de aclarar: "Siempre que vos quieras cambiarlo". Él parecía consciente de que si hubiera sido por mi madre, yo habría quedado encerrado en su telaraña para siempre. Por eso, desde que se resignó a que los días que le quedaban serían pocos y estaban fatalmente contados, me entrenó para la supervivencia. Algunas veces, su entrenamiento fue explícito; otras veces, tácito. Así que tuve una percepción tardía de que muchas de las cosas que mi abuelo hizo en sus últimos tiempos, cuando todavía estaba bien, fueron acciones deliberadas para que yo aprendiera a sobrevivir.

Hay lugares en donde es más difícil sobrevivir: en un desierto, en una isla inhabitada, en el pico de una montaña, en Marte, en un país en guerra, en la selva. En mi familia.

Somos una cicatriz. Mi familia es la cicatriz que dejó un asesinato. Unos años antes de que yo naciera, descuartizaron y quemaron —en ese orden— a mi tía Ana. A pesar de que no la conocí, a pesar de que no había fotos de ella por la casa, a pesar de que mis padres evitaban mencionar aquel hecho brutal con la ridícula idea de que lo que no se nombra no existe, desde que supe que mi tía había sido quemada y descuartizada me convencí de que al hablar con alguien debía contarlo inmediatamente, advertirle al otro que en mi familia había habido una muerte violenta, salvaje. Me había acostumbrado a mostrar mi cicatriz familiar casi como carta de presentación. Más aún si se trataba de una chica, y en sus ojos descubría que yo le gustaba. En ese caso, sentía que no sólo debía contarle, sino advertirle: "Ojo que no soy lo que ves, ¿querés escuchar mi historia?". Y si decía que sí —siempre decían que sí—, le describía en detalle la cicatriz familiar. No porque de ella pudiera resultar ningún riesgo para terceros, sino porque sentía que no había manera de soslayarla al hablar de mí. No podía callar ni la cicatriz ni la historia que se escondía detrás de esa marca. La muerte de Ana forma parte, irremediablemente, de lo que yo soy. De lo que somos. Tal vez, mis padres no me habrían criado con los miedos con que me criaron, si la vida de Ana no hubiera terminado de ese modo. Tal vez, mi abuela no habría sido el ser amargo y dañino que fue hasta sus últimos días, si no hubiera muerto su hija. Tal vez, mi abuelo no habría tenido esa luz triste en los ojos, si su niña menor aún viviera y su niña del medio no se hubiera ido a vivir a otro continente. Sin nuestra cicatriz, tampoco habrían existido las tres cartas que yo llevaba en mi mochila el domingo en que llegué a Santiago de Compostela, dispuesto a encontrar a Lía.

A fuerza de rechazos, aprendí a simular. Poco a poco logré postergar el anuncio, no contar lo de la muerte de Ana de inmediato. Sobre todo después de aquella cita con una ex compañera del colegio secundario que me gustaba mucho, muchísimo. Me había tomado un largo tiempo antes de invitarla a salir, me sonrojé al hacerlo pero, cuando lo hice, ella dijo: "Sí, salgamos", casi sin pensarlo, y yo fui feliz. La invité a tomar una cerveza y, antes de que el mozo trajera los balones, en lugar de intentar darle un beso como hubiera hecho alguno de mis amigos, le estampé mi cicatriz sin ningún tipo de advertencia, amortiguación o rodeo. "A mi tía Ana la quemaron y descuartizaron cuando tenía diecisiete años, nadie supo nunca quién ni por qué." No podía estar frente a ella y no decirlo. Callar me hacía sentir sucio. Por un momento, pensé que sus ojos se ponían más verdes, que algo le hacía ganar intensidad a un tono que yo pocas veces había visto tan de cerca. Pero no se trataba de que los ojos de mi amiga ganaban color, sino que la piel de su cara lo perdía. La chica se había puesto pálida, la frente se le llenó de sudor, se paró torpemente, me dijo que iba al baño un instante y no volvió más. Ahí quedé yo, toda la noche con las dos cervezas frente a mí, sin poder tomar la mía y sin entender qué era lo que había hecho mal.

Crecer rodeado de adultos a los que un día les cambió la vida por una muerte con descuartizamiento e incineración no puede ser igual a crecer en otro sistema familiar. La familia es un sistema. "Un objeto complejo cuyas partes o componentes se relacionan con al menos alguno de los demás componentes"; según se define "sistema" en el *Diccionario de Filosofía*, de Mario Bunge. Yo me relacionaba con mi abuelo, hasta que murió. Mis padres se relacionaban entre sí. Mi abuelo se relacionaba con todos. Aunque en los últimos tiempos su trato con mis padres fue cada vez más distante. En ese entonces, pensé que era porque el abuelo guardaba su energía para él y para mí, para las cartas que se escribían con Lía y no mucho más. A partir de su muerte, el sistema quedó trunco, faltaron enlaces y empezó a dar "error". Mis padres quedaron haciendo *loop* entre ellos. Yo desconectado, *out of system*, excluido.

Soy hijo de un ex seminarista y una profesora de Teología. Hay que remontar ese barrilete. Los ingresos que nos permitieron tener una vida más holgada fueron producidos por la casa de electrodomésticos que mi padre heredó de su familia. Los dos son activistas católicos y están relacionados íntimamente con la Iglesia de muchos modos: retiros, cursillos, novenas, colectas, comedores, misionar —lo que significa convencer a otros de que crean en aquello en lo que ellos creen—. Durante mucho tiempo dieron cursos prenupciales en los que explicaban cómo tener un matrimonio que durara toda la vida, condición de *extra large* que parecía definir el éxito del sacramento. De hecho, aún deben de estar convencidos de que su propio matrimonio es exitoso. En cambio a mí, imaginarme casado, si estar casado es vivir como viven ellos, me parece un fracaso absoluto, el más grande al que uno puede aspirar.

Con mis padres nunca tuve un verdadero diálogo, cuando hablábamos lo hacíamos con lugares comunes y frases hechas. "¿Cómo te fue en el colegio?" "Bien, gracias." "¿Tenés mucho que estudiar?" "No tanto." "Hace frío, abrigate." "Llevo una bufanda, no te preocupes." Fue el abuelo quien me escuchó sin inmutarse cuando me suspendieron tres días por discutirle al cura que la hostia puede ser un símbolo, pero no es el cuerpo de Cristo ni de nadie, y que el vino consagrado es vino de uva pero no sangre. O cuando me amonestaron porque llamé al 911, después de que tres de mis compañeras se desmayaran en un retiro espiritual donde nos tenían a pan, agua y arroz, al sentir que "Cristo les entrababa en el cuerpo", mientras nuestro tutor gritaba: "¡Que entre, que Cristo entre!". Era apenas adolescente cuando mi abuelo me regaló mi primer libro de Richard Dawkins, *El gen egoísta*. "La religión es un delirio que sufren millones, lo dice él, no yo", citaba a Dawkins, mientras golpeaba con su dedo índice el nombre del autor sobre la tapa del libro que acababa de regalarme. A partir de entonces, sin declararlo, sin decirme que él dudaba y sin enfrentar abiertamente ni a mis padres ni a la Iglesia, mi abuelo me educó en la posibilidad de ser libre.

Eso también fue parte de su entrenamiento.

Así llegué a Freud, que sostiene el concepto de la religión como delirio colectivo desde bastante antes que

Dawkins. Y al libro de ensayos de Fritz Erik Hoevels: *Religión, delirio colectivo*, a lo que le sumé la lectura de algunos trabajos de quienes lo aman y otros de quienes lo odian. Y, por fin, al *Seminario 11* de Lacan, en especial a su clase 5, "Tyche y automaton": "Porque la verdadera fórmula del ateísmo no es *Dios ha muerto* [...], la verdadera fórmula del ateísmo es: *Dios es inconsciente*". Por Lacan, terminé cambiando de carrera: ya no estudio Arquitectura, sino Psicología. Al menos eso estudiaba cuando me fui de la Argentina y supongo seguiré estudiando donde sea que me instale finalmente. Cuando decidí que no quería ser arquitecto, dudé un tiempo si cambiarme a Psicología o a Filosofía y di materias de los dos planes de estudios. Pero por fin me decidí por el aprendizaje de los procesos mentales individuales, que me pareció menos abstracto que el pensamiento en sí mismo. A mis padres no se lo dije: superada la desilusión al asumir que no sólo no tendrían un hijo cura sino tampoco arquitecto, habrían hecho lo imposible para que yo estudiara Psicología en una universidad católica. Si se trata de levantar un edificio, da más o menos lo mismo, pero meterse dentro de la cabeza de otro sin una mirada "cristiana" les habría parecido impúdico.

"Su técnica (la de la religión) consiste en reducir el valor de la vida y en deformar delirantemente la imagen del mundo real, medidas que tienen por condición previa la intimidación de la inteligencia", escribió Freud en *El malestar en la cultura*. Quise compartir esa lectura con mi abuelo. Él repitió la frase de memoria, era difícil sorprenderlo con un texto. Aunque se recibió de profesor de Historia, su campo de interés era mucho más amplio, y se la pasaba leyendo ensayos de diversos temas: filosofía, psicología, antropología, biología, teología. A mi abuelo todo le interesaba. Mi abuela, en cambio, se lo pasaba quejando de que, después de jubilarse, él perdiera su tiempo y se alejara de ella escudándose detrás de un libro. Yo hubiera hecho lo mismo que mi abuelo.

De él heredé mi voracidad lectora.

"Intentá ser feliz sin mentiras ni delirios", escribió el abuelo en la carta dirigida a mí, la que podía leer solo. Que hubiera elegido el verbo *intentar* me resultó clave: no me exigía "sé feliz", me pedía que tratara de serlo. En esa carta también me hablaba del amor. Y me prometía que, en la que compartiría con Lía, volvería sobre el asunto. Pero para hablar de él, no de mí.

Me fui de la Argentina sintiendo que no había sistema ni lazo que me uniera con nadie. Mi sistema familiar había dado "error" y, al poco tiempo, dejó de funcionar. Era un satélite que había perdido su órbita.

2

El abuelo y yo armamos nuestro propio camino de Santiago. Quedé con él en que empezaría el recorrido por Polonia y terminaría en Santiago de Compostela. Pero el final de la ruta trazada no estaba en esa ciudad por la supuesta tumba del supuesto santo. Ni porque Santiago era y es la meca de los peregrinos. Del verdadero motivo me enteré después, cuando supe que tenía que entregar esa carta: allí vivía Lía. Una de "las Sardá", la hermana del medio. Mi única tía viva. Se había ido de Adrogué a esa ciudad, antes de que yo naciera. Y no había vuelto. Otra consecuencia de nuestra cicatriz.

El abuelo me hizo prometerle que, cuando él no estuviera, yo cumpliría el recorrido que dibujamos juntos, el de las catedrales más lindas de Europa. Ese camino me llevaría hacia donde él quería que fuera: al encuentro con la hija que más extrañaba. La extrañaba incluso más que a Ana, tal vez porque echar de menos a alguien vivo tiene más sentido que hacerlo con un muerto. La muerte pide resignación, la ausencia no. Nunca logré que mi abuelo reconociera que Lía era su favorita. "Para un padre, todas sus hijas son iguales". No era cierto, mi madre jamás habría podido competir por su preferencia. Ni por su amor. Mi madre era otra cosa.

El recorrido empezaba en Polonia. Hicimos trampa, porque Santa María de Cracovia no es catedral. "Ellos son más tramposos que nosotros y mucho más dañinos, ¿por qué no atrevernos a una trampa ingenua?". Así las llamaba el abuelo: "trampas ingenuas", pequeños atajos para lograr algo en un mundo que los dos sabíamos hostil. Cuando él hablaba de "ellos", de los tramposos, se refería a los curas. Aunque nunca dejó de decirse católico, con los años fue desarrollando un profundo desagrado por la curia y las instituciones de la Iglesia. Y advertir ese desagrado fue lo que me permitió sincerarme con él cuando aparecieron mis primeras dudas acerca de la fe. Mis padres, en cambio, trataban de revertir esas inquietudes con psicólogos —graduados en universidades católicas, condición *sine qua non*— como si mis preguntas les resultaran obscenas o propias de un brote psicótico. Desde entonces tengo claro que ellos habrían preferido verme psicótico que ateo.

Mi abuelo declaró catedral a Santa María de Cracovia, tomó mi mano y, con la suya encima, se puso a dibujarla.

Nuestro sueño de un camino de Santiago hecho a medida no fue un proyecto relacionado con la religión católica ni con misticismo alguno. Más bien una búsqueda del porqué, una reafirmación de la cordura propia en medio de ese delirio colectivo y extendido que nos tenía rodeados, sobre todo en nuestra propia familia. Y una apuesta a la felicidad que nos producían los pequeños actos de resistencia, más que las grandes batallas. También un encuentro final, el verdadero punto de llegada, que no se limitaba sólo a conocer a mi tía, sino a entender por qué mi abuelo nos deseaba juntos. Él nos tenía reservado algo más, la revelación de una verdad que daba un golpe brutal en nuestra cicatriz, para abrirla y que luego cicatrizara mejor. Pero debe de haber evaluado la posibilidad de que, con esa herida abierta, si estábamos solos, no pudiéramos seguir viviendo. Me pregunto si habrá reservado algo para él. Lo imagino dudando frente a la difícil decisión de contarnos la verdadera historia o no. Se habrá convencido de que algún día la terminaríamos sabiendo y tuvo la precaución de que estuviéramos unidos al momento de recibir ese golpe. Fue valiente. Y apostó a que el sistema "familia" pudiera volver a funcionar si dos de sus objetos —Lía y yo— lográbamos relacionarnos, salvando el mensaje de "error". Pero para eso era necesario desbaratar la mentira, frente a ella no había trampa ingenua que valiera.

"Si Picasso dijo que el retablo de madera de Santa María de Cracovia es la octava maravilla, mirá si no merece ser la primera catedral de nuestro recorrido". La dibujamos tomando de modelo una foto que yo mismo encontré e imprimí desde el blog de una guía polaca que ofrecía visitas guiadas en idioma español. Cuando finalmente estuve allí, después de muchas horas de vuelo transoceánico, pensé que la habíamos sobrevalorado. Santa María está ubicada en la Plaza del Mercado de Cracovia que, según las guías turísticas y los blogs de viajes, es considerada una de las mejores plazas del mundo. Tiene estrellas y comentarios positivos en los sitios de viajeros en los que me metí. Caminé desde el hotel por una calle empedrada y, al llegar, aparecí frente al edificio más impactante de la zona, el Sukiennice o Lonja de los Paños. Me detuve allí, miré a mi alrededor. La plaza, sobre el final de aquel verano, transmitía la alegría de los que tomaban algo en sus terrazas mientras conversaban al sol. Bajo las arcadas había negocios, edificios antiguos, palacios. Más allá una pequeña iglesia, San Adalberto, una construcción medieval de piedra. A un costado, la torre del Ayuntamiento. Había leído que debajo de la plaza había sótanos y pasajes que comunicaban los edificios entre sí y sentí que algo se movía debajo de mí, como si me caminaran hormigas por las plantas de los pies. Entonces, empezó a sonar una trompeta, levanté la vista hacia el lugar de donde venía el sonido y llegué a ver las dos torres desiguales de Santa María. Una música me llevó hasta allí. La melodía se detuvo justo antes de que yo llegara, en medio de una nota. Luego supe que el corte abrupto es en honor a un trompetista al que una flecha tártara alcanzó en la garganta. La muerte le llegó mientras tocaba, en la torre más alta, la *Hejnał Mariacki,* una canción polaca que sonaba para abrir o cerrar las puertas de la ciudad cada día, o ante ataques de otros pueblos. Nadie en Cracovia me pudo confirmar si la historia es real o mito, pero me pareció valiosa y la adopté. Apunté en mi libreta varios relatos como éste, con los que me fui encontrando durante el viaje, historias de distintos lugares que nadie sabe si son ciertas o no, y que se trasmiten de unos a otros del mismo modo que pasa una receta de cocina de generación en generación. Escenas que son parte de la historia común y hasta de la identidad de algún pueblo, pero no de una religión. Si la religión fuera aceptada como la suma de relatos que nos transmitimos unos a otros a lo largo de los siglos, tal vez yo no sería ateo. Prefiero los relatos a cualquier religión. Que mis padres hayan querido convertirme a la suya con tanta vehemencia selló mi destino de renegado. Si hubieran sido de esas personas que se dicen católicas pero ni siquiera van a misa, yo no habría tenido que hacerme tantos planteamientos. A lo mejor, hasta seguiría diciéndome católico, lo que sin dudas me habría ahorrado problemas. Siempre es más sencillo parecerse a los demás. Fue acción y reacción, y se los agradezco. Una de las pocas cosas que les agradezco. Porque ante el fanatismo, tuve que resistir. Me convertí en un *outsider*, un raro. Desde muy chico fui alguien "diferente", no sólo con respecto a temas religiosos. Un *alien*. Daba lo mismo el lugar: en el colegio parroquial que mis padres eligieron para mí, en el club al que ellos me obligaban a ir a hacer deporte, en las reuniones de grupos de la iglesia que me imponían los domingos.

Fui hacia la Basílica de Santa María siguiendo la música, todavía sintiendo las hormigas en mis pies. Experimenté cierta decepción: la primera catedral que dibujamos con mi abuelo, vista desde afuera, no me parecía excepcional. Pero apenas entré y me acerqué a ese retablo de madera, entendí todo. El impacto de su belleza me dejó pasmado. Doscientas esculturas talladas por Veit Stoss entre 1477 y 1489. Había leído acerca de él antes de viajar, incluso llegué a hacerlo cuando todavía estaba vivo el abuelo, y lo comentamos juntos. Una de aquellas últimas tardes me dijo: "Todas las personas esconden algún secreto que un día será oprobio". Le gustaba usar esa palabra: oprobio. Yo no la conocía, me explicó su significado. Y luego agregó: "Hay que estar preparados para el día en que lo descubramos, saber qué haremos con ese secreto, el nuestro y el de quienes nos rodean". "Vos no, abuelo, qué podés esconder vos", le contestaba. "Yo también", respondía él, "uno que me duele más que este cáncer", y no decía más. Se cerraba, ensimismado, ya ni siquiera podía mirarme, no había modo de seguir preguntando.

Veit Stoss tuvo su oprobio. El escultor alemán vivió varios años con su familia en Cracovia, donde hizo esta obra maestra: el Altar de la Dormición. Frente a ese altar, me conmoví sinceramente. Aún hoy me conmueve pensar cómo una mano que talla madera logra tanta verdad en los pliegues de un vestido. Pero en cuanto al "oprobio" de Veit Stoss, eso no sucedió en Cracovia, sino a su regreso a Núremberg, años después. Un día, descubrieron que había copiado el sello y la firma de un contratista que había cometido fraudes. En su ciudad, fue condenado al castigo de recibir bofetadas en público y a no salir más de su perímetro sin permiso de la Justicia. Prohibición que desoyó: lo demuestran las piezas de su autoría en otras ciudades, posteriores a la fecha de la condena.

Nadie diría, frente a ese retablo de madera que tiende a la perfección, que quien talló semejante maravilla falsificó luego el sello de un contratista y mereció ser abofeteado en público. Los reveses de las personas. Los oprobios.

Por motivos diversos, a veces con fundamento y otras veces no, descartamos importantes catedrales que podrían haber integrado nuestro camino de las más bellas de Europa. El abuelo dijo que podíamos saltear la Catedral de San Basilio, en la Plaza Roja de Moscú, porque, más allá de su belleza y colorido inusual, es un templo ortodoxo y no católico. Su argumento sonaba lógico; aunque no lo hubiera sido, yo lo agradecí en silencio: me daba terror ir a Moscú, que me encontraran con un porro en el bolsillo y terminar preso como había leído en internet que le había ocurrido a un turista argentino unos meses atrás. ¿Cómo se dice "porro" en ruso? ¿"Consumo personal"? Si alguien era candidato a terminar preso por dos pitadas de marihuana en un país donde se habla un idioma que no conoce, ése era yo.

El abuelo me prohibió que fuera a la Basílica de San Pedro, en el Vaticano: "No te quiero tan cerca del *establishment* católico". Por otra parte, y a pesar de lo que muchos creen, San Pedro no es catedral. Y en ese caso, no necesitábamos hacer una excepción, como con Cracovia.

Notre Dame de París estaba en la lista, aunque para cuando me tocó pasar por esa ciudad, la catedral había sufrido un incendio descomunal. Y alguien que pertenece a un sistema familiar donde se descuartizó a una mujer y se quemó su cadáver —o al revés— no quiere oír de incendios. Estuve caminando por la orilla del Sena, pero no me acerqué ni siquiera a mirar cómo lucía Notre Dame después del fuego. Preferí quedarme con la imagen que dibujamos con el abuelo, una imagen resistente a las llamas. Reemplacé esa Notre Dame por otra, también gótica y francesa: la de Amiens. Estaba seguro de que él habría aprobado mi decisión. Tuve que dibujarla solo, no estaba en nuestra carpeta. Tracé el contorno de una catedral, por primera vez, sin sentir su mano sobre la mía, sin su guía. Y ahí, sentado en el piso, frente a aquella iglesia, en una tarde de sol, tuve conciencia de que mi abuelo ya no estaba. Me detuve en el rosetón de la entrada principal, le dediqué mucho más tiempo que al resto de la iglesia, me obsesioné con cada curva. Mientras lo hacía, lloré.

Las otras paradas de mi camino, antes de entrar en España, fueron la catedral de San Esteban en Viena, Austria; la catedral de Colonia, en Alemania; y, en el circuito italiano, Santa Maria del Fiore en Florencia, Nuestra Señora de la Asunción en Siena y el Duomo en Milán. Algunas eran más lindas de cómo las habíamos dibujado, otras no, pero todas tenían algún detalle mágico por descubrir: las tejas esmaltadas de colores de San Esteban, las franjas verdes y blancas que dibuja el mármol en la catedral de Siena, las doce campanas de la Catedral de Colonia, el meridiano que atraviesa el Duomo de Milán, con los signos del Zodíaco a cada lado. Frente a cualquiera de ellas, me sentí pequeño; no fue un sentimiento religioso, sino existencial. Es lo que busca ese tipo de arquitectura. Y lo logra. El efecto no solamente lo provoca la altura de los techos que parecen elevarse al cielo, sino la luz que entra de una manera particular, envolvente, produciendo un clima de puesta en escena donde la presencia de uno, como persona, es minúscula. Un montaje preconcebido para que quien las contemple sienta la certeza de que hay algo mucho más grande que el ser humano: algo que es ajeno y no se puede abarcar, pero que existe. Ficción, sugestión, fe, no sé cuál es la palabra adecuada. Parado frente a algunas de ellas, pude entender lo que sienten otros. Más aún, frente a Santa Maria del Fiore me desvanecí. Esa iglesia tiene una belleza brutal. Desperté atendido por unos turistas que diagnosticaron síndrome de Stendhal; hablaban un inglés que no era su lengua madre y, gracias a eso, a que lo chapuceaban con el mismo desparpajo que yo, es que les entendí mejor que a otros. Me contaron que iguales síntomas fueron lo que sintió el escritor francés al salir de la Iglesia de la Santa Cruz, también en Florencia: palpitaciones, mareos, confusión, vértigo. Intolerancia a tanta belleza, una belleza que abruma. Habría sido imposible sentir lo mismo al dibujarla, sólo fue posible padecer frente a ella.

Algo así me pasa cuando estoy delante de una mujer, en especial si me gusta demasiado. Han sido pocas, hasta ahora. Me cuesta dejar que mi cuerpo sienta frente a ellas. Me da miedo. En alguna época pensé que quizá yo fuera gay. Me obligué a considerarlo. Y no, al menos hasta hoy, quienes me atraen sexualmente siempre son mujeres. Me atraen, pero me aterran. No sé abordarlas. Como si estuviera a punto de sumergirme en un túnel que me llevara no sé adónde y de donde no hubiera retorno. En general, cuando sospecho que puede pasar algo así con una mujer, pongo una barrera entre los dos. Más que una barrera, es un vidrio blindado que la chica no ve y que a mí me deja a salvo. No de ella, sino de sentir. Las pocas veces que no llegué a tiempo para blindarme antes de que me latiera el cuerpo, me sentí confundido, mareado, y no pude abordar a la que me provocó el efecto. Como cuando estuve frente a la Catedral de Florencia. Otras veces me abordaron ellas, y terminó del mismo modo. Las contadas ocasiones en que estuve en una cama con una chica, desnudos, excitados, a la gran erección inicial le siguió la imposibilidad de penetrarla y la desazón. Fin. Luego quedé asustado por largo tiempo como para que me dieran ganas de volver a intentarlo. Por momentos me da miedo de que un día, cansado de probarme a mí mismo y fracasar, ya no lo vuelva a intentar.

No sé cuánto tienen que ver mis padres con esta dificultad, no sé cuánto tiene que ver la religión que abandoné, ni la cicatriz. ¿Importa por qué padecemos lo que padecemos?

Después de que murió el abuelo, al menos tres veces noté que alguien había revuelto mi habitación. Sólo podía haber sido mi madre. ¿Qué buscaba? ¿Porro? ¿Porno? ¿Revistas gays? ¿Botellas de alcohol? ¿Manifiestos terroristas? Todo era posible en su mundo frenético. No tenía idea qué fantasía podía arrojarla a una búsqueda inútil. Porro había, pero lo suficientemente bien escondido como para que mi madre no pudiera dar con él. Del resto, nada. Me daba bronca aceptar que ella revolvía, y a la vez disfrutaba sabiendo que perdía su tiempo. Hasta que un día entendí qué era lo que buscaba: durante la cena, ella y papá me preguntaron por las cartas. Que por qué eran más de una. Que a quién iban dirigidas. Que qué decían. Que si el abuelo los mencionaba. Que si mencionaba a Lía. Que les parecía egoísta e irresponsable que no las compartiera con ellos. Que si yo era consciente de que el abuelo, en el último tiempo, decía incoherencias. No respondí a ninguna de sus preguntas, ni acepté ninguna de sus exigencias. Pero agradecí que lo hubieran hecho, porque al fin supe qué buscaba mi madre cuando revisaba mi cuarto. Nunca las habría encontrado, las cartas estaban siempre conmigo, en mi mochila, no me desprendí de ellas desde el momento en que Susana me las entregó. Después de esa cena confirmé que no quería permanecer un día más en la casa en la que vivíamos juntos. Y empecé a organizar mi viaje.

Antes de partir me vino a ver Marcela, una amiga de la infancia de Ana. En realidad, no vino a verme a casa, sino que me salió al cruce, montada en su bicicleta, una tarde en que fui a lo del abuelo a buscar unos recuerdos que quería conservar. Mi madre, a una semana del velorio, había amenazado con que había que levantar la casa y ponerla en venta cuanto antes, así que me presenté tan pronto como pude a rescatar unos pocos objetos. A Marcela la había visto dos o tres veces en lo del abuelo, él mismo me la había presentado y, en cada oportunidad, daba la sensación de que para ella era la primera vez. Como en esos encuentros nadie me explicó de qué se trataban sus olvidos, concluí que era una mujer muy distraída. Pero aquella tarde, cuando Marcela me salió al cruce, pude cambiar algunas palabras con ella y percibí que tenía dificultades con la memoria. La mujer repetía lo que ya había dicho un instante antes y parecía no retener lo que yo le contestaba. En el canasto de su bicicleta llevaba una libreta donde anotaba algunas palabras mientras hablaba. Parecía una escritura taquigráfica. De esa libreta leyó: "Entregar el anillo al nieto de Alfredo para que se lo dé a Lía". Husmeé en la lista y me pareció ver que debajo decía: leche, *blazer*, tintorería. Para mi sorpresa, llevaba una foto mía dentro de la libreta; en realidad, era una fotocopia de una que estaba en la casa del abuelo, en un portarretratos, sobre la chimenea. Se incomodó cuando vio que yo husmeaba la libreta y la cerró. De inmediato, me dio un anillo con una piedra turquesa, y repitió: "Es para Lía". Luego se fue. No me dio tiempo de preguntarle cómo sabía que yo vería a Lía. Entré a la casa del abuelo algo confundido. Todavía estaba Susana, mi madre la había contratado para vaciar la casa antes de la venta. Le comenté el encuentro con esa mujer. Ella la conocía más que yo.

Me contó que el abuelo le tenía mucho aprecio, pero sobre todo mucha paciencia. "A pesar de las dificultades en la comunicación con alguien así, se entendían." Apenas dijo eso, que se entendían, y que si Marcela sabía que yo iba a ver a Lía era porque el abuelo no sólo se lo había dicho, sino que se lo había hecho anotar. "Confiá en el criterio de don Alfredo", me aconsejó. Y yo confié, sin preguntar mucho. Me contó que, cuando eran chicas, Marcela y Ana habían sido muy amigas. Y que Marcela, después de su muerte, tuvo un episodio psiquiátrico. O neurológico, Susana no se acordaba; sí, que le había dejado secuelas en el manejo de la memoria corta. "Amnesia anterógrada", dije yo, y Susana se me quedó mirando sin poder afirmar lo que no sabía. No había querido ser pedante, pero lo había visto en una de las materias que había llegado a cursar en la Facultad de Psicología, antes de suspender los estudios por mi viaje. El profesor nos había hecho ver la película *Memento* para entender el cuadro, aunque yo nunca había conocido a alguien que lo padeciera de verdad. Hasta aquel día. Susana, sin conocer el nombre del síndrome, sabía que Marcela podía recordar cosas del pasado anteriores a la muerte de Ana, y que, a partir de entonces, ya no pudo almacenar recuerdos: la memoria posterior estaba vacía. "Dicen que fue por un golpe, pero para mí fue por lo que sufrió con lo de Ana". También me contó que con el tiempo, la medicación y el entrenamiento, Marcela mejoró bastante. Parte de ese entrenamiento debía de haber sido la libreta que llevaba en el canasto de su bicicleta. Anotar le permitía llevar registro, una memoria escrita que reemplazaba la memoria ausente.

No pregunté más y acepté el encargo. Se trataba de llevar un anillo, tampoco era una ciencia infusa. Junté en una bolsa algunos libros del abuelo, su reloj, una foto en la que me tenía en brazos cuando era bebé, el lápiz con el que dibujamos las catedrales. Coloqué dentro de la bolsa el anillo de piedra turquesa que me había dado Marcela.

Salí de la casa de mi abuelo, listo para nuestro camino de Santiago.

3

Cumplí veintitrés años estando en Barcelona, la
última parada en mi camino de catedrales antes de
llegar a Santiago de Compostela. El abuelo dijo que
por más que no fuera catedral, también haríamos una
excepción con La Sagrada Familia, la famosa iglesia
que dejó inconclusa Gaudí. Pero me advirtió que, a
pesar de la gran fama del monumento más visitado de
Barcelona, su preferida en esa ciudad era la Catedral
del Mar, una iglesia del siglo XIV construida por quienes vivían cerca del puerto. "Y esos no eran la nobleza,
ni la monarquía, ni el alto clero, sino la población de
la zona, especialmente los descargadores del muelle o
bastaixos. Se la pasaban cargando piedras enormes desde el Montjuic o desde el puerto, las llevaban sobre sus
espaldas. Esa es una iglesia que merece la pena ver". A
mí me daban ganas de conocerla por otro motivo: una
iglesia que no tiene nombre de virgen ni de santo, sino
que apela al mar, me hacía mucha más ilusión. Aunque pronto supe que "el mar" es apenas la abreviatura
de "la Señora del Mar". O sea que la virgen está. Me
hubiera gustado poder contarle al abuelo que la puerta principal rinde homenaje a esos *bastaixos* que ayudaron a levantarla. Debe de ser la iglesia más austera
que dibujamos; la más cercana al Cristo que me ense-

ñaron en el colegio, ese que dibujé en mi cabeza mientras me sentía católico.

Me pasé aquel día dando vueltas por El Born, rodeado de gente que no tenía la menor idea de que era mi cumpleaños. De mucha gente, de muchísima gente. Empezaban los festejos por la fiesta de La Mercé. Había conciertos por todas partes, en cada plaza. En Barcelona no cabía un alfiler. Y una ciudad así, desbordada de gente, no era mal sitio para pasar inadvertido, tal como yo quería. El día no pintaba mal, pero al salir del *hostel*, el hombre de la recepción me saludó: "¡*Moltes felicitats*!". Supuse que era costumbre del lugar apuntar cumpleaños de los huéspedes y saludarlos. Lo debo de haber mirado con cara rara, porque me lo repitió en inglés: "*Happy birthday!*". El idioma inglés me desconcertó. No porque él lo hablara, sino porque supusiera que lo hablaba yo antes que el castellano. Le dejé la llave sin responder y él agregó, también en inglés, que lo iba a anunciar en la cartelera, en las noticias del día. Le pedí que no lo hiciera, no le di explicaciones, sólo: "*Don't do it*", en el idioma que él me había asignado, para no entrar en discusiones ni confundirlo. Lo dije con la mayor firmeza posible, como para que no le quedaran dudas. Pero me fui dispuesto a no volver hasta tarde, no tenía ninguna certeza de que, por más que el hombre entendiera mi reclamo, me fuera a hacer caso. Al registrarme, yo había pagado un poco más para no estar en una habitación compartida. Pasaba por la recepción sin mirar, no hablaba con nadie. Barcelona festejaba La Mercé, y a mí nada me entusiasmaba más que caminar solo, abriéndome paso entre miles de personas absolutamente desconocidas.

Después de mucha música y fuegos artificiales, volví al *hostel*, tarde, pasada la medianoche para que ya fuera otro día y nadie, alertado por el posible anuncio en la cartelera, me saludara. La entrada al lugar estuvo bien. Pero poco después de que apagué la luz del velador, se me metió un tipo en el cuarto. Un tipo bastante mayor que yo, a quien me había cruzado un par de veces en el baño compartido; mi habitación privada no incluía servicios. No supe si entró allí por error o si lo hizo a propósito. No entendí cómo pudo abrir la puerta. En medio del desconcierto, pensé que estaba tratando de decirme feliz cumpleaños en un idioma para mí desconocido. Hablaba una lengua gutural, de sílabas cortadas, que nunca había escuchado en mi vida. Llevaba una botella de cerveza en la mano, abierta, chorreada de espuma. Estaba en calzoncillos y tenía la pija parada. Avanzó unos pasos hacia mí, me incorporé en la cama y le dije: "Pará, ¿qué hacés?". Él no se detuvo. Lo repetí con un poco más de vehemencia: "¡Pará, chabón!", agregando esa palabra —"chabón"— que seguro él no conocía, pero a mí me ayudaba a reafirmar lo que estaba diciendo. Finalmente grité: "*Stop!*", que supuse una palabra universal. "*Stop!*" Tampoco funcionó: el intruso ni se inmutó y, en cambio, largó una carcajada. Antes de que alcanzara mi cama, como un acto reflejo, le arrojé el libro que había estado leyendo antes de dormir. Era de tapa dura. Le di en la frente. Creo que el hombre puteó en su idioma. Levantó mi libro, lo tiró contra una pared. Y se fue dando un portazo.

Nací un 21 de septiembre. Mal día para nacer. En la Argentina, el 21 de septiembre comienza la primavera y además es el Día del Estudiante. Una jornada de múltiples festejos en la que no hay lugar para el mío. Siempre sentí que a nadie le importaba que ese día yo cumpliera años. Aunque la coincidencia molestaba, sobre todo, a mi madre. Si yo decidía festejarlo y ella quería tener garantía de que mis amigos vendrían, no le quedaba más alternativa que hacer la fiesta el día anterior o posterior a la fecha precisa. Porque el 21 mis amigos lo pasarían en algún parque haciendo picnic, tomando sol, tocando la guitarra y, llegada la adolescencia, emborrachándose. A veces, en medio del festejo estudiantil, alguno se acordaba de que yo cumplía años. Lejos de que eso fuera un beneficio, pasaba a ser el centro de atención por un rato, y mis compañeros me agasajaban con chistes banales acompañados de algún golpe. Ese saludo, que tenía algo de código "entre hombres", me irritaba. Nadie llevaba regalos a un picnic en un parque, ni torta, ni velas. En la escala de los peores días para cumplir años en la Argentina, el 21 de septiembre compite muy bien con el 24, el 25 o el 31 de diciembre y el 1º de enero. Estar solo en Barcelona, aun en medio del barullo por las fiestas de La Mercé, era muchísimo mejor.

Por haber nacido un 21 de septiembre, llevo el nombre que llevo: Mateo. Mi madre tenía una ficha con el santoral completo de septiembre dentro de la billetera, junto cón la tarjeta de la obra social, por si el parto la sorprendía por la calle. Nunca me nombraron durante el embarazo porque no supieron mi nombre hasta el día en que nací. Si hubiera nacido un día antes, me habría llamado Andrés, si hubiera nacido un día después, Mauricio. Mi nombre no es la consecuencia de un deseo, sino de una imposición. Y del azar. Ellos deben de creer que "del designio de Dios".

Mis viejos atribuían todo al designio de Dios. No pasaban dos días sin que lo trajeran a la conversación. Si te pasaba algo bueno, era el designio de Dios; y si te pasaba algo malo, también. ¿En qué cabeza cabe que el nombre de un hijo no se defina hasta el día del parto y con el santoral en la mano? Poco le importó a mi madre que ese Mateo, considerado santo por la Iglesia católica, fuera el patrono de los banqueros, que quienes creen en él le recen para pedir prosperidad en los negocios, y que algunos lo representen con una bolsa de dinero en la mano. Si nací un 21 de septiembre, Mateo sería mi nombre, y por el santo homónimo estaría protegido. "Fue apóstol y profeta, uno de los cuatro evangelios es el suyo, lo representan con alas. No blasfemes", respondía mi madre cuando me quejaba. Su apego estricto a la religión católica y sus conocimientos de teología la llevaron a cometer arbitrariedades de distinto tipo, superando a mi abuela, convirtiéndose en el ejemplar más conservador y fanático de mi familia.

Cómo no sentirme fuera de ese delirio, cómo no huir despavorido de la religión, de cualquier religión, en cuanto me fuera posible.

Mi abuela también quiso llamar a sus hijas con nombres de santas, aunque no se ajustó al santoral, como mi madre. Quiso, pero no pudo, porque mi abuelo logró torcer su voluntad con el nombre de Lía por medio de un engaño. Otra "trampa ingenua". Mi madre, la mayor, se llama Carmen por la Virgen del Carmen, o Santa María del Monte Carmelo, antecesora de todas las carmelitas, descalzas o no. Ana se llamó así por Santa Ana, la madre de la Virgen María, patrona de las mujeres embarazadas. En el caso de Lía, mi abuela —que estaba convencida de que esperaba un varón al que pensaba llamar nada menos que Jesús— le había cedido a su marido la potestad de elegir el nombre si, a pesar de su pálpito, nacía una mujer. Con la única condición de que el nombre correspondiera al de una santa. Nació mujer, y el abuelo eligió Lía sin pensar en la Biblia, sólo porque era un nombre que le gustaba. Así se llamaba la hermana menor de un compañero de trabajo y, desde que lo oyó, pensó cuánto le gustaría ese nombre para que lo llevara alguna de sus hijas. "Lía" no pasó el filtro de la abuela: "Si no hay santa que la proteja, no". El abuelo se puso a investigar. Quiso forzar la letra escrita. Lía era la mujer de Jacob, estaba en la Biblia, pero no era santa. La abuela se mantuvo firme: "Sin santa no hay nombre". Al fin, concedió que se la anotara como Lea, había encontrado una santa romana que se llamaba así.

El abuelo pareció aceptar; de hecho, dijo que sí y fue al registro civil a hacer el trámite. Sin embargo, el documento de su segunda hija salió a nombre de Lía Sardá. Siempre sostuvo que había sido un error de la empleada que completó los formularios; yo creo que mintió.

Mi abuelo mentía.

Si bien ante algunos, por ejemplo mi abuela, él aceptaba que no había que seguir preguntándose qué había pasado con Ana, Alfredo lo hacía. O lo hizo hasta que su enfermedad se lo permitió. Lo comprobé una tarde que fui a su casa en bicicleta. Llegué con una rueda en llanta. El abuelo me dijo que fuera al depósito, que ahí guardaba un inflador. Eso hice, pero me costó encontrarlo. Revolví distintos lugares posibles. Había muebles descartados, un horno y herramientas de lo que había sido el taller de escultura de mi madre, latas viejas de pintura, una caja con revistas del Automóvil Club, la máquina de cortar pasto, una pala y otros elementos de jardinería. Contra una pared, al fondo, había tres valijas. Las moví para ver si el inflador se había caído detrás de ellas. Una de las tres pesaba. Las otras dos estaban vacías. Me dio curiosidad saber qué guardaba mi abuelo en la que tenía peso. La abrí, estaba repleta de recortes de diario relacionados con el asesinato de Ana y fotocopias del expediente judicial. Muchas hojas tenían marcas y anotaciones sobre los márgenes. Desparramé los papeles en el piso, los leí por encima, sin terminar de entender. Me sentí en falta, metiendo mis narices en algo que no me pertenecía. Pero mi cicatriz me hacía partícipe de lo que se contaba allí. Dudé, no terminaba de definir si tenía derecho o no a husmear en los recortes del abuelo. Revisé un poco más, y al rato guardé todo tratando de respetar el orden en que los había encontrado. Cerré la valija. Cada tanto volví al depósito a ver si seguía allí y si conservaba su peso. Allí estaba, siempre. La abrí algunas veces más, pero casi no volví a revisar. Lo único que quería saber era si el abuelo mantenía vivo ese archivo, si agregaba material, o si sólo había sido el producto de su desesperada búsqueda de justicia durante los primeros tiempos después de la muerte de Ana. Cada vez que abrí esa valija, noté un nuevo papel en el tope de la pila, o que había sido alterado el orden del material recopilado. Que el abuelo mantuviera vivo el archivo hasta poco antes de su muerte significaba que nunca dejó de preguntarse quién mató a su hija y por qué. Y si no fueron esas sus preguntas, habrán sido otras; a medida que uno sabe, puede preguntar mejor.

Después de leer la carta de mi abuelo dirigida a mí, la que podía leer sin Lía, le cambié el chip al teléfono y cerré mis cuentas de Instagram y de Facebook. La leí en la primera escala de mi vuelo, en Madrid, en conexión a Cracovia, sentado en el piso del aeropuerto de Barajas, abrazado a mi mochila de mano. No me había atrevido antes, me había puesto distintas excusas; tal vez temía que leerla me hubiera hecho desistir del viaje. Prefería que, si había sido así, si el abuelo había escrito algo lo suficientemente impactante como para que el viaje perdiera sentido, esa inquietud me tomara de camino. Yo había decidido irme como fuera. Lejos de detenerme, la carta era un llamado a la aventura y a vivir una vida mejor. Lloré. Quería que él estuviera conmigo. Me supe absolutamente solo. Fue la primera vez que sentí, allí, en ese aeropuerto, que había nacido de padre y madre desconocidos. No tuve necesidad de cancelar el viaje, como había temido, sino lo contrario: tuve necesidad de desaparecer, de ser inhallable, de que sólo me encontrara aquel que yo quisiera —alguien que, de momento, no se me ocurría quién podía ser—. De cualquier modo, cerrar las cuentas en redes sociales no me generó mayor conflicto, prácticamente no las usaba, subía algo a las historias de cuando en cuando y nada más. Pero sí utilizaba sus sistemas de mensajes. Y en tránsito al primer destino, no quería que me llegaran mensajes de ningún tipo. Menos de mis padres que, cuando no les contestaba un *WhatsApp*, me bombardeaban por la red a través de la cual fuera posible enviar un mensaje alternativo. Si hubieran tenido paloma mensajera o *drone*, también los habrían usado. Supe allí, todavía acurrucado en el piso, que no volvería. Ya no se trataba de volver de un viaje concluido al lugar de partida, tenía la sensación de que no volvería nunca a ser quien había sido. En ese llanto, además de las lágrimas dedicadas a mi abuelo, había una suerte de despedida: la conciencia, difusa pero perceptible, de que no había retorno. Hasta ese momento, mis dudas acerca de si volvería alguna vez a la Argentina eran intuitivas. Sentía el deseo de romper con mi vida anterior, aun sin haber leído la carta que mi abuelo había reservado para Lía y para mí, la que leeríamos juntos. Esa carta terminaría de explicarme quién era yo y quién era nuestra familia, determinando el origen, la profundidad y la gravedad de nuestra cicatriz.

En ese aeropuerto, en cambio, todavía estaba en la etapa inicial de rechazo a aquello que fuimos. Así y todo, si hubiera podido cambiarme el nombre, me habría puesto otro. Y me habría asegurado de que el elegido no fuera un santo. Si me hubiera cambiado el nombre, no habría dejado nada atrás. O habría dejado poco. Había tenido amigos en el colegio secundario, pero con ninguno de ellos había generado un lazo lo suficientemente fuerte como para que ese vínculo continuara cuando ya no tuvimos que vernos a diario. Cuando ingresé a la Facultad de Arquitectura, casi no hablaba con nadie, prefería sentirme blindado frente a los otros. Entraba en el aula en último lugar, esperando que, después de que hubieran pasado mis compañeros, no quedaran sillas libres junto a las mesas, y así tuviera una excusa para sentarme en el piso. Y me iba primero, cinco minutos antes de que terminara la clase, ante la mirada reprobatoria del profesor de turno. Cada vez que había que hacer un trabajo en equipo, maldecía; no estaba dispuesto a reunirme fuera de las aulas con nadie. Detestaba pasar horas encerrado con extraños, tomando mate, fumando porro, pasando la noche en vela mientras hacíamos maquetas que, indefectiblemente, el profesor reprobaría y mandaría a repetir para templar nuestro espíritu. La superioridad universitaria parecía entender que una tolerancia sin límites a la frustración era imprescindible para ser un buen arquitecto. Yo mentía que tenía un trabajo de muchas horas, que trabajaba incluso los fines de semana, y pedía a mis compañeros que me asignaran alguna tarea que pudiera hacer en forma individual para luego sumarla a la colectiva. Cuando me cambié a la carrera de Psicología, el aislamiento no mejoró, sino que se incrementó. Ya no hubo tantos trabajos en equipo. Y, por otra parte, en esa facultad, ser un poco "raro", lejos de resultar una discapacidad, daba una imagen muy compatible con los grandes maestros de la psicología y sus más renombrados seguidores. Tampoco había quedado prendado de ninguna mujer, ni pendiente de ninguna relación amorosa en la Argentina. En todo caso, todavía sentía vergüenza ante la posibilidad de encontrarme con alguna de aquellas chicas que conocieron mis oprobios sentimentales o sexuales. En ese aspecto, el sexual, también me hacía ilusión empezar de nuevo.

Fue así que durante el viaje posterior a la muerte de mi abuelo, poco a poco me fui desvaneciendo para dibujarme otra vez. En cada parada de nuestro camino de Santiago di un nuevo paso hacia el momento en que desaparecería por completo de mi vida anterior, arrasada por un tsunami. O por un incendio, dada la tradición familiar. Lo que fuera, pero, al fin, yo sería otro.

Volví a la librería tres semanas después de la aparición de mis padres. Antes, recorrí el área y me aseguré de que no estuvieran por la zona, ni caminando, ni en ningún bar o café o restaurante. Aún cabía algún riesgo, pero debía correrlo y por fin tomé coraje, no podía seguir escondiéndome. De cualquier modo traté de vestirme muy distinto de como solía hacerlo cuando estaba en casa: me puse unas bermudas color caqui que me llegaban a la mitad de la pantorrilla, unas sandalias franciscanas y una remera musculosa negra, de esas que dejan hombros y brazos al descubierto. En la cabeza me calcé una gorra, una *cap* de deporte, roja, que tenía bordado "Santiago Sporting" en la visera. Si me hubiera visto, mi madre habría reprobado mi vestimenta. La gorra la compré de camino a la librería, pero las otras tres prendas las había traído de Barcelona. Las había comprado en una tienda del Born, cerca de la Catedral del Mar, a la que volvía cada tanto porque ya se había convertido en mi iglesia favorita, un día en que me moría de calor con la ropa que había traído desde la Argentina.

Entré en The Buenos Aires Affair y me puse a mirar libros en las mesas de novedades. Ángela, la empleada de la librería, se me acercó de inmediato.

—¡Bueno, pero al fin por aquí! Te estábamos extrañando.

—Me fui unos días de la ciudad —mentí.

Noté que la mujer me miraba los hombros. Primero pensé que, como mi madre, juzgaba inadecuado mi atuendo. Pero enseguida me di cuenta de que me miraba de la manera que hace que yo me ponga en alerta. Era una mujer unos diez años mayor que yo; sin embargo, podía sentir que nuestros cuerpos se entenderían juntos. Tal vez dejé traslucir algo de esto, porque se acercó unos pasos más, hasta que la sentí demasiado próxima. Me retiré hacia atrás, giré y me puse de espaldas, con la excusa de seguir hojeando libros. Ángela, sin darse por aludida, me siguió.

—Oye. Mi jefa, Lía, me pidió que le avisara en cuanto aparecieras por aquí. Que quiere verte.

—Y yo a ella.

—Ah, vale, vale. ¡Celebro la coincidencia! Y mira qué mala suerte, que ella estuvo toda la tarde aquí y se fue hace unos minutos. ¿Puedes regresar mañana? No me lo va a perdonar si no lo haces.

—¿Se fue a la casa?

—Salió hace nada.

—Sé el camino. Puedo intentar alcanzarla.

—Pues eso sería estupendo, ¡hazlo! Y que tengas suerte. En cualquier caso, no te pierdas. Que en la librería, ya te lo advertí, te extrañamos.

No pude sostener la mirada sugerente de Ángela y bajé la campana de cristal. Esa mujer me gustaba, estaba claro aunque me quisiera hacer el idiota. Pero no podía probarme en ese momento, porque ahora yo tenía otra urgencia. Salí de la librería; crucé la avenida esquivando autos, sin esperar que cambiara el semáforo. Me metí en La Alameda y recorrí el camino que le había visto hacer tantas veces a Lía. Lo sabía de memoria, ella repetía el mismo recorrido cada día. En ocasiones daba algún rodeo, pero siempre volvía al sendero principal. Excepto cuando iba a visitar las santarritas. Como no la veía, me desvié hacia esa zona del parque. Y allí estaba, sentada en el banco frente a ellas. La observé en su quietud, apenas se movía al compás de la respiración. Sostenía algo entre sus manos; no llegué a ver qué era. Me acerqué unos pasos hasta que quedé justo detrás de ella. Puse mi mano en su hombro. Lía se dio vuelta confiada. Al verme se sorprendió: yo no era a quien esperaba. A pesar de la sorpresa tuve la sensación de que le alegró verme. No hizo falta que me presentara, ella sabía quién era.

Estuve a punto de mencionar las cartas y el anillo, pero después de los saludos y algunas frases de compromiso, Lía fue directo al punto que nos unía. Me mostró el estuche de metal que sostenía en la mano.

—Tu madre me trajo esto. Son parte de las cenizas de tu abuelo. De mi padre. Estaba pensando que debería esparcirlas acá, éste era nuestro sitio de encuentro, aunque él no lo haya conocido.

Lía se quedó mirando el estuche, y yo su mano. Me preguntaba en qué dedo habría llevado el anillo turquesa treinta años atrás. Al rato dijo:

—No me decidía a esparcirlas sola. ¿Lo hacemos juntos?

—Claro —respondí.

Ya habría tiempo para las cartas, para el anillo, para las miles de preguntas sin respuestas que nos haríamos uno al otro, para llorar, para abrazarnos. Hasta para el horror. Ahora era el tiempo de las cenizas. Lía abrió la lata y luego guió mi mano para que la pusiera sobre la de ella, como hacía mi abuelo cuando dibujábamos catedrales. Agitamos el estuche en el aire, juntos. Las cenizas volaron en la tarde húmeda y, poco a poco, se recostaron sobre las santarritas de La Alameda de Santiago.

Marcela

*Hay que haber comenzado a perder la memoria,
aunque sea sólo a retazos, para darse cuenta de
que esta memoria es lo que constituye toda nuestra
vida. (...) Nuestra memoria es nuestra coherencia,
nuestra razón, nuestra acción, nuestro
sentimiento.*

LUIS BUÑUEL, *Mi último suspiro*

1

Ana murió en mis brazos.

No es posible matar a un muerto.

Nadie muere dos veces.

La manga de mi campera se enganchó en una esquina del soporte de bronce que sostenía la imagen de San Gabriel Arcángel. Una estatua de mármol, blanca, lustrosa, pesada, el santo dando un paso hacia adelante, las alas replegadas sobre la espalda, una pieza que sólo exhibían en la parroquia en ocasiones especiales. Miré detrás de mí, buscando qué me detenía; tiré de la campera para tratar de soltarme, la estatua empezó a tambalearse y cayó.

Fondo negro, oscuridad. Y luego una pantalla en blanco.

Hasta ahí, el recuerdo. Antes de eso, todo; después de eso, nada. O poco. Y a veces, por un rato; luego, el olvido. Luego.

(   )

El golpe rompió vasos, murieron células, me diagnosticaron amnesia anterógrada. El peso del arcángel, que cayó de lleno sobre mí, dañó alguna parte de mi cerebro. Y a partir de entonces, no pude guardar nuevos recuerdos. Ninguno. Ni sucesos trascendentes, como de quién me enamoré unas horas atrás; ni detalles de la vida cotidiana, como qué plato ordené en un restaurante cuando por fin el mozo trae la comida, o qué llevaba puesto al llegar a un sitio en el momento de volver al guardarropa a pedir mi abrigo para retirarme. La memoria anterior quedó intacta; a partir del golpe, la memoria corta empezó a fallar. Desde entonces, sólo me es posible retener algunos pocos sucesos posteriores al traumatismo: procedimientos que aprendí de manera mecánica, percepciones sensoriales, una imagen, un perfume y no mucho más. Por ejemplo, luego del accidente y a una edad tardía, aprendí a andar en bicicleta. Si me dicen de qué nacionalidad es alguien, lo olvido; pero si me ponen su cara junto a la bandera del país donde nació, puedo asociarlo y más tarde responder la pregunta correctamente. Me advierten que no "recuerdo", sino que "asocio sensorialmente". Y yo lo entiendo y lo acepto, aunque luego desaparece. Sin embargo, a pesar de la imposibilidad de almacenar nuevas situaciones, logro sostener cualquier charla porque completo con mi imaginación los vacíos que corresponden a hechos posteriores al trauma. Lo que no sé, lo invento, como hace todo el mundo, con problemas de memoria o no. Mis vacíos son lagunas, pantalla en blanco, paréntesis sin contenido. Busco material en mis apuntes y, con lo que encuentro, lleno esos espacios yermos. Pienso con rapidez qué podría haber pasado y le quito a esa acción su carácter potencial: no podría haber pasado, pasó.

Lo anterior al golpe lo recuerdo detalladamente; nunca necesité completar esa parte de mi vida, la tengo grabada como un sello indeleble que, con el tiempo, se fija cada vez más. De pronto, hasta aparecen detalles que creía perdidos. Antes del golpe, tuve una vida que recuerdo; después del golpe, no.

Ana murió en mis brazos.

(   )

Leo y completo. Cuando volví en mí, aquella tarde después del golpe, ya me habían llevado a la sacristía, y estaba recostada en un sillón. No sé cuánto tiempo pasó entre el desmayo y el instante en que abrí los ojos, pero el suficiente como para que alguien les hubiera avisado a mis padres, y ellos corrieran hasta allí. Más de una hora, según sus cálculos. Tenía la ropa mojada, había entrado en la iglesia en algún momento posterior al atardecer, cuando empezó a llover. Mi madre me sostenía de la mano, mi padre se agarraba la cara preocupado, un médico de emergencias me tomaba el pulso y el padre Manuel, el párroco a cargo de la iglesia, rezaba.

(   )

¿Nadie mencionó a Ana? ¿Nadie me preguntó qué había pasado? Leo: no, nadie. Armé las circunstancias de lo que no recuerdo de aquel día indagando a mis padres. Posteriormente, apunté en mis libretas lo que me dijeron, y ahora el relato me pertenece, porque puedo leerlo las veces que lo necesite. Lo que no encuentro, lo completo. No es tan difícil completar, es cuestión de dejar volar la imaginación. Los momentos que siguieron al golpe deben de haber sido de mucha confusión; en la sacristía, mi memoria corta ya había dejado de funcionar, y yo no lo sabía. Recordaba perfectamente lo que había sucedido antes del golpe; las imágenes de los últimos minutos con Ana se proyectaban dentro de mi cabeza como una película que, cada vez que terminaba, volvía a empezar. Pero nadie preguntaba. Si me hubieran preguntado, les habría dicho: "Ana murió recostada en mis brazos, estábamos sentadas en el último banco de la iglesia, mojadas. La apoyé con cuidado y salí corriendo a buscar ayuda, intenté llegar a la sacristía. Al pasar por el altar la campera se enganchó en el soporte del arcángel; la estatua se tambaleó y cayó sobre mi cabeza".

Luego, la oscuridad. Un poco después, pantalla en blanco.

Nadie preguntó.

(   )

Mis padres, al ver que volvía en mí con cierta conciencia, que sabía quién era, que los reconocía, supusieron que todo estaba más o menos bien y que lo mejor era llevarme a casa a descansar. Yo negaba con la cabeza y me resistía a irme sin Ana, por más que estuviera muerta. Me alteraba verlos inquietos por mí, mientras ignoraban el cadáver de mi amiga a pocos pasos de la sacristía. Tiene que haberme alterado. "¿Quién se ocupó de Ana? ¿Les avisaron a los padres?", debo de haber preguntado casi con desesperación. A los gritos, tal vez. O tal vez no, es probable que no lo haya hecho. No tengo tanto coraje, nunca lo tuve. Debo de haber insistido, aunque no gritado.

(   )

"Que no se duerma", probablemente advirtió el doctor que me asistía, sin inmutarse por mis preguntas acerca de mi amiga, ignorándolas. Según la historia médica, el profesional indicó algunos estudios posteriores; "no hay apuro", dice mi madre que aclaró, "son sólo para quedarnos tranquilos", lo que demostraba que ni por asomo se había dado cuenta de que mi situación era de gravedad. Estaba perdida, pero como me tenían frente a sus ojos, despierta, consciente, no se dieron cuenta. Mis padres se concentraron en las instrucciones del médico y en pedirle algunas precisiones más acerca de aquellos estudios. El padre Manuel se disculpó por ausentarse unos minutos para ver cómo estaba todo en la iglesia; cuando regresó, dijo que, si me sentía mejor, era preferible que nos fuéramos, así él podía cerrar con llave, que ya era muy tarde para que la iglesia siguiera abierta. Eso dijo, o eso dicen mis padres que dijo el cura, y que por eso nos fuimos. Que, ante su reclamo, me obligaron a pararme, que me costó hacerlo, que estaba mareada. Uno de ellos me sostuvo fuerte de un brazo, el otro me tomó una mano, no sé quién hizo qué, y no dejaron que volviera a sentarme.

(   )

Antes de irnos a casa, pedí pasar por la iglesia. Sin dudas, lo hice. Fuimos todos, incluso el médico. El cura se adelantó, nos guió en el camino, se lo notaba molesto. "Pocas veces lo vi de tal malhumor", me contó mi madre, y yo lo anoté así en la libreta en la que ahora repaso y leo. Fui hasta el último banco. Busqué a Ana y no estaba, busqué su cadáver. ¿La busqué? Busqué manchas, sudor, gotas de la lluvia que nos había mojado: el lugar estaba impecable. Dicen que el lugar estaba impecable. Leo. ¿Lo habría soñado? Lloré a Ana. Mi madre me abrazó. "Pobrecita, lo que has pasado", habrá dicho sin tener idea de por qué lloraba en realidad. El trauma que ella imaginaba y el verdadero eran dos muy distintos. La estatua de mármol debía de seguir en el piso, con un ala quebrada. Dicen que el cura se acercó a inspeccionar los pedazos y se quejó de que una pieza tan importante como ésa hubiera sido dañada. "¿Dónde está Ana?", tengo que haber preguntado por enésima vez, con rabia, parada junto al banco donde murió. Se habrán asustado por mi enojo. Respondieron ambigüedades; mis padres, los médicos y hasta el cura trataron de calmarme, todos querían irse de una buena vez. Disculparon mis incoherencias y responsabilizaron por ellas al peso del arcángel Gabriel.

(   )

Busco entre las páginas de mis libretas.

Dijo mi madre que ella misma se acercó a mi oído y preguntó: "¿Ana te empujó?". "Ana está muerta, mamá", respondí, y señalé el banco. A ella se le llenaron los ojos de lágrimas, debe de haber pensado que el golpe había afectado mis capacidades intelectuales. De hecho, las había afectado; pero eso no quitaba que yo estuviera diciendo la verdad. "Mañana vas a poder pensar mejor", agregó mi padre para tranquilizarme. No fue cierto, nunca volvería a pensar mejor. Para pensar se necesita agregar contenido a la memoria, y yo ya no puedo. Mi aturdimiento no me permitió insistir con la firmeza necesaria acerca de Ana. Para ese entonces, ya debo de haberme callado. Y dejé que me sacaran de allí.

(   )

De regreso en mi casa, habré esperado en vano que se acomodaran las fichas de un rompecabezas que no terminaba de armarse. Habré esperado, también, que alguien viniera a preguntarme por mi amiga: sus padres, los míos, la policía. No sé si dormí aquella noche. Pero sé que el día siguiente empezó muy temprano: a la mañana, antes de que nadie de mi familia hubiera bajado a desayunar, sonó el teléfono, era la madre de una compañera del colegio para avisar que habían asesinado a Ana.

(   )

Leo.

"Ana Sardá apareció descuartizada y quemada". Eso dijo la mujer. Eso debe de haber anunciado mi madre, a los gritos, en el pasillo de los dormitorios. Eso deben de haber repetido todos en el barrio. Busco, completo.

El rumor corrió de boca en boca a una velocidad inusitada. En Adrogué no pasaban esas cosas. Mi madre lo debe de haber seguido repitiendo una y otra vez, a lo largo de la mañana. Y me debe de haber preguntado: "¿Viste a los que la mataron? ¿Ellos te tiraron el ángel encima?". Si lo hizo, yo, sin dudas, respondí que no, que nadie la había matado, que Ana ya estaba muerta. Se lo habré respondido primero a ella, esa mañana, y luego a quien quisiera escucharme. Incluso, leo, pedí declarar unas semanas después en la policía.

Fotocopia de mi declaración policial.

(   )

Hasta que, poco a poco, harta de que no me prestaran atención, fui guardando la verdad para mí. Con el tiempo, aquello que sólo yo sabía se convirtió en silencio. El pasado, en silencio; el presente, en olvido; el futuro, en vacío.

(   )

Ser parte de un mundo donde no es posible entender qué dicen quienes te rodean, de qué hablan y, a la vez, olvidarlo casi inmediatamente, resulta aterrador. Habían matado a Ana, que ya había estado muerta en mis brazos. No era posible. Nadie muere dos veces. Debo de haber sentido que me estaba volviendo loca. Muchos, aunque no lo dijeran, creerían que lo estaba.

(   )

Apuesto a que en la sacristía también tuve mareos. A partir de entonces, un leve mareo es mi estado crónico, como si bebiera una copa de más. Convivo con él, y ya no me afecta. Si fuera sólo eso, podría razonar sin dificultad. La amnesia que padezco, en cambio, me limita a la hora de pensar. No me había dado cuenta de que para pensar necesitaba la memoria, hasta que la perdí.

(   )

Leo.

"El mayor daño está en la memoria verbal y semántica, porque el golpe fue sobre el lado izquierdo", así lo dijo el último especialista que vimos unas semanas después del accidente. Era "una eminencia en neurología" que les habían recomendado a mis padres, quien por fin llegó al diagnóstico definitivo después de varios estudios. Yo podría haber olvidado para siempre esa frase con la que el neurólogo expresó las conclusiones de mi caso médico, si no fuera que en ese mismo momento sacó una libreta bordó y me la ofreció. En la tapa de la libreta había una mariposa negra dibujada con tinta china. Aún la conservo. Cuando quiero evocar esas libretas, me aparece primero la mariposa; luego, el color de las tapas; mucho después, las hojas. Inauguré, entonces, el sistema de registro. Aquella fue la primera anotación de sucesos a punto de ser olvidados que hice. Antes de manejar esas libretas como si fueran mi propia memoria, sólo había hecho anotaciones aisladas en papeles diver-

111

sos, sin voluntad de recordar lo que olvidaría, sino motivadas por la bronca de no entender, por la necesidad de estampar una frase que quería destacar y repetir como un mantra. Pero, de ninguna manera, como una forma de probar un sistema que me ayudara a recordar. Ahora sí, ahora tengo un sistema. Y manejo "libretas" en la computadora, un método que me ayudó a administrar mi padre y que me permite entrar en una búsqueda por palabra, por fecha, por nombres.

( )

Aquel día, en ese consultorio, tomé la que sería mi primera libreta sin saber por qué o para qué. El neurólogo me miró con gravedad y dijo: "No voy a mentirte. A partir de ahora, lo que no quieras olvidar lo vas a tener que anotar, ¿está claro? Escribí lo que voy a decirte", ordenó y luego dictó: "Para recordar, debo anotar". Y yo anoté. "Quizás logres recuperar algunos recuerdos, los caminos que recorre la información son diversos, hay atajos. Sólo el camino principal está roto". Asentí como si entendiera lo que me estaba diciendo. Y otra vez escribí, confundida, mareada y enojada, pero escribí. "Para recordar debo anotar". "Hay atajos". "No voy a mentirte". "Camino principal roto". El médico, la libreta, el diagnóstico, sus consejos. Puedo repetir lo que él dijo porque está apuntado allí y lo leo, en los primeros renglones de esa libreta bordó con mariposa negra a la que siguieron tantas otras, de distintos tamaños y diseños. Hay algunas palabras o frases que, además, me tomé el trabajo de resaltar en un color fluorescente

—rosa, verde o amarillo— porque se referían a cuestiones importantes a las que podía tener que recurrir en un futuro cercano. Lo resaltado en el papel pasó a ser, con el tiempo, un archivo de favoritos en mi computadora. Resalté "amnesia anterógrada", "memoria semántica", "hipocampo", "lado izquierdo". También "Ana", "¿asesinada?", "Lía/anillo", "Mateo" (con foto ilustrativa, para asociar sensorialmente nombre y cara), "Alfredo". Las palabras resaltadas las paso de libreta en libreta, cuando una se termina y empiezo la siguiente, así no tengo que revisar tantas hacia atrás. Aunque conservo el sistema de libretas, ahora esas palabras las copio en el archivo de favoritos. ¿Ya lo dije? Lo diseñó mi padre, me permite una búsqueda más eficiente y rápida. Una memoria escrita y un procedimiento aprendido mecánicamente a fuerza de repetición: abrir todas las mañanas la libreta, hojearla en un repaso rápido y aleatorio, detenerme en el resaltado, asociar, simular que pienso. O poner una palabra en un buscador y esperar que me indique en qué libreta está. Hacer lo posible para que el olvido no venza al deseo de que la memoria perdure.

Aun amnésica, evocar o fingir.

(   )

El día siguiente al del accidente que me robó la memoria fue el velorio de Ana. ¿O fue a los dos días? Supongo que la policía habrá tardado en entregar el cuerpo. Mis padres me preguntaron si quería ir a la casa funeraria o si prefería descansar. ¿Llovía? Llovía cuando murió Ana, tal vez por eso supongo que el día de su velorio era un día desapacible. No insistieron, apenas lo mencionaron; tuve la sensación de que preferían que me quedara. "No querían que fuera". Dice mi madre que respondí: "La vi morir, la tuve en mis brazos, la voy a velar". Completo: otra vez dejaron pasar mi comentario acerca de la muerte anterior de Ana, ni ellos ni nadie me interrogaron para saber por qué decía lo que decía. Todos desestimaron cualquier detalle que yo contara con respecto a mi amiga, lo atribuían a la situación traumática. Concluían que, aunque yo hubiera estado presente cuando la mataron, no era una testigo confiable debido a mi "enfermedad".

(   )

"No, no te preguntamos, estabas en *shock*, decías cualquier cosa, parecía que delirabas, hablabas incoherencias", dijo mi madre las veces que le pedí explicaciones. Eso escribí. Mi padre me dio las mismas respuestas, debe de haber usado otro tono, menos palabras, a su manera. Leo, completo y anoto una nueva versión. La anoto una vez más porque quiero resaltarla. La resalto con amarillo. Y la paso al archivo de favoritos. Las circunstancias de la muerte de Ana no necesito apuntarlas porque las recuerdo, eso fue antes del golpe, todavía podía acumular en mi cabeza hechos que se convertirían en recuerdos. Yo estaba con ella cuando dejó de temblar, de llorar, de respirar. Y estuve con ella antes de ese momento. Por eso sé no sólo cuándo murió, sino también cómo y por qué. Ana murió en mis brazos. Nadie más que yo, entre quienes rodeaban su cajón, sabía qué era lo que la había matado. Y yo había jurado callar.

( )

O tal vez sí, tal vez allí junto al cajón estaba él, no lo podía saber. No conocía ni su nombre ni su cara. Debo de haber mirado a mi alrededor buscando descubrir en algún gesto quién era el hombre que Ana esperó aquella tarde y que nunca vino. Es probable que estuviera allí, claro. Nosotras fuimos amigas inseparables, casi hermanas; yo habría dado lo que fuera por ayudarla, por salvarla, por evitarle el dolor físico y el del corazón, por ahorrarle lo que tuvo que pasar hasta llegar a ese cajón de madera que valía demasiado poco como para albergar, desde entonces y para siempre, el cuerpo de mi amiga. Si hubiera podido volver el tiempo atrás, habría intentado explicarle a Ana que estaba equivocada, que el amor era otra cosa, que yo no lo conocía, pero estaba segura de que tenía que ser otra cosa. Aunque ella insistiera, aunque Ana creyera que de eso, de padecer, se trataba enamorarse. No puedo volver el tiempo atrás, ni pude entonces. Teníamos diecisiete años, sabíamos demasiado poco de la vida y del amor. Menos aún de la muerte.

( )

Desde aquel día, empecé a mirar a todos quienes me rodeaban como a gente extraña, absurda, egoísta. Dicen que el enojo era mi estado habitual. Llegué a pensar que mis padres, mis amigos, mis compañeros, habían sido reemplazados por extraterrestres, seres que venían a invadir el mundo, alienígenas idénticos a personas que yo conocía y que ellos tenían secuestrados, habitantes de otros planetas que seguirían ocultos bajo la apariencia de quienes no eran hasta que, en algún momento, se sacarían las máscaras perfectas que llevaban y me mostrarían sus rostros verdes con un solo ojo en medio de la frente. Así llenaba mis lagunas antes de entender lo que me pasaba, inventando historias de alienígenas, atiborrándolas de imágenes y palabras. Igual que como sucedía en una película que había visto cuando era muy chica, y que podía recordar a la perfección, escena por escena: unos hombres verdes nos invadirían, y el mundo sería de ellos. Recordaba de memoria ése y cualquier otro *film* que hubiera visto antes del golpe que recibí. Después, ya no fui al cine; no cabía ninguna posibilidad de que yo entendiera una historia de dos horas contada en una pantalla. Podía mirarla, apreciar el paisaje, disfrutar alguna escena, pero no lograría encontrar el sentido de manera completa. Les seguí el cuento a los nuevos extraterrestres, dije lo que querían que dijera, dejé de decir lo que les incomodaba. Tenía miedo, no iba a ponerme en contra de ellos.

Fui al velorio de Ana y me acurruqué junto a su cajón. Eso me lo contaron mis padres muchas veces, se ve que verme así les impactó. Leo lo que dijo mi madre, ¿o ya lo dije? "Estabas muy mal, llorabas sentada en el piso, acariciabas un anillo turquesa que te había dado Ana". El anillo de la suerte de su hermana Lía que no la había salvado, eso sí lo recuerdo. La tarde del velorio, no repetí más que Ana había muerto en mis brazos. Tampoco que nadie puede asesinar a un muerto; mucho menos que Ana, sentada en el último banco de la iglesia, había estado esperando a un hombre que nunca apareció. Dicen que allí no abrí la boca. Cómo decir lo que fuera, si los extraterrestres habían venido por mí; sólo podía cuidarme y resistir.

(   )

No me hice los estudios que indicó aquel profesional en la sacristía, pero esa orden médica está abrochada en mi libreta. Detrás de la tapa, habilité un sector que se convirtió en una especie de "precuela": incluye los papeles con frases rabiosas que escribí con anterioridad a mis primeras anotaciones sistemáticas. "Son extraterrestres", "Ana murió antes de que la mataran", "No me escuchan", "Me quieren volver loca". También están abrochadas allí la estampita del cementerio con la ubicación de la tumba de Ana, que me dieron en su entierro; una carta de mis compañeros donde decían que me querían y pedían que me recuperara pronto; una nota de Carmen, la mayor de las hermanas Sardá, de muy pocas líneas, donde me preguntaba si sabía si Ana llevaba un diario, "podría ser útil para la investigación". Debo de haber respondido que no, Ana nunca llevó un diario.

(   )

Busco, no encuentro, completo. Pasaron días, semanas, hasta que mis padres se dieron cuenta de que algo no estaba bien dentro de mi cabeza. Era entendible que al principio confundieran mi falta de concentración con el trauma por la muerte de Ana; pero el tiempo seguía corriendo, y mis síntomas no mejoraban. Los llamaron del colegio y les dijeron que me llevaran a un psicólogo, que evidentemente estaba muy afectada por lo que había sucedido. Les hablaron de estrés postraumático. Mi mejor amiga había sido asesinada y, si yo me perdía, desvariaba o no razonaba adecuadamente, les parecía algo normal dada la fatalidad de lo que me había tocado vivir. Lo que no les parecía normal a mis maestros y luego a mis padres era que, varias semanas después, los síntomas, en lugar de ceder, parecían haberse instalado y nada hacía pensar que desaparecerían sin la intervención de un profesional y el tratamiento adecuado.

(   )
Leo, completo.
El psicólogo recomendó que me viera un psiquiatra. El psiquiatra, un neurólogo. Así llegué al de la mariposa negra. ¿Ya mencioné la mariposa negra? Repaso, leo, concluyo: ya mencioné la mariposa negra. Disculpas. Mi mamá apuntó cada una de esas consultas en su agenda y, tiempo después, cuando el panorama estuvo más claro, al menos para ellos, me regaló las hojas para que las agregara a mi propia libreta. Lo que apuntó mi madre también está abrochado como precuela. Creo que, más que hacerlo para que yo conservara parte de mi historia clínica, lo hizo para dejar evidencia de que

ella y mi padre habían intentado todo camino posible para ayudarme a recordar. Debe de ser duro cargar con los vacíos de los hijos.

(   )

En cuanto empecé a entender qué me estaba pasando, pedí ir a la policía para que me tomaran declaración. Tuve que insistir, mis padres lo tomaron como un desvarío más, un esfuerzo que poco podía ayudar a la investigación o a mí. Tampoco en la comisaría me tomaron en serio. Un policía debe de haber tipeado la declaración sin hacer comentarios, como si estuviera frente a una loca a la que había que seguirle la corriente. Para ellos, incluso aunque yo hubiera sido testigo de un crimen, mi declaración estaba viciada, era inválida dados mis "problemas". Leo: "declaración viciada". Se equivocaban, yo no sabía ni sé qué pasó después del golpe, pero sí sabía y sé qué pasó antes. Tengo copia de la declaración policial en la libreta bordó. ¿Ya lo dije? Está claro que a nadie le importó lo que declaré. Creo que mi familia aceptó que yo fuera a la comisaría porque les daba pena y no querían contrariarme; me veían como una víctima del mismo crimen que Ana, un daño colateral, tal vez cometido por los que, según ellos, habían matado a mi amiga. Para mis padres y para la mayoría, había tres hipótesis posibles. La primera, que efectivamente Ana estuvo aquella tarde allí conmigo; que la estatua la volteó sobre mí la misma persona que luego la mató a ella; que esa persona se llevó a Ana viva, la violó, la asesinó, la quemó y la descuartizó en el basural donde aparecieron los trozos de su cuerpo. Cada vez que leo esta seguidilla del horror en mi libreta, se me cierra el pecho. Sé que Ana está muerta, pero en cada lectura me entero del descuartizamiento y la calcinación, y es un golpe atroz. La segunda hipótesis, que Ana y yo estábamos sobre el altar haciendo nadie sabe qué, y entonces se cayó la estatua sobre mí. Que Ana corrió a la calle por ayuda y que allí la interceptó su violador y asesino, abusó de ella, la mató, la quemó, la descuartizó. Otra vez se me cierra el pecho. Y la tercera, que yo deliraba, que Ana nunca estuvo allí, que mientras yo me accidentaba en la iglesia, ella se encontraba por voluntad propia o por azar con quien la mataría unos minutos después y que, como no pude tolerar lo que le pasó a mi mejor amiga, mi psiquis inventó que había muerto en mis brazos. Por esta tercera hipótesis se inclinó la mayoría, incluso mis padres, quienes querían imaginarme lo más lejos posible de cualquier violador. "Mis padres no me creen". Mi palabra no valió. Ni siquiera pesó que el neurólogo dijera que —leo—: "La amnesia anterógrada se produce por lesiones o golpes y no por traumas psíquicos". No encontraron pruebas de que Ana hubiera estado en la iglesia conmigo. Entonces, para ellos, no estuvo.

(   )

El padre Manuel había pasado por allí unos minutos antes del accidente, había ido hasta el altar a guardar hostias en el sagrario. Yo eso sí lo recuerdo, porque fue antes del golpe. Juraría que él nos saludó y vio que éramos dos. Pero él dijo que no, lo declaró bajo juramento de decir verdad: que desde ese lugar sólo llegó a ver a una chica rezando en el último asiento, que seguramente esa chica era yo, que no lo podía confirmar porque sufría miopía, que no llevaba los anteojos puestos y de lejos no veía bien. El cura dijo —leo—: "Saludé como saludo a cualquiera que entra a rezar en mi iglesia, sin reconocerlo". Tengo copia de su declaración. Luego fue a la sacristía y recién volvió cuando lo alertó el ruido del golpe de la estatua al caer sobre mí, para luego dar en el piso. Una sola chica, eso dijo que vio, lo que reforzó la hipótesis de mi delirio postraumático. Cada uno, a su modo, ayudó a completar mi historia con sus propios inventos.

( )

En mi desestimada declaración no conté todo, no hacía falta contar ni qué ni cuánto había padecido Ana antes de morir. Nadie lo preguntó, yo había jurado callar. Sí declaré que murió sobre mi regazo, para eso había ido, para decirlo y que lo aceptaran de una buena vez. Sonaba extraño, y debo reconocer que lo era. Pero también era verdad. No había confusión posible. Mi madre —aparece textual en su propia declaración— advirtió que, por mi enfermedad, yo había aprendido a llenar las lagunas con escenas inventadas y a perderme en digresiones que no conducían a un lugar certero. Y no mentía, eso era así, lo reconozco, sigue siendo así hoy. Nadie que no haya sufrido el malestar que yo sufro puede juzgarme: es desesperante querer contar algo y no encontrar la imagen o la palabra que haga encajar las piezas. Uno va a buscar allí donde antes había recuerdos y sólo encuentra vacío, una pantalla blanca donde no se proyecta nada. Antes, no; antes del golpe, sí sé. ¿Ya lo expliqué? Busco. Ya lo expliqué. Recuerdo mi vida anterior al accidente con más detalle del que nadie puede evocar. Ana murió en mis brazos, lo conté varias veces, figura en la declaración, pero a nadie le interesó que mi amiga hubiera estado muerta "antes". Lo que sí les interesó fue saber si habíamos llegado a la iglesia juntas, si alguien más nos acompañaba, si vi entrar a algún sospechoso, conocido o no, si nos siguieron por la calle. A todo respondí que no. En la declaración dice que a todo respondí que no. Y que fui la última persona que vio a Ana con vida. Aunque niega que murió en mis brazos. Dice: "La declarante sostiene que Ana Sardá murió en sus brazos, pero apareció muerta, descuartizada e incinerada, diez horas más tarde. La escena del crimen es un terreno baldío que los vecinos usan para descartar basura, a unas cuadras de la parroquia San Gabriel". Y unos renglones más abajo: "La declarante confunde fantasía y realidad debido a un golpe que le produjo lesiones cerebrales".

¿Ana fue descuartizada?

La declarante soy yo.

(   )

Pantalla en blanco. Y antes, oscuridad. Y antes, el arcángel que se me viene encima. Y antes, la estatua que tambalea. Y antes, la campera que se engancha. Y antes, yo que corro a buscar ayuda. Y antes, Ana que deja de respirar acurrucada sobre mí, Ana hirviendo de fiebre aun muerta; antes, Ana diciendo "ya va a venir". Y antes, "llevame a la iglesia". Y antes, "si me pasa algo, dale a Lía el anillo turquesa". Lo que sucedió primero, antes de cualquier "antes", no lo conté, no lo dije porque le había prometido a mi amiga que no lo diría nunca, jamás. Y me lo hizo jurar otra vez, allí, frente al altar. Sin embargo, muchos años después, si bien no falté a mi juramento, ante la evidencia, lo confirmé. Leo: Elmer García Bellomo. Él, por fin, lo entendió y se lo explicó a Alfredo. Lo dijo él, no yo. Entonces, no tenía sentido seguir negando: el daño de callar habría sido mayor. Porque alguien había matado a Ana, sí, pero de otro modo, no un asesino. Yo no sé lo que pasó entre su muerte en mi regazo, y su cuerpo descuartizado y quemado. Ni bien lo leo, olvido que Ana terminó así; quisiera no tener que leerlo nunca más. Aunque me esfuerce, no puedo llenar esa laguna más que si invento porque allí nunca hubo recuerdo, nunca fue memoria ni corta ni larga. Mi vida ahora sólo merece conjugarse en pretérito pluscuamperfecto, aquello que había sido antes de mi accidente. Había ido, había visto, había estado. Ella había muerto en mis brazos. Lo que sucedió antes de lo que es en el presente y no podré recordar. Mi pasado posible es un pasado anterior.

(   )

Fui al velorio de Ana, quería despedirme. ¿Me repito? No entendía nada de lo que decían a pocos pasos de mí. Me sentía metida dentro de una pesadilla, cada frase que escuchaba a mi alrededor me parecía una locura, me enojaba, me resultaba incomprensible. Eso repitió mi madre muchas veces, "estabas muy enojada". Lo anoté. Y mi padre: "No querías hablar con nadie, no querías que nadie te tocara, te sentaste en el piso junto al cajón y no te moviste de ahí, parecías un cachorro lastimado". Anoté y resalté: "cachorro lastimado". "Me están queriendo volver loca" está también apuntado, pero no lo dijo nadie sino que lo debo de haber pensado yo. Las libretas me ayudan a poder pensar. Cuando fue el velorio, yo aún no anotaba. Empecé a manejar las libretas después de que fui al neurólogo, el que me entregó la primera junto con el diagnóstico de amnesia anterógrada. Me dio una libreta bordó con una mariposa negra. Antes de la mariposa negra no anotaba, antes era laguna. Si quiero saber qué pasó entre el golpe y las libretas invento, o le pregunto a un testigo y anoto sus respuestas. Las libretas llegaron tarde en algún sentido, porque aquellas primeras horas fueron decisivas, y mucha información importante se debe de haber perdido. Cuando fuimos, por fin, a la consulta con el neurólogo eminencia, el daño en mi cerebro era irreversible. Lo dijo él, "el daño hecho está".

(   )

La manga de mi campera se enganchó en el soporte que sostenía la estatua del arcángel Gabriel. Antes de eso, salí corriendo a pedir ayuda a la sacristía; antes de eso, Ana murió en mis brazos. Antes de eso, Ana llegó a mi casa volando de fiebre, la cara de un color muy extraño, un amarillo cobrizo; al llegar a la iglesia, se le sumó a la piel un tono azulado, mi amiga lloraba de dolor. Todo esto no hace falta que lo anote porque forma parte de mi vida con recuerdos, eso no lo olvidaré jamás. Tampoco olvidaré el motivo de su aflicción. Le juré a mi amiga no decirlo y durante muchos años, treinta años, fui fiel a mi juramento. Pero hace unos meses sentí, por primera vez, que le debía esa verdad a Alfredo, antes de que muriera. Me debatía entre la promesa a Ana y mi lealtad a él.

(   )

¿Alfredo murió? Busco en la libreta. Sí, Alfredo murió.

(   )

"Llevame a la iglesia, llevame a la iglesia, por favor", rogó casi sin aliento. La llevé. Nos sentamos en el último banco. Me pidió que la dejara ahí, que me fuera, "ya va a venir". Y yo le pregunté quién, pero no me respondió, solo repitió: "Él ya va a venir". "Decime quién, por si hace falta ir a buscarlo". "Él va a venir", repitió. Y, a la vez que me pedía que me fuera, me abrazaba más fuerte, hirviendo de calor, temblando, mojada, acostada sobre mi falda. Me hizo jurarle, ahora frente al altar, que nunca le diría a nadie lo que ella había hecho. Y yo se lo juré. Ana lloró un largo rato, sus lágrimas me mojaron el muslo a través del pantalón. Hasta que, de pronto, me di cuenta de que ya no lloraba, ni temblaba, ni respiraba. La zamarreé, le grité, me enojé con ella. Ana estaba muerta, no tuve dudas, no tengo dudas. Me quedé sin aire, sentí que un cuchillo me atravesaba el pecho, la apoyé como pude en el banco y salí corriendo a buscar ayuda. Corrí al altar, subí los escalones a los saltos, la manga se enganchó con el soporte de la estatua del arcángel. Me di vuelta y traté de soltarme. Tiré, la estatua se balanceó. El ángel se me vino encima.

(   )

Al ángel se le rompió un ala. ¿Al ángel se le rompió un ala? Leo. "Golpe", "un ala rota". Oscuridad, blanco.

(   )

Ana y yo nos habíamos declarado "mejores amigas" unos meses después de conocernos, en tercer grado de la escuela primaria. Teníamos diecisiete años cuando ella murió y hasta un minuto, hasta un segundo antes de su muerte, lo seguíamos siendo. Lo hubiéramos sido la vida entera. Ana sabía todo de mí. Yo sabía todo de ella, excepto el nombre de él.

(   )

Tuve que aceptar que era cierto que la habían descuartizado y quemado; lo decían mis padres, lo decían los diarios, lo decía la policía, está anotado en mis libretas. Nunca pude entender qué pasó después de que la vi muerta sobre mí. Nadie puede morir dos veces, ni nadie puede matar a un muerto. Buscaban a un asesino que no existía. Sin embargo, todos tenían respuestas. Las lagunas las completaban los otros, los que no querían ver. A mí no se me permitía inventar, o se me permitía pero subestimando mi relato porque era "la amnésica". O "la loquita".

(   )

Una memoria perdida, la nueva; una memoria silenciada, la vieja. Fue así hasta que, un tiempo atrás, apareció por mi casa Alfredo, el padre de Ana. Está apuntado en la libreta 4.342. Y resaltado. "Alfredo Sardá vino a verme a mí". Escribí "a mí" porque así fue y era extraño, nadie venía a verme. Si alguien aparecía por mi casa, era para una visita general, a la familia o a mis padres, en ocasión de alguna fiesta o aniversario. Mi madre subió a mi cuarto y me avisó que el padre de Ana quería conversar conmigo. "Mi madre sube a mi cuarto". "Mi madre dice: está Alfredo Sardá, vino a verte". Me vestí, a pesar de que ese día —como muchos otros— había decidido no sacarme el pijama, me había quedado en mi cuarto haciendo los ejercicios que me había dado el último fisioterapista. Miro su foto abrochada en la libreta. La última fisioterapista, entonces, era una mujer que me caía muy bien. La olvidaba cada vez que terminaba la sesión, por eso guardé su foto junto a los ejercicios que me indicó. Dejé mi libreta y bajé a ver al padre de Ana. Debo de haberlo hecho. Mi madre nos sirvió un té y se fue; ninguna frase suya figura en lo apuntado en esa charla, y si mi madre se hubiera quedado, habría hablado. Mi madre siempre habla, intenta completar lo que yo no puedo recordar, quiere ser el agua de mi laguna; ella cree que así me ayuda, pero yo no estoy tan segura. Me siento un tartamudo al que se le traba una palabra en la boca y un testigo impaciente se apura a ponerla por él. ¿Por qué no me dejan inventar mi propia memoria? ¿Por qué les alarma tanto que use la imaginación? No recuerdo porque no puedo, no porque no quiero. Y asocio, siento, fantaseo, miento si es necesario. Pinto la pantalla blanca con mis colores.

(   )

Alfredo fue muy amable, primero me preguntó por mí, se disculpó por no saber qué había sido de mi vida en casi treinta años. Anoté: "¿Qué fue de tu vida, Marcela?". Me dijo que, durante mucho tiempo, le hizo daño que le llegaran noticias acerca de las amigas de Ana, de sus logros, de sus recorridos por la vida sin ella. "Ahora estoy fuerte, contame de vos", dijo. ¿Había algo para contar? ¿Era sólo que no recordaba o no había qué contar? Sin memoria, quedé excluida de muchas cosas, de casi todo. Ya no se trató de no poder recordar, sino de no poder vivir lo que vivían los demás. En los años posteriores al golpe, no había podido hacer una carrera, no había podido enamorarme, no había podido tener nuevos amigos. Apenas conservaba algunas amistades del pasado, aunque ninguna que me importara demasiado porque mi amiga, mi verdadera amiga, Ana, había muerto. ¿Qué había sido de mí quería saber Alfredo?

Rehabilitación, entrenamiento, comer, dormir, rehabilitación, entrenamiento. Nada interesante. De cualquier manera, contesté; uno aprende a contestar, repetí frases hechas, sonreí. Y luego le pedí que me contara él. Antes de que empezara a hablar, me disculpé un instante y fui a buscar mis cosas para poder anotar. "¿Listo?", me preguntó Alfredo cuando me senté otra vez frente a él, con mi libreta en la falda. La que llevaba entonces era de tapas color amarillo. Tenía una mariposa negra, pero que dibujé yo: cuando las tapas son lisas, les dibujo mariposas negras.

(   )

Le dije que estaba lista para anotar. Alfredo empezó a hablar, me contó que unos días atrás, como hacía de tanto en tanto, había estado revisando la causa por la muerte de Ana. Que lo había hecho con mucho cuidado, pensando que, quizás, esa sería la última vez que lo haría, que estaba muy cansado de dar siempre vueltas en círculo sin encontrar ninguna pista, que le hacía mal, que estaba con algunos problemas de salud. Pero que en esa ocasión, "vaya a saber por qué", se detuvo en mi declaración ante la policía y que lo que leyó allí le dio un nuevo sentido a los hechos. Le dije que me contara qué había declarado, porque yo no lo recordaba. Lo hizo con mucha paciencia y luego le pedí —le debo de haber pedido— unos minutos para buscar esa fecha en la computadora y así llegar a la libreta correspondiente. Del mismo modo en que aprendí a andar en bicicleta, aprendí a buscar fotos, nombres, fechas, en el programa que diseñó mi padre, lo que acorta mucho el camino hacia un recuerdo apuntado. Leí mi declaración. Cuando estuve lista, le pedí a Alfredo que continuara y que se apurara porque, en un rato, yo olvidaría todo lo que acababa de decirme. Él quería saber por qué yo había declarado que Ana estaba muerta, en mi regazo, unos minutos antes del golpe. "Dijiste: 'No se puede matar a alguien que ya está muerto'. ¿Por qué dijiste eso, Marcela?". "Porque así fue". Le conté lo que había pasado, con detalle, como hacía mucho que no lo contaba. Y él me escuchó, asintió, se le llenaron los ojos de lágrimas. Por primera vez, alguien atendía a lo que yo decía de verdad y sin prejuicios. Anoté: "Alfredo me escucha". "No quiero atosigarte en una sola tarde. ¿Te parece posible que nos reunamos algunas veces para que me cuentes lo que recordás, con tranquilidad, y que yo pueda anotar?". Leo: "Alfredo me pidió que nos reuniéramos algunas tardes". "Me parece posible, claro. ¿Usted también anota, Alfredo?". "Yo también anoto, Marcela", me contestó, y los dos nos reímos. Tal vez nos reímos, tal vez nos abrazamos, tal vez apenas nos miramos sabiéndonos, por fin, escuchados. No lo recuerdo pero, en cualquier caso, es lo que tendríamos que haber hecho.

Apunté la fecha y horario de nuestra primera cita en la libreta amarilla, lo resalté con rosa. Dos días después, empezamos a reunirnos en la casa de Ana.

2

Entré al Sagrado Corazón de Jesús en tercer grado. En aquel momento era un colegio sólo de mujeres, ya no. Ahora hay varones, según me dicen; me lo tienen que repetir porque lo olvido. No conocía a nadie. Me senté en el único banco que quedó libre, una vez que se sentaron todas las que serían mis compañeras. El sitio disponible estaba justo en el medio del salón. Después supe que ése había sido el banco que usaba la líder del grupo, Nadina, quien ya no estaba en el colegio porque se había ido a vivir a Brasil. Como toda líder, Nadina era amada por unas y odiada por otras. Aunque su banco había quedado desocupado en agosto del año anterior, seguía siendo su banco; ninguna compañera se había atrevido a usarlo: unas, por respeto; otras, por temor a que la líder regresara y le hiciera la cruz a la usurpadora; otras, por rechazo a cualquier energía que Nadina hubiera dejado impregnada en la madera. Aquel asiento vacío había sido una presencia aún más perturbadora que ella misma. Pero no quedaba ningún otro banco libre, así que con timidez e ignorando las circunstancias, avancé hacia él. En cada paso sentí que se sumaban miradas sobre mí, como cuando los fotógrafos disparan sus cámaras frente a una estrella del cine, uno tras otro, varios a la vez. No tenía idea de los motivos de esas miradas reprobatorias. Las sentía mientras caminaba. A pesar de ellas, tenía que seguir hacia mi banco, detenerme habría sido peor. Pensé que tantos ojos puestos sobre mí se deberían a que yo era "la nueva". De todos modos, en la breve pero intensa caminata, chequeé errores posibles: que me hubiera puesto zapatos de distinto par, que tuviera la pollera enganchada y se me viera la bombacha, que me hubiera quedado alguna basura colgando de la nariz después de haber usado el pañuelo, o pasta dentífrica en los labios. Nada.

Durante días, ninguna de mis compañeras me habló. La que se sentaba a mi lado, cuando necesitaba algo, le golpeaba la espalda a la que tenía delante, o se daba vuelta y hablaba con la de atrás. Conmigo, ni por equivocación. La única mirada que, a veces, se posaba sobre mí, y yo sentía con una energía diferente, era la de Ana Sardá. Pero ella se sentaba muy lejos, en el último banco. Cada tanto, en algún momento en que me sentía a punto de romper en llanto, yo giraba hacia atrás, la buscaba y la encontraba allí, observándome, sin compasión y sin condena. Eso me alcanzaba. Alguna vez, recuerdo, me sonrió. Hasta en un recreo, podría jurarlo, estuvo a punto de venir a buscarme para que jugara con ella y su grupo, pero tocó el timbre, y tuvimos que entrar al aula.

Así llegué hasta las vacaciones de invierno, casi sin hablar con nadie. Quería que no terminaran nunca, no me sentía capaz de empezar otra vez, de entrar a clases y aceptar que estaba destinada a ese asiento que me condenaba a ser paria, más paria aun que cualquier chica nueva en cualquier colegio. La mañana en que, por fin y por desgracia, se reiniciaban las clases, ingresé al edificio del Sagrado Corazón con un terrible dolor de estómago. Estuve a punto de faltar; mi madre no me dejó. En el patio, antes de pasar a las aulas, vi a Ana hablando con la maestra, su actitud no era la de una charla común, parecía que tramaban algo. Tuve la sensación de que, cada tanto, las dos me miraban. Yo estaba sola, como siempre; había llevado conmigo una revista de historietas que me sabía de memoria, sólo para hojearla fingiendo interés y evitar así prestar atención a mi alrededor. Era una de las tantas estrategias que se me habían ocurrido durante las vacaciones para poder disimular mi soledad cuando volviera a clases y a mi banco maldito. Justo antes de que tocara el timbre para que entráramos, Ana vino a saludarme. Apenas dijo: "Hola, ¿cómo estás?", y me sonrió; pero ese gesto me dio alguna esperanza. Al pasar al aula, para nuestra sorpresa —excepto la de Ana, que no sólo sabía, sino que probablemente había sido quien tuvo la idea— la maestra pidió que no nos sentáramos todavía. Y nos indicó que permaneciéramos paradas junto al pizarrón. Cuando estuvimos todas acomodadas en el frente, dijo que quería hacer algunos cambios "en el espacio escolar" y nos hizo mover los bancos para que, en lugar de hileras, formaran un semicírculo en el que pudiéramos vernos entre nosotras y a la vez ver el pizarrón. Ella misma movió varios pupitres con energía y rapidez; después de esos movimientos, fue muy difícil saber qué banco había sido de quién. Cuando la nueva disposición del aula estuvo lista, la maestra nos pidió que nos sentáramos. Otra vez, me quedé a un costado esperando que todas eligieran. Pero, de pronto, me di cuenta de que Ana, sentada en el sector izquierdo del semicírculo, había reservado un lugar junto a ella y me hacía señas para que fuera a su lado a ocuparlo. Sin vacilar, lo hice y sentí que, por fin, era parte de ese grupo, de esa aula, de ese colegio. A partir de entonces, Ana y yo nos declaramos mejores amigas y nunca nos separamos. Hasta su muerte.

En el tiempo de nuestra adolescencia, cuando creíamos que teníamos toda una larga vida por delante, las dos nos enamoramos varias veces. Nos contábamos todo lo que sentíamos con detalle: qué, cuánto, cómo y a quién amábamos. También qué, cuánto, cómo y por quién sufríamos. A veces como un juego, otras veces con mayor intensidad, aquellas primeras experiencias no pasaban de ser un amor ingenuo, esperanzado, de alguna manera infantil. Estábamos más enamoradas del amor que de la persona en cuestión. Pero ese año, el año de la muerte de Ana, ella conoció otro tipo de sentimiento. ¿Era amor? Me lo preguntaba entonces y me lo sigo preguntando ahora. En el verano nos habíamos visto poco; yo había pasado casi dos meses en la casa de mi familia en el campo, mi abuela estaba enferma y mi mamá había querido pasar la mayor cantidad de tiempo posible con ella. Recién nos encontramos otra vez en marzo, a unos días de empezar las clases. Ana, entonces, me confesó que estaba enamorada. "Perdidamente enamorada", dijo. Y cuando pregunté: "¿De quién?", y ella se negó a darme el nombre, empecé a sospechar que el "perdidamente" no se refería a lo mucho, a la gran intensidad en el sentimiento, sino a su sentido literal: el amor que sentía Ana la había perdido. "¿Él no te quiere?", preguntaba yo, avanzando sólo hasta donde ella me dejaba. "Me quiere, pero no me puede querer", me contestaba mi amiga. Y yo sufría con ella, aunque no entendía bien por qué no se puede querer a alguien a quien se quiere. Varias veces más, tímidamente, insistí con la pregunta prohibida: "¿Quién es?". Ana no respondió, nunca, se disculpaba, se sentía mal por no poder hacerlo, le había prometido a él que no lo diría, "se lo juré". Repetía una y otra vez: "Perdoname, él no puede", sin confiarme su nombre.

Me di cuenta, entonces, a nuestros diecisiete años, de que empezaría a haber secretos entre nosotras, de que crecer era también eso: cada una mantendría una parte de su mundo privado en secreto. Lo irremediable de esa revelación —sentir que de alguna manera comenzábamos a separarnos— me hizo doler en algún lugar del cuerpo, como me dolía cuando en tercer grado me sentaba en el banco de Nadina y nadie me hablaba.

Hice una lista de todos los hombres casados que conocíamos, de quienes yo suponía que podía estar enamorada Ana. Y de los que estaban "muy" de novios. Profesores del colegio, hermanos de amigas, primos. Padres de amigas no puse porque me daba asco de sólo pensar que Ana pudiera estar enamorada de alguno de ellos. Ponía al lado del nombre la numeración que indicaba si me parecía posible o improbable que el calificado fuera receptor del amor de mi amiga. La numeración iba de uno a cinco. La mayoría tenía el número uno: "Imposible", o el dos: "Poco probable". Alguno el tres: "Probable". Por ejemplo, un profesor muy joven, recién recibido, que había venido a hacer una suplencia de unos meses y al que le habíamos puesto de apodo "Indiana Jones" por su parecido con Harrison Ford. Ninguno con cuatro puntos: "Muy probable", ninguno con cinco: "Éste es".

La relación que mantenía Ana con su enamorado secreto nos fue distanciando en lo cotidiano. No es que nos quisiéramos menos, la amistad estaba intacta, pero dejamos de compartir momentos, anécdotas, gustos, risas. No sé si se veían tanto; ella estaba siempre "a su disposición", a la espera de un llamado, alerta por si podían llegar a encontrarse o llorando porque no. Mi amiga tenía la cabeza tomada por su propia situación; nada que yo le contara le interesaba, ninguna cuestión fuera de su enamoramiento y los problemas que le traía esa relación secreta era tan importante como para ganar su atención. En algunas ocasiones, me daba cuenta de que Ana me miraba con los ojos perdidos mientras le hablaba, era evidente que simulaba prestar atención aunque no escuchaba lo que yo le estaba diciendo. No lo hacía sólo conmigo, también con los profesores en la clase, con otras amigas en reuniones y salidas. Yo me preguntaba en qué o en quién estaría pensando. Sabía que pensaba en él, ¿pero quién era él? Nunca me lo dijo. Sin contarme mucho más que cuánto lo amaba, Ana me hizo su cómplice en esta relación. Cada tanto me llamaba y me decía: "Si me buscan mis viejos, estoy durmiendo ahí". No sabía qué es lo que hacía, si realmente se encontraba con él o si salía por las calles a buscarlo sin rumbo cierto, a espiarlo, o esconderse detrás de un árbol hasta verlo pasar. En cualquier caso, yo rogaba que sus padres no la buscaran porque, por aquel

136

entonces, yo no sabía mentir. Ahora sí, ahora tengo que llenar lagunas. Antes, cuando todavía recordaba, la mentira me hacía sentir culpable, y la culpa me pintaba de rojo la cara.

Poco antes de morir, Ana tuvo un breve período de esplendor, se la veía contenta, radiante. Me dijo que creía que finalmente todo se iba a solucionar, que él estaba decidido a ser un hombre libre, que le había asegurado que no quería seguir viviendo como estaba viviendo hasta entonces. No le habló de compromisos. Ana tenía diecisiete años y lo entendía, o al menos eso dijo. Pero estaba convencida de que, si se daba como él lo tenía planeado, podría contarme —primero a mí y después al mundo entero— a quién amaba. Ana hablaba de futuro, de irse a vivir lejos, tal vez a estudiar en otro país, algo en lo que yo ni siquiera había pensado todavía.

Sin embargo, en poco tiempo, lo que parecía una comedia romántica se convirtió en un drama. Mi amiga tuvo un atraso. No se dio cuenta enseguida, porque tenía menstruaciones irregulares; había sido la última de la clase en indisponerse, y el ciclo no se le había acomodado del todo. Yo, en cambio, menstruaba desde los once años y tenía sangrados abundantes exactamente cada veintiocho días. A ella la regla la tomaba de sorpresa. Para cuando notó que hacía rato no se indisponía, ya llevaba varios meses de amenorrea. Lo cierto es que, en el momento en que esa falta y la hinchazón de los pechos le resultaron suficientemente sospechosos, se lo contó a él. Esperaron; los días seguían su curso, y el sangrado no aparecía. Mientras tanto, intentaron algunas pruebas caseras. No querían arriesgarse a un análisis de laboratorio en el que había que dejar registrado el nombre y el número de documento. En aquella época recién empezaban los test rápidos de embarazo y no estaban a nuestro alcance. Uno de los métodos caseros que probaron fue poner el primer pis de la mañana en un recipiente con vinagre y dejarlo veinte minutos en reposo: si quedaba igual, no estaba embarazada; si tenía espuma, sí. Tuvo espuma, mucha. Hicieron lo mismo, pero con jabón; el método era similar, la espera y el resultado: otra vez hubo espuma. Esa media certeza, basada en una espuma poco confiable, los angustió. Entonces, él consiguió una enfermera que le sacó sangre a Ana y la llevó a una prueba en el hospital en el que trabajaba, bajo un nombre falso. La espuma no había fallado: Ana estaba oficialmente embarazada.

Recién cuando se lo confirmó la prueba de laboratorio, me lo contó a mí, llorando, una tarde que vino a hacer la tarea a casa. Yo contuve las lágrimas, aunque hubiera llorado con ganas también. La cabeza me giraba a alta velocidad, mientras trataba de asimilar lo que acababa de oír: mi amiga, casi una niña como yo, estaba embarazada. "¿Pero ustedes...?", no podía completar la pregunta. Recién al rato de saberla embarazada, me di cuenta de que Ana se había iniciado sexualmente y que nunca habíamos hablado de eso. Por un momento, me preocupó más la constatación de que nuestra nueva amistad adulta incluiría secretos, que ya no nos contaríamos todo lo que hacíamos con lujo de detalles. "Sí, cogimos, Marcela", respondió Ana sin necesidad de que yo completara la pregunta. "¿Cuándo?" "Muchas veces." "¿Y no se cuidaron?" "Nos cuidamos, pero falló." "¿Cómo?" Ana no respondió. Sólo volvió a decir: "Nos cuidamos", y yo no le creí. La abracé. Entonces sí, después de abrazarnos, lloramos juntas, mucho rato, casi toda la tarde.

Pasaban las horas, y no me atrevía a preguntarle cómo iba a hacer, cuándo se lo iba a decir a los padres, si él finalmente se iba a separar o pensaba tener dos familias. Tampoco me animaba a preguntarle si era lindo coger, si dolía, si el placer era mayor que el dolor; el embarazo de mi amiga había eliminado la posibilidad de hablar de qué se siente al estar en la cama junto a otro cuerpo. En distintas circunstancias, se lo habría preguntado; pero Ana había pasado tan rápido del descubrimiento del sexo al horror de su embarazo, que hacerlo me pareció una puñalada. Cuando ya creía que no tocaríamos el tema del placer, antes de que anocheciera, en un descanso de la tarea, recostadas sobre mi cama y sin más lágrimas por derramar, Ana me confesó: "Lo quiero tanto, tanto, que pienso en él y me duele el pecho. Y él me quiere a mí del mismo modo. No sabés lo lindo que es que te quieran así". La escuché en silencio, quise quedarme con eso, con el amor, aunque doliera en el pecho, aunque lastimara, y por un momento me pareció que todo iba a estar bien. Me equivoqué, el remanso duró poco y, al rato, Ana estaba llorando otra vez. "¿Cómo van a hacer?", pregunté. "Me lo voy a sacar". No entendí. "No lo voy a tener, Marcela. Voy a abortar", dijo para que no hubiera confusiones. La palabra "abortar" me impactó, sentí miedo. "Abortar" era una palabra que no usábamos. Una palabra sucia. Ni siquie-

139

ra sabía si se escribía con be larga o ve corta: nunca había visto escrita la palabra aborto en ningún libro, en ninguna revista. Jamás la mencionó una profesora en el colegio. Si hubiéramos preguntado, nos habrían dicho que era pecado y, sin muchas más explicaciones, nos habrían mandado a la dirección o a rezar padrenuestros. Pero a quién se le podía ocurrir preguntarle algo así a las monjas. "¿Y cómo se hace para abortar, Ana?", le pregunté. "No sé. Él va a averiguar en detalle, me va a explicar y me va a dar la plata, yo no tengo tanta. Igual me dejó libertad de decisión, no quiere decidir por mí". "Que no decida, pero que te acompañe en la decisión", me atreví a decir. "Él no puede", respondió Ana. Él jamás podía, ni mostrarse, ni dar su nombre, ni decidir. Esa supuesta libertad que le daba a Ana me irritó; de ese modo, la responsabilidad quedaba exclusivamente en ella. Y la culpa, si es que él la sentía. Se lo dije a Ana, y se enojó conmigo: "Vos no lo conocés, él lo hace por mí". "¿Si lo quisieras tener, estaría dispuesto a separarse o, al menos, a reconocer que es el padre?" "No puede, ¿cuántas veces te lo tengo que decir? Y además, yo no quiero. Así que esa opción no existe. Tengo diecisiete años, me indispongo hace dos, ni siquiera sé si quiero ser madre algún día. ¿Vos querés ser madre, acaso?" "No sé, nunca lo pensé así, de verdad." "Marcela, en esto estamos solas, ¿no entendés? Vos también vas a estar sola cuando te pase." No, no entendía, no sabía si me hablaba del amor, del sexo, del aborto o de ser madres. ¿Solas cuándo? ¿Solas siempre?

Un rato después, cansadas de darle vueltas al asunto, fingimos que nos concentrábamos —una vez más—

en hacer la tarea. Parecía que las horas no pasaban, interminables; ya no entraba ni un hilo de luz por la ventana, así que no cabía duda de que se había hecho de noche. Ana me preguntó si podía quedarse a dormir en casa, y le dije que claro que podía. Llamó a su casa para avisarles a los padres. Comimos en mi habitación, le dije a mi mamá que estábamos retrasadas y queríamos seguir trabajando mientras picábamos algo. "¿Cuándo vas a saber cómo se hace?" "Creo que mañana, él me dijo que si decido hacerlo lo haga rápido, porque después es un lío tremendo." "¿Te dijo 'lío'? Qué palabra tonta para referirse a esto." Otra vez, a Ana le molestó mi comentario. Otra vez trató de excusarlo: "Es que, en el fondo, le cuesta hablar de lo que nos pasa. Sobre todo, de lo que voy a tener que hacer, le hace mal". Se tomó unos minutos antes de continuar. "Me da mucha pena. No está de acuerdo con el aborto, es muy católico, para él es algo prohibido. Pecado. Pero está dispuesto a hacerlo por mí, me acompaña en lo que yo decida", dijo, y traté de incorporar toda la información que me estaba dando acerca de ese hombre que yo detestaba: víctima, católico, irresponsable. "Si lo quisieras tener, no te acompañaría", insistí. "Soy yo la que no quiere", remató Ana con un tono cortante, y dio por terminada la discusión.

Lo odié, sin conocerlo lo odié, qué fácil era decirse católico y dejarle la decisión a Ana, una chica de diecisiete años que hasta hacía unos meses era virgen. Mientras tanto, el tipo vivía en la mentira, y eso no le parecía de mal católico. "¿Va a ir con vos? Cuando lo hagas, ¿te va a acompañar?", pregunté después de un rato, cuando supuse que a Ana se le había pasado el enojo conmigo. "Sí, claro, me va a acompañar", me respondió. "No vayas sola", insistí, dudaba del real compromiso de ese hombre, lo dudé hasta el último minuto. Nos abrazamos otra vez. En el abrazo, lloramos. "Si llegás a necesitar que te acompañe, o lo que sea, avisame, yo puedo." "Gracias, yo sé que cuento con vos. Pero no va a hacer falta."

Poco antes de la medianoche nos metimos en la cama. Di muchas vueltas antes de dormirme. Ana, en cambio, estaba quieta; yo no sabía si dormía o apenas estaba ausente. Antes de que me venciera el sueño, la llamé: "Ana...". "Hum... ¿sí?", balbuceó; creo que la desperté. Giré hacia su lado, me acerqué a su oído. Hablé en voz baja: "Yo haría lo mismo, si estuviera en tu lugar, haría lo mismo". Ana suspiró y se acurrucó sobre mí. Dijo: "Te quiero, amiga". Y así, abrazadas, nos dormimos.

Al día siguiente fuimos a la escuela juntas, desde mi casa. Caminamos las cuadras en silencio. Ahora yo también tenía la cabeza tomada, ahora yo tampoco podía pensar en otra cosa que no fuera el embarazo de Ana. No era mi vida, era la de ella, pero sufría como si lo que le pasaba a mi amiga nos estuviera pasando a las dos. Las horas de clases resultaban interminables y, a la vez, no quería que terminaran nunca porque, a medida que transcurría el día, el aborto se hacía inminente, como si alguien hubiera dado vuelta un reloj de arena y sólo quedara esperar hasta que cayera el último grano. A la salida del colegio, yo me fui a casa, y Ana a encontrarse con él para que le contara lo que había averiguado. Tuve la fantasía de seguirla, de caminar escondida detrás de

142

ella y así descubrir quién era ese hombre que había cambiado la vida de mi amiga para bien y para mal. Pero no lo hice, nuestra amistad valía más que mi curiosidad. Hacia el final de la tarde, Ana llamó a casa: "Es mañana temprano, ya está, ya se termina". Parecía aliviada, me alegré por ella, me alegré por mí. Quería que terminara el sufrimiento para mi amiga. Y que si nuestra amistad ya no iba a ser como era antes, al menos consiguiera un nuevo equilibrio. "Te acompaña él, ¿cierto?", quise confirmar. "Sí", me dijo, "me acompaña él".

Esa noche dormí muy mal, me desperté sobresaltada varias veces, me costaba volver a conciliar el sueño. Me levanté y caminé por la casa, hubiera ido en camisón y pantuflas hasta la casa de los Sardá, estaba segura de que Ana tampoco dormía. Cada vez que me desperté, recé por ella: le pedí a Dios que la protegiera, que no le pasara nada, que todo fuera muy rápido, que no le doliera. Y que después no se le notara. ¿Se notará un aborto?, me pregunté en medio del insomnio. ¿Dejará una marca que lo delate? No tenía la menor idea. No sabía cómo era el procedimiento que le iban a practicar a mi amiga, dónde, cuánto duraría; iba él, y eso estaba bien aunque yo lo odiara. Ya me contaría luego, para saber, para compartir su experiencia, por si algún día me pasaba a mí lo mismo.

Me levanté un poco más temprano que de costumbre y me vestí, no tenía sentido seguir despierta en la cama. Cuando estaba por salir, tocaron el timbre. Vino mi madre y me avisó que me buscaba Ana. Traté de disimular mi asombro y la angustia que me provocó preguntarme por qué ella había venido a mi casa, cuan-

143

do tenía que estar haciéndose "eso". Me apuré, agarré mis cosas y salí como si fuéramos juntas al colegio. Ana también estaba vestida con el uniforme. "¿Se suspendió?", le pregunté. "¿Me podés acompañar?", preguntó a la vez ella; tenía los ojos hinchados, era evidente que había llorado toda la noche. Rezar por Ana no había funcionado. A veces, rezar funciona sólo para calmar los nervios, repitiendo una oración que ayuda a no pensar en otra cosa. Se me aflojaron las piernas, no soy valiente, pero dije: "Sí, te acompaño". Y cerré la puerta detrás de mí.

Caminamos despacio, agarradas de la mano. "¿Tenés miedo?", pregunté. "Sí", me respondió ella, y yo le apreté la mano más fuerte. Ana había buscado la dirección del lugar que le había conseguido él en una guía *Filcar* de su padre, y había arrancado esa hoja. La traía con ella, me la dio para que pudiera guiarnos como si fuera un mapa. Se lamentó de haberle arruinado la guía al padre, pero estaba tan nerviosa que temía confundir el camino. Analicé la ruta a seguir: se podía ir a pie, aunque no era tan cerca; quedaba a unos cuatro kilómetros de nuestras casas. Nos tomaría una hora llegar, no había ningún colectivo que nos dejara cerca. Tal vez, una hora y media. El lugar estaba ubicado en una zona por donde nosotras nunca íbamos, algunas calles todavía no tenían asfalto. A medida que avanzábamos, aparecían más perros sueltos que los que había por nuestro barrio, los autos estacionados lucían viejos y deteriorados. No pregunté por qué él no la había acompañado, no supe cómo hacerlo sin maldecirlo. A medio camino, Ana necesitó contármelo. "Decidimos que era mejor que no viniera." "¿Por qué?" "Por si alguien lo ve conmigo y lo reconoce. No es bueno que lo vean entrar en esa clínica." "¿Y a vos?" "Para mí no es tan grave, a mí no me conoce nadie", dijo. "¿Mirá si nos ve alguien que le cuenta a tu mamá o a la mía? Para mí tampoco es fácil", no fue una queja, quería que ella tomara conciencia de que a él le perdonaba todo, que no le exigía lo que nos exigía a los demás. "Si no querés, andate", respondió Ana, enojada. "Sí quiero, sólo me molesta que no haya querido él." "Quiere, pero no puede", repitió la letanía una vez más. Y yo callé, estaba harta de escuchar esa frase que funcionaba como el salvoconducto de un señor que no conocía ni, a esa altura, quería conocer. No tenía sentido amargarla con lo que yo pensaba de él y confirmaba a cada paso.

Ana me contó que lo habían resuelto la noche anterior, muy tarde. Él la mandó a llamar, no pregunté cómo; ella salió a escondidas de la casa y se encontraron en algún lugar seguro, tampoco me dijo dónde. Él le planteó sus dudas, qué harían si alguien lo reconocía, que si eso sucedía la más perjudicada iba a ser ella, que Ana podía pasar desapercibida sola, que a su edad nadie se iba a imaginar que estaba por hacer algo así. Su "algo así" me sumó rencor hacia él, "algo así" era de lo que quería protegerse. Caminamos un rato en silencio, despacio, estábamos demasiado cerca y las dos lo sabíamos. Caían los últimos granos de arena del reloj. Ana llevaba en la mochila un sobre con la plata, las instrucciones y la dirección del lugar que él le había dado la noche anterior. "Él lo pensaba traer hoy; por suerte lo tenía encima, y cuando decidimos que mejor no viniera, me lo dio". Rogué en silencio que no lo mencionara más. Lo odié otra vez, con fuerza, ya era un odio continuo. Para mí estaba claro que ese hombre, al que no podía ponerle nombre, había ido a encontrar a Ana con la decisión tomada de que no la acompañaría. Pero le hizo creer a ella que lo decidieron juntos. Me dio mucha pena que ése fuera el primer amor de mi amiga. No sabía que además sería el último.

Cuando llegamos a la dirección indicada en el papel, se la señalé y guardé la hoja que hacía de mapa en el bolsillo. La clínica no era una clínica, apenas un chalet mal mantenido, con el pasto crecido y la pintura descascarada. Ella me pidió que, antes de tocar el timbre, diéramos una vuelta a la manzana, por si alguien nos seguía o por si nos estaban espiando desde alguna ventana. Yo quería entrar cuanto antes y terminar con eso de una buena vez, pero era evidente que Ana necesitaba juntar valor. Hice lo que ella quería sin ningún comentario, sólo la seguí. Al regresar, después de dar toda la vuelta en silencio, temí que aún no estuviera lista; sin embargo, mi amiga, resignada, no pidió plazo adicional. Como si en esa vuelta Ana hubiera aceptado que ya no tenía otro remedio que entrar, se metió al porche y tocó el timbre con decisión. Alguien entreabrió la puerta, no llegué a verlo, apenas oí lo que dijo: "Vayan por el garaje". Después de esa frase desapareció, dando un portazo en nuestra cara. Quedamos un poco desorientadas, a merced de lo que hicieran los que estaban adentro de ese chalet y que aún no veíamos. Unos minutos más tarde, se abrió el portón del garaje, y entramos. No había ningún auto. Sólo una mesa angosta, con un hule arriba. Y una sábana rosa, doblada, en la cabecera, junto a una pequeña almohada. En una mesita auxiliar, a un costado de la improvisada camilla, había elementos de instrumental médico, de los que desconocía el nombre. Y apósitos, muchos apósitos. En el piso, una palangana de metal. Varias filas de estantes —con herramientas y otros trastos— adosadas a una de las paredes, como si además usaran el lugar de depósito. En la otra, un crucifijo de madera, sin Cristo crucificado, sólo la cruz.

La médica que estaba esperándonos —si es que lo era— le dijo a Ana que se desvistiera, que se pusiera una bata raída que alguna vez debió de haber sido rosa como la sábana, y que se acostara sobre la mesa. "Pero antes, linda, dame la plata, así si después estás un poco boleada por los calmantes, no se te complica. ¿O la tiene tu amiga?" La mujer me miró, no me olvido de su cara: estaba seria, sin un gesto que me trasmitiera ningún mensaje diferente del que acababa de decir; cada movimiento que hacía era, evidentemente, un paso más de un trámite que repetía con frecuencia. Ana tomó el dinero de su mochila y se lo dio. La mujer lo contó y lo guardó en el bolsillo de su camisolín. Luego mi amiga se desvistió y se acostó sobre el hule. La mujer le indicó que se tapara con la sábana, mientras ella preparaba "el material". Así lo llamó. "¿Querés esperar afuera?", me dijo a mí. "Al que llamó le dijeron que hay que venir acompañada", respondí. "Eso es para después, por si tu amiga queda mareada, para que no se vaya sola", me aclaró, mientras le pasaba un algodón embebido en alcohol al instrumental. Miré a Ana, que a su vez me miraba a mí; ya estaba recostada sobre la mesa, tensa. En sus ojos había súplica. "Me quedo adentro", respondí. La médica me señaló un banquito de madera y me dijo que, si quería, podía sentarme ahí de espaldas, "para que no te impresiones, que si te desmayás acá, no hay nadie para atenderte". No le respondí; avancé hacia la camilla, me detuve en la cabecera, agarré la mano de Ana y me quedé allí, junto a mi amiga, la cara hacia el frente, de espaldas a la médica y a lo que iba a hacer. Mis ojos en los ojos de Ana, hasta que se quedó dormida; ni bien la venció la anestesia, subí la mirada y dejé la vista clavada en el crucifijo. Permanecí, el tiempo que duró el procedimiento, así, sin moverme. No recé, estaba controlando que ese dios, aun ausente del crucifijo, no me fallara. Ni a mí, ni a Ana. Mientras tanto, con la mano libre abollaba la hoja de la guía *Filcar* que tenía en el bolsillo. No vi nada de lo que le hizo esa mujer, pero escuché. Antes de empezar, entró alguien, seguramente una asistente. La médica le dijo: "Alcánzame la sonda, Patricia", y luego: "Qué cerrada está esta chica", y luego: "Me está haciendo empujar más de la cuenta la chiquita", y luego: "Carajo", y luego: "Muy bien, linda, ahí empieza la contracción", y luego: "Ahora el sangrado, excelente. Cuánto, madre mía, qué cantidad. Ya va a salir todo". Y después, silencio.

No sé cómo aguanté tanto tiempo ahí parada, no sé cómo no me desvanecí, no sé cómo no agarré a Ana y la saqué de ese lugar ni bien escuché la palabra "sonda". Pero no hice nada de eso. Y cuando mi amiga abrió los ojos, yo seguía impávida, quieta, parada junto a la cabecera de esa improvisada camilla, agarrada a su mano. La médica le dijo que se levantara con cuidado, que se vistiera; le dio un manojo de apósitos y algunas indicaciones. Cuando nos íbamos, le advirtió que iba a seguir sangrando unos días: "Tranquila, vas a largar hasta el último restito, todo va a estar bien".

Nos fuimos caminando. Yo no había tomado conciencia de que ir hasta allá implicaba la misma caminata de regreso. En el estado en que estaba Ana, volver a pie fue épico. Tuvimos que parar varias veces, tardamos el doble del tiempo que nos llevó la ida. La sangre le manchó la ropa. Le propuse ir a mi casa, mis padres no estarían, los dos salían a trabajar a media mañana. Ana no quiso, dijo que iba a tratar de ubicarlo a él, que necesitaba verlo. Me dio mucha rabia; ese tipo no había estado, yo había soportado la horrible mañana junto a ella y Ana lo único que quería era estar con él. "¿Eso es el amor?", me pregunté. No tenía respuesta propia, yo no sabía lo que era el amor. Apenas podía imaginármelo gracias a mis pocos "enamoramientos" adolescentes. O por lo que había visto en el cine o leído en alguna novela. Pero sabía que si la respuesta era afirmativa, si eso era el amor, entonces nos habían engañado. Porque así, como lo vivía Ana, el amor no tenía nada de prodigioso.

Me dolió el estómago el día entero. A la situación vivida se sumaba mi preocupación por que mis padres se enteraran de que no había ido a clases. Me metí en la cama. Cuando llegó mi madre, le dije que al volver del colegio me había acostado porque me sentía mal. Me tomó la fiebre, por supuesto no tenía, "es cierto que tenés mala cara, debés estar incubando algo". Me hizo sopa de arroz, mi madre curaba lo que fuera con sopa de arroz. Me dormí temprano, estaba agotada. Al día siguiente, Ana no fue al colegio. No me preocupó que faltara, parecía lógico que a las veinticuatro horas de hacerse un aborto no estuviera en condiciones de presentarse en el aula. Pero de todos modos, cuando terminó el día, fui hasta la casa. La madre me dijo que estaba acostada, durmiendo, que se sentía mal: "Pasó el día entero así, con mucho dolor de vientre y tiene muy mal color. Asuntos femeninos. También se puede haber pescado algún virus, no digo que no. Mejor no despertarla y que duerma lo más que pueda". Me quedé muda, preferí eso a decir algo inconveniente. No podía siquiera asentir, sabía que cualquier hipótesis que Ana hubiera planteado respecto de su malestar era mentira. Tampoco me llamó la atención que se sintiera tan mal; en ese curso de aprendizaje acelerado y solitario de aborto precario, había aprendido que si te meten una sonda te provocan una contracción, te hacen sangrar y sale lo que está adentro; pero además que, cuando te vas, sigue sangrando, mucho, te duele la panza, te cuesta caminar, y creés que te vas a desmayar o a morir. Coincidí con la madre de Ana en que era conveniente dejarla dormir; y si dormía hasta el día siguiente, aun mejor.

Me fui para mi casa, me hubiera gustado contarle a mi madre lo que estaba pasando. La miré dos o tres veces durante la tarde con los ojos llorosos, me quedé junto a ella. Aunque yo no podía decirle, tenía la esperanza de que, tal vez, ella adivinara. Mi mamá solía adivinar qué me pasaba, y el aborto de Ana también me estaba pasando a mí. Pero aquel día ella había tenido una discusión con el director del colegio donde daba clases de

Geografía y, además, se había traído una pila enorme de exámenes para corregir. Mamá estaba demasiado enojada con el mundo como para advertir que a mí me pasaba algo.

Poco antes de que terminara la tarde, sonó el timbre. Desde la cocina, mi madre gritó: "Marcela, ¿podés atender?". Y yo fui; detrás de la puerta estaba Ana, irreconocible. La cara se le había puesto de un color rarísimo, un color sucio, en algunas zonas amarillento. Transpiraba. La toqué, y hervía. "¿Me podés acompañar? Tengo miedo de no poder llegar sola." "¿Adónde?", le pregunté. "A encontrarme con él." "Estás muy mal, Ana, te tiene que ver alguien que sepa." "Él me va a llevar; me dijo que, si estoy tan mal, me tiene que ver un médico." Eso, en cierta forma, me tranquilizó; Ana necesitaba que la vieran con urgencia, era evidente, y que ese señor que nunca podía nada se hiciera cargo de la situación y la llevara a un hospital me parecía la mejor opción para ella. "Me tengo que encontrar con él en media hora, pero no tengo fuerzas para ir sola, me siento muy mal." "Yo te acompaño", dije. Tomé mi campera, le di una excusa a mi madre para que no me buscara por un largo rato. No mencioné a Ana: no quería que llamara a su casa preguntando por mí si resultaba que se hacía muy tarde. Le hice un cuento acerca de un trabajo en equipo y que estaríamos con varios compañeros en la biblioteca. No me prestó demasiada atención, seguía preocupada por su pila de exámenes. Salí. Ana estaba sentada en el piso, no sé si se había sentado por su propia voluntad o se había desplomado. La ayudé a levantarse, lo hizo con dificultad. Caminamos despacio, del brazo, unos cuantos pasos, hasta que me di cuenta de que yo no sabía a dónde íbamos. Le pregunté. "A la iglesia, nos vamos a encontrar ahí", me respondió. Cuando me lo dijo, me sonó extraño que hubieran puesto como punto de encuentro una iglesia. Pero, pensándolo bien, para un católico practicante con un amor clandestino, la casa de Dios podía ser una buena coartada.

Tuve que ayudar a Ana para que pudiera subir los primeros escalones de la entrada a la parroquia San Gabriel. Y casi alzarla en los últimos dos. No podía dar un paso por sus propios medios. Yo podía, pero estaba muy asustada y el miedo, si bien no paralizaba mis movimientos, me dejaba sin reacción. "¿No querés que le diga a mi mamá? Necesitás ver a un médico ya", le sugerí. "No, por favor, me prometiste que no le ibas a contar a nadie lo que hice." "Ana...", empecé a decir. "Juralo", rogó, "juralo acá". Y yo lo hice, juré con la vista clavada en esa cruz solitaria que preside el altar de la parroquia y que, aquella tarde, me parecía más grande. Una cruz similar a la que miré mientras le hacían el aborto a Ana. Pero no le juré a Dios, sino a ella. "No voy a decir lo que hiciste, te lo juro, Ana, a nadie." Ana me acarició la pierna y agregó: "Pase lo que pase, no lo digas. Ni ahora ni nunca. Aunque me muera", por primera vez apareció la muerte como posibilidad y se me clavó en el pecho. Sentí que no era una frase hecha, sino que Ana, de verdad, empezaba a pensar que podía morirse. Quedé aterrada por ese sentimiento.

"No quiero que mis papás sepan. Carmen no me lo perdonaría", agregó al rato. La frase sonó extraña, la

152

atribuí a su desesperación. Hablaba de sus padres, pero el supuesto castigo lo impondría su hermana. Ana no solía mencionar a Carmen. Y cuando lo hacía, era para transmitir un respeto reverencial que terminaba en enojo, o en rabia. Creo que sentía un temor desmedido por Carmen que no era propio entre hermanas. Le tenía más miedo a ella que a sus padres. Más miedo que a nadie. A mí me llamaba mucho la atención, porque conmigo Carmen siempre fue encantadora. Así era también con el resto de las chicas del colegio, todas se peleaban por estar en el grupo de Acción Católica que dirigía ella. Ana, no. Estuvo a punto de no ir al campamento de verano para no estar a las órdenes de su hermana. En cambio, el resto del grupo festejó que la catequista titular no pudiera ir y la reemplazara Carmen. Todas se sentían protegidas por ella. Sobre todo, después de aquel día en que una chica de mi clase atravesó una puerta de vidrio y se hizo múltiples cortes; nadie sabía qué hacer, ni siquiera la maestra a cargo del grado. Desde algún lugar, llegó Carmen, corriendo. Ni bien estuvo junto a ella, pidió a los gritos pañuelos y toallas, y de inmediato fue sacando, con delicadeza, los vidrios de cada herida y, una vez limpias, las apretó con los trapos que le acercábamos, para que no saliera tanta sangre. Hasta que, por fin, llegó la ambulancia. Carmen nunca perdió la calma, se mantuvo más tranquila que la maestra. Desde entonces, pasó a ser una heroína en el colegio; le dieron una medalla y publicaron una nota en el diario local. El titular decía: "Joven de Adrogué asiste a compañera herida y sueña con ser médica". Hasta donde yo sé, Carmen estudió otra cosa: Teología, o His-

153

toria, o Filosofía. No recuerdo qué, pero no Medicina. Ana decía que Carmen tenía dos caras: fuera de la casa se hacía la buena para manipular a todos; adentro, era un ogro. Y que a su hermana lo único que le importaba era manejar el mundo, con la técnica que le diera resultado. Según Ana, nadie —excepto su familia— conocía a la verdadera Carmen. Me causó gracia esa descripción cargada de inquina, y me dio hasta un poco de envidia: yo no tenía hermanas. Me habría gustado ser una de las hermanas Sardá.

Esperamos sentadas en el último banco de la iglesia, no tenía sentido avanzar hacia el altar. Cuando él viniera, saldrían juntos en busca de un médico, con urgencia, así que resultaba mejor estar al lado de la puerta. Tan pronto como nos sentamos, apareció el padre Manuel, saludó a lo lejos, acomodó unas hostias en el sagrario y se fue. "¿Necesitás algo más? ¿Querés que recemos?", le pregunté a Ana. "No, Marcela, gracias, ya podés irte, yo espero sola, andá tranquila." "Me quedo un rato", respondí, "no tengo apuro". Y, para mi asombro, ella no fue insistente como otras veces, lo que demostraba lo mal que se sentía. No repitió: "Ya podés irte". Apenas dijo: "Te quiero", y a mí se me llenaron los ojos de lágrimas. Para Ana, lo más importante en aquel momento, en que se sabía al borde de la muerte, era que no la dejara sola. Ya no tenía importancia si yo veía a su amor secreto o no. Traté de contener el llanto, el nudo en la garganta era intolerable. "¿Y si llamo a Lía?" Lía era la hermana que Ana quería, a ella sí la nombraba a menudo; si hubiera tenido nuestra edad, seguramente habría sido también nuestra amiga. "No. No quiero preocupar a nadie más. Él va a venir, él me prometió que me busca acá", le costó decirlo, se quedó sin aire en medio de la frase. Luego agregó: "Ya está", y se dejó caer de lado para acurrucarse en mi regazo. La acaricié, hervía, respiraba con dificultad. Su cara se veía color azul, y eso me asustó. Ya no pude contenerme y me puse a llorar: no sabía cómo ayudarla, no podía hacer otra cosa que acariciarla.

"Va a venir, él va a venir", dijo después de unos minutos de silencio, y parecía que Ana lo decía para consolarme, para que yo no llorara más. "¿Vos creés que Dios me va a perdonar?", me preguntó con un hilo de voz. Y su pregunta, apenas susurrada, me lastimó. ¿Qué era eso que sentía que Dios tenía que perdonarle? Ana era mi mejor amiga y una gran compañera de todas, siempre tenía en cuenta al otro, me había salvado cuando nadie me hablaba al entrar en el colegio. Era alegre, divertida, amable, sincera, fiel. ¿Por qué pedía perdón? ¿Por haberse enamorado a los diecisiete años de alguien que no supo cuidarla? ¿Por haber tenido sexo? ¿Por interrumpir el embarazo? ¿Porque él era un señor prohibido? ¿Por haber elegido a una médica que hizo mal lo que tenía que hacer? ¿Por no haberles dicho a sus padres? De verdad, no entendía. A pesar de mis reparos, quise ser bien concreta con mi respuesta, como para que a Ana no le quedaran dudas. "Si hubiera algo que tuviera que perdonarte, sí, Ana, Dios ya te perdonó", dije, pero no sé si llegó a escucharme, porque ella ya no habló. Tembló. La sostuve con fuerza, me daba miedo que se cayera al piso con el movimiento, traté de apaciguarla. Ana no paraba de estremecerse. Me agaché y me abracé sobre ella; hice un esfuerzo para que mi llanto

fuera silencioso. Temblamos juntas. Hasta que, de re-
pente, Ana se quedó quieta, inmóvil, y yo sentí que ella
me pesaba más que antes. Como si la voluntad hubiera
abandonado su cuerpo.

Es que mi amiga, por fin, eso había hecho: dejar lo
que había sido, irse.

Ana estaba muerta.

3

(   )

Y un día, volví a la casa de Ana, treinta años después.

No había vuelto a entrar allí desde que ella murió.
Eso dijo mi madre, que era la primera vez en treinta
años. Aunque yo no puedo asegurar que no haya pasado
por delante algún día cuando salgo a andar en bicicleta,
porque si lo hubiera hecho, no lo recordaría. Allí, en esa
casa, Ana estaba viva. Ir a su casa y que ella no estuviera
confirmaba su muerte. Dudé, pero tenía apuntada la
cita con Alfredo en mi libreta. Tenía que ir.

(   )

Me vestí con lo mejor que encontré en el placar; le
pedí a mi madre que me ayudara a peinarme y ponerme
algo de color en la cara. Ella, como solíamos hacer a
menudo, me sacó una foto con una cámara Polaroid
que me regaló mi papá; yo la abroché a la libreta y debajo puse: "Cita Alfredo Sardá". Busqué una pulsera de
plata que Ana me había regalado para mi cumpleaños
de quince, tenía el broche roto, entonces la pasé por el
ojal de la camisa, como si fuera un colgante o un adorno, y le hice un nudo. Le pedí a mi madre que me saca-

ra otra foto ahora que estaba lista, también la abroché en mi libreta. Quería recordar cómo había ido vestida a aquella primera cita con Alfredo.

(   )

Guardo la foto. Doy vuelta la página. Leo.

Esperé en la puerta de casa que Alfredo me viniera a buscar. Fue muy puntual, llegó a la hora exacta que yo tenía anotada. Habíamos quedado en que él venía por mí. Alfredo, como yo, parecía inquieto por el proceso que estábamos por iniciar. Tiene que haber estado inquieto. Me dio la mano, como me la daba Ana, y caminamos así hasta su casa. Abrió el portón de entrada. El jardín era exactamente como yo lo recordaba, así lo había visto antes del golpe, muchas veces, el más verde que nunca hubiera conocido, con árboles añosos, manchado de colores repartidos en canteros cuidados y ordenados según las distintas variedades de flores. Reconocí el roble en el que contábamos al jugar a las escondidas, el tilo que nos perfumaba en primavera cuando nos metíamos ramitas entre los mechones de pelo, las santarritas fucsias de las que teníamos que cuidarnos al correr —jugando a la mancha— porque nos lastimaban con sus espinas. Todo estaba allí, menos Ana.

(   )

Lo que sentí no fue amargo como lo había imaginado, sino lo contrario: me encontré protegida, acunada. Así lo escribí en la libreta. "En casa de Alfredo me siento en mi casa". Estaba otra vez en mi infancia, la etapa de mayor felicidad de las que me tocó vivir. No sería justo permitir que la muerte de Ana borrara esa felicidad anterior. No habrá por delante otra etapa más feliz y, si la hubiera, a menos que lo apunte, la olvidaría.

( )

A partir de ese primer reencuentro, Alfredo me vino a buscar puntualmente, dos tardes por semana, para ir a la casa de los Sardá a hablar de su hija menor, mi mejor amiga. Mi madre parecía contenta, leo: "Mamá está contenta", debía de ser un alivio para ella encontrar que yo podía ocupar algunas horas con actividades para las que no dependía de su compañía. En aquel entonces, mi padre ya no vivía en casa. Me sorprendía cada vez que preguntaba por él y mi madre me contestaba: "Papá y yo nos separamos hace un tiempo, él va a venir a buscarte el domingo para dar un paseo". ¿Cómo que mi madre y mi padre se habían separado? ¿Cuándo? ¿Por qué? Me lo contaban, y al rato se me perdía. Lo anoté muchas veces en mis libretas. Lo resalté. Y lo puse también en el archivo de favoritos. Pero en cada ocasión en que mamá me decía: "Tu padre y yo nos separamos", yo sentía la misma sorpresa que cuando alguien me decía que Ana, después de muerta, había sido quemada y descuartizada.

( )

Alfredo y yo nos tomamos varias tardes para hablar de la Ana que conocíamos antes del drama que nos cambió para siempre. Por un tiempo, no hablamos de su muerte, sino de ella. Necesitábamos traerla otra vez con nosotros; recuperar esos recuerdos y compartirlos nos hizo muy bien a los dos. Ese mundo estaba intacto en mis recuerdos, no necesitaba ayudarme con apuntes ni inventos. Él hablaba de su hija como si fuera una niña que en cualquier momento podía bajar por la escalera para venir a charlar con nosotros. Yo, como lo que fue para mí, no sólo mi mejor amiga, mi compañía entrañable en aquellos años en que pude almacenar recuerdos, sino la única persona a la que elegí amar. A mi madre y a mi padre los quería y los quiero; claro que en ese amor no hay elección. A Ana la elegí yo. El amor que está en los cimientos de esa amistad es todo el amor que pude conocer. En cambio, sé que el amor de pareja no me será posible nunca. Enamorarse lleva tiempo y en ese tiempo se evaporan mis recuerdos. Para enamorarse, hay que tener memoria. A veces finjo que estoy enamorada del fisioterapista, o del psicólogo que viene dos veces por semana a entrenarme con ejercicios conductistas para compensar la memoria que no tengo. Pero ni siquiera sé si esas personas son siempre las mismas porque, cada vez que las veo, se tienen que presentar y decir quiénes son, como si no lo hubieran hecho antes. ¿Cuántos entrenadores, psicólogos, fisiatras o terapistas han pasado por mi vida en estos años sin que yo advirtiera la diferencia entre unos y otros? No lo sé. Lo que sí sé es que mi relación con los auxiliares de la medicina resultó la relación más estable que he mantenido con nadie.

(   )

Recién dos semanas después de nuestro primer encuentro, empezamos a hablar de las circunstancias de la
muerte de Ana. Así está anotado en la libreta 4.345. Lo
primero que hice fue advertirle que no usaría la palabra
asesinato porque no lo hubo. "No fue asesinato". No sé
si Alfredo me creyó desde un principio o no, pero nunca cuestionó que Ana hubiera muerto en la iglesia tal
como yo decía. Yo anotaba en mi libreta, y él anotaba en
la suya, se ve que tampoco confiaba en su memoria. Me
escuchaba con atención sin querer corregirme aunque
yo dudara, me equivocara, o hasta me contradijera.
Después de muchos años, volví a contar lo que pasó
aquella tarde. Al menos lo que podía contar, lo que no
le había jurado a Ana callar para siempre. Le conté que
ella había venido a buscarme con el pedido de que la
acompañara a la iglesia porque allí se iba a encontrar
con alguien con quien tenía una relación sentimental.
La referencia acerca de que Ana había estado enamorada lo sorprendió. ¿Alfredo nunca se imaginó a Ana enamorada? "Alfredo no sabía que Ana estaba enamorada."
Me pidió un instante para ir a buscar dos cafés. "Alfredo
trajo dos cafés." Creo que era el tiempo que necesitaba
para recibir la noticia de su niña y el amor. Luego, mientras los tomábamos, le conté que ese alguien no vino, al
menos antes de que Ana muriera. Que, en medio de su
agonía, Ana dejó de temblar. Que Ana dejó de llorar.
Que Ana dejó de respirar. Que murió en mis brazos.
Que la acomodé en el banco aterrada. Que salí corriendo hacia la sacristía. Que la manga de la campera se
enganchó en una parte del soporte que sostenía la esta-

tua del arcángel Gabriel. Que tiré, que la estatua se balanceó, que se cayó sobre mí. Le debo de haber hablado de la oscuridad y de la pantalla en blanco por el olvido permanente de lo que me sucedería de ahí en adelante. Debo de haber repetido lo que apunté en alguna de mis consultas médicas: "No me olvido de todo; según el camino que tiene que hacer el hecho vivido para almacenarse como recuerdo, a veces encuentra un atajo que no fue dañado y logra una ubicación. Pero es muy de vez en cuando. Hay un patrón que no logro captar, pensamientos que se originan en un lugar del cerebro desde el que puede llegar sin atravesar puentes rotos". Eso leí. Eso leo ahora. No sé si el texto me pertenece o me lo dictaron. También me dictan recuerdos.

(   )
Leo. Completo. Invento. Alfredo respondió: "Lo siento mucho". "No lo sienta, Alfredo. Si hay una emoción de por medio, me es más fácil evocar. Tal vez esta charla la recuerde. O recuerde que me sentí bien en este sillón, hablando con usted, aunque no recuerde qué dijimos, a menos que lo lea en mi libreta."

(   )
Leo: "Cuando hablo con Alfredo, me siento bien". Alfredo sonrió, se le dibujó una sonrisa hermosa, creo que estuvo a punto de abrazarme, y se contuvo.

(   )

Según mis médicos, "compenso" razonamiento con emoción. Pero no lograron descifrar el patrón, y yo tampoco colaboré para ayudar a que lo descifraran: querían usarme como caso de estudio. Fui un par de veces a una clínica especializada, me ponían en un anfiteatro frente a un grupo de especialistas, me hacían preguntas, me observaban; ellos eran los que anotaban, yo me perdía a los pocos minutos. Me dieron unas fichas médicas con conclusiones que están abrochadas en una libreta, la de aquellos meses. Nunca las releo. Ni están resaltadas con color fluorescente.

(   )

¿Fui a una clínica a que me estudiaran?

(   )

Abandoné, nada más lejos de mi interés que convertirme en una mascota de laboratorio. Leo: "Mascota de laboratorio". Leo: "El médico pregunta: '¿Alguna vez estuvo enamorada?'".

(   )

"¿De quién estaba enamorada Ana?", preguntó Alfredo. "No lo sé, no quiso decírmelo. Supongo que era un hombre casado, o comprometido al menos. Decía que él no podía." "¿No podía qué?" "No podía nada, ni revelar su nombre, ni acompañarla cuando la necesitaba, ni..." Me detuve. Me tengo que haber detenido. No podía mencionar el aborto. Sí le hablé de mis listas. Y de mi numeración de 1 a 5 para cada uno de los candidatos. Le prometí que las traería en un próximo encuentro. "¿Por qué pensás que puede haber muerto una chica como Ana, sana, a sus diecisiete años?", me preguntó, tal vez me lo preguntó en varios encuentros, no queda claro en mis apuntes. Leo, comillas. "No tenía una enfermedad subyacente, no sufrió un accidente, no puedo imaginar que alguien la hubiera, por ejemplo, envenenado. ¿Por qué te parece que puede haber muerto, Marcela?" No podía revelarle la verdad, se lo había jurado a Ana frente al altar, me limité a responderle con sus síntomas sin mencionar el origen de ellos. Le dije que aquella tarde Ana se sentía muy mal, que tenía fiebre. Que incluso, cuando llegó a mi casa, le costaba mantenerse en pie. Y él me confirmó que algo sabía: su mujer le había contado que Ana estaba con una menstruación muy dolorosa, que se había acostado porque estaba muy descompuesta y que, a la mañana siguiente, cuando fueron a buscarla y Ana ya no estaba, la cama había quedado manchada. Su madre, supe por él, había confundido la sangre del aborto con una menstruación. "La madre de Ana confundió el aborto con una menstruación". "No había mencionado la fiebre, pero eso no quiere decir que no estuviera afiebrada; Dolores no debe de haberla tocado, nunca la tocaba", me confió Alfredo. Tampoco la vio salir así que no se dio cuenta de las dificultades que tenía para caminar y mantenerse en pie. Ni a él ni a nadie le había importado cómo se había sentido Ana, una vez que supieron que había sido quemada y descuartizada. Así que no volvieron lo suficiente sobre el asunto. No interpretaron que ese malestar tuviera que ver con su muerte. Alfredo me pidió que repitiera aquello que habíamos hecho desde que Ana me pasó a buscar, le importaban ciertos detalles que anotaba mucho más meticulosamente que como yo lo hacía en mis libretas: qué llevaba puesto Ana, si traía con ella alguna mochila o bolso, si me había mencionado que hubiera tomado algún remedio, alguna sustancia, incluso alguna droga que le pudiera haber hecho mal, si había practicado mucho ejercicio, o comido algo que no solía comer. "Remedio: No. Ejercicio: No. Droga: No." "Ana no se drogaba, ni tomó nada raro", le dije, le tengo que haber dicho, y era cierto, porque la falsedad no estaba en lo que respondía, sino en lo que callaba. Mis omisiones eran las mentiras. Seguí ocultándole el aborto. Repetimos estas preguntas y mis respuestas en varios de nuestros encuentros. Las anoté. Las leo.

(   )

En cada oportunidad en que nos juntamos, amplié mi relato puntualizando algo: frases, gestos, miradas, el tono de su piel. Le conté que lo único que traía Ana cuando vino a buscarme era un anillo turquesa que era de Lía y que ella creía que la protegía, que era su anillo de la suerte. Lo llevaba puesto, se lo sacó y me lo dio. Me pidió que se lo entregara a Lía. Se sentía tan mal que intuyó que, tal vez, no se lo iba a poder dar ella.

165

(   )

Leo: "Anillo turquesa/reunión en casa de Ana".

Llevé ese anillo una de esas tardes, se lo enseñé a Alfredo y se lo quise dejar. Me dijo que lo conservara, que Lía no estaba, que se había ido a vivir a otro país hacía muchos años. Tengo pegada en mi libreta un dibujo de la bandera de España y al lado dice: "Lía=Compostela". Alfredo no creía que ella fuera a volver algún día, a menos que descubriéramos lo que había pasado con Ana. Lo decía con pena; también con comprensión y con resignación. Leo: "¿Por qué Alfredo no va a ver a Lía?". "Miedo a volar". "Nieto". Le pregunté a Alfredo por qué no iba él a ver a Lía. Me respondió que lo había pensado muchas veces; me confesó que siempre les había tenido miedo a los aviones pero que, tal vez, finalmente viajaría cuando su nieto pudiera acompañarlo. Yo no sabía que había un nieto en la familia, un nieto de Alfredo, un sobrino de Ana. Escribí: "Ana tiene un sobrino". Le pedí a Alfredo que me contara. Anoté. Me habló de Mateo, hijo de Carmen y de Julián. Tampoco sabía que Julián y Carmen se habían casado, ni siquiera que él ya no sería cura. En aquella época, Julián me gustaba, nos gustaba a todas. Y recién treinta años después, me enteré de que se había decidido por la que las chicas admirábamos: Carmen. "Linda pareja", anoté debajo de sus nombres, y luego: "Bien por él". Le conté a Alfredo que Ana le tenía miedo a su hermana mayor, que decía que tanto esforzarse por ser simpática con los demás hacía que, dentro de la casa, sacara lo peor de ella. ¿Se lo conté a Alfredo? Se lo debo de haber contado, porque leo: "A mí también Carmen me daba un poquito de miedo (Alfredo)".

Y luego, su risa. "Alfredo se rió, era un chiste." Y la mía. Nos debemos de haber reído los dos. Anoté el nombre del nieto: "Mateo", anoté la ciudad donde vivía Lía: "Santiago de Compostela". ¿Ya la había anotado? Anoté "anillo"; de cualquier modo, no me iba a olvidar de que lo tenía porque eso era un recuerdo anterior al golpe. Pero quería asociar el anillo con el motivo por el que no podía regresarlo a su dueña, tal como me había pedido Ana. Escribí: "Lía no está". Así podía relacionarlo con el pedido de Alfredo de que lo conservara, al menos hasta el hipotético día en que él y su nieto viajaran a verla.

(   )

Una tarde, muy cerca del final de nuestros encuentros, Alfredo me mostró los archivos que guardaba en una valija en el depósito. Durante años había juntado material relacionado con la causa. Antes de enseñármelos, me pidió permiso y me advirtió que, tal vez, algo de lo que viera me podía impresionar. "Alfredo me pide permiso para mostrarme archivos." Le dije que no se preocupara, que aunque me impresionara, lo olvidaría. Nos reímos, espero que lo hayamos hecho, hace bien reírse en medio del horror. Alfredo era una nueva y agradable compañía en mi vida vacía. "Alfredo me cae bien." Me debe de haber parecido una lástima olvidarme de él, de lo que hoy era más allá de ser "el padre de Ana", por eso lo anoté. Y luego: "Alfredo tiene una linda sonrisa". Tengo dibujados corazones en mi libreta junto a su nombre. Fuimos al depósito, Alfredo abrió la valija. Había recortes de diarios, fotocopias del expediente, fotos de Ana, apuntes que él mismo había tomado preguntando a unos y a otros. Saqué una foto con la Polaroid. En la valija estaba la copia de mi declaración en la policía. Leo: "Alfredo se siente mal porque no me había preguntado antes". Alfredo me dijo algo así: "Me maldigo por no haber hablado con vos. Me dijeron que no estabas bien, que habías quedado con un trauma después del golpe, que no podías tolerar la muerte de Ana, como tantos de nosotros. Y que por eso habías inventado que ella había muerto antes, y en tus brazos. Les creí, y hasta te justifiqué. Yo también hubiera querido inventarme otra muerte para Ana". Le pedí que repitiera lo que había dicho, y que lo hiciera despacio para poder anotarlo. Me contó que había ignorado mi declaración hasta que una tarde, revisando los informes de los médicos forenses que hablaban de crimen sexual, se topó con la tarjeta de un integrante del equipo, un joven recién recibido que le llevaba la contraria a todos. Tarjeta de Elmer García Bellomo. Buscó entre los papeles y me mostró la tarjeta. En aquel tiempo, el joven se le había presentado en el juzgado, le había recitado una serie de circunstancias del caso por las que no estaba de acuerdo en cómo avanzaba la investigación y le había dado esa tarjeta que, treinta años después, Alfredo me mostraba.

(   )

El chico hablaba mucho, un desborde de palabras. Según me dijo, era difícil seguirlo en momentos de semejante conmoción pero, en medio de tanta palabra, Alfredo apuntó mentalmente que, para el joven experto, la evidencia no daba cuenta de un crimen sexual. Y que mencionó mi declaración. "No fue crimen sexual (Bellomo)". Su hipótesis difería de lo que opinaba el resto del equipo; incluso su jefe, que era quien tomaba las decisiones dentro de la investigación. Para el joven, la evidencia señalaba encubrimiento de pruebas de otro tipo de crimen, no necesariamente sexual. "¿Pero cuál?", dijo Alfredo, y lo anoté. Sostenía que la escena del crimen había sido otra diferente de ese basural en el terreno baldío, que partes del cuerpo fraccionado habían sido trasladadas. Leo: "El cuerpo fue trasladado (Bellomo)". Alfredo se esforzaba por recordar en detalle lo que le había dicho y se lamentaba de no haber profundizado entonces en lo que le había querido advertir. Debería haber anotado Alfredo. Yo anoté. Seguramente lo vio tan joven, tan inexperto, tan parlanchín, y por otro lado su jefe parecía tan seguro de lo que decía, que Alfredo no hizo más que guardar sus datos en la valija y olvidar lo que le dijo Bellomo por casi treinta años. Pero cuando la tarjeta apareció por azar en medio de los papeles, y eso lo llevó a leer mi declaración, todo empezó a adquirir un nuevo sentido para él.

(   )

No quiso contactarlo hasta hablar conmigo. Quería confirmar algunos datos que tenía borrosos después de tantos años. Nuestras charlas lo ayudaron a atar cabos sueltos. "Cabos sueltos".

(   )

Imagino que habré dicho: "Me alegro de que haya guardado esa tarjeta, Alfredo". "Y yo de eso, y de nuestro reencuentro", debe de haber respondido él. Porque Alfredo es muy amable.

(   )

¿Por qué hoy no vi a Alfredo?

(   )

Alfredo tiene una linda mirada, sus ojos, a pesar de ser marrones y no azules, se parecen a los de Ana. Miran como los de Ana. "Alfredo=ojos". Me confesó que otra vez tenía esperanzas de poder resolver el enigma que rodeaba al cuerpo muerto de su "pimpollo". Así la llamaba, yo no lo sabía. Anoté: "Ana=Pimpollo". "Muchos se preguntan por qué sigo insistiendo en saber la verdad si no me devolverá a Ana. Me lo preguntan Carmen, Julián, mis amigos, mi hermano, hasta mi médico. Es cierto, no me va a devolver a Ana. Pero tal vez sí me devuelva a Lía. Y me alivie el dolor, porque la verdad que se nos niega duele hasta el último día." No sólo anoté esa frase en la libreta, la mandé a estampar sobre una foto de Ana, la enmarqué y la colgué en mi cuarto: "La verdad que se nos niega duele hasta el último día".

(   )

Leo. Por fin, una tarde, Alfredo me dijo que había decidido contactar al joven del equipo forense, que ya no sería tan joven, y me avisaría en cuanto lo lograra. "Posible reunión con Bellomo." Pero después de esa charla Alfredo suspendió nuestros encuentros.

(   )

¿Por qué Alfredo tiene tantos corazones?

(   )

Alfredo llamó a casa para cancelar la próxima visita, la taché en la libreta. Y no volvió a llamar. "Alfredo no llama". Me preocupé, pensé que tal vez yo había dicho algo inconveniente. O que, quizás, Alfredo se había enojado porque se había dado cuenta de que me reservaba parte de la verdad. Leo: "¿Podré algún día decir lo que le pasó a Ana? ¿Cuándo? ¿Quién me liberará?".

(   )

Mamá dice que la gente se cansa si repito las cosas. "No repetir. La gente no tiene paciencia (Mamá)". Ella trató de entrenarme para evitar esas repeticiones. "Revisar los últimos renglones del cuaderno antes de hablar." "No repetir." "No repetir." "No repetir." Cómo no hacerlo.

(   )
¿Alfredo se cansó?

(   )
Pero no, Alfredo no estaba cansado de mí, sino enfermo. "Alfredo está enfermo". "Cáncer", "Quimioterapia". Se enteró de que un cáncer que creía controlado había empeorado, reanudó el tratamiento de inmediato, era urgente hacerlo. Esta vez se trataba de un tumor que no podía operarse. La quimioterapia lo dejaba muy débil como para seguir con nuestros encuentros. No quiso avisarme hasta estar mejor. Por fin, una tarde me mandó llamar. "Alfredo llamó y pidió que vaya a su casa". Se disculpó por no haberme ido a buscar, se sentía débil. No quiso ser dramático pero me dijo que, si había algo que yo quisiera decirle, aprovechara ese encuentro porque ya no le quedaba mucho tiempo. Lloré, tengo que haber llorado. Lloro ahora. Me pidió que no lo hiciera. Anoté: "Alfredo va a morir", pero lo taché. Escribí al costado: "Hablar con Alfredo, mucho, queda poco tiempo". Me agradeció nuestras conversaciones. Me dio una copia de una foto de su nieto para que la tuviera conmigo. "Si lo convenzo, irá a Santiago de Compostela a ver a Lía", me dijo, "quizás pueda llevarle su anillo". "Mateo=anillo=Compostela". Y me pidió un último favor, al día siguiente vendría el profesional forense a su casa para evaluar juntos, por última vez, todas las pruebas. Había hecho contacto telefónico con él antes de empezar el tratamiento, y el hombre ya se había puesto a trabajar obsesivamente y

172

por cuenta propia. Esto me dijo, esto anoté: "Elmer me dio un primer informe, y no será el último". Luego transcribí nuestra conversación casi textualmente, hasta con guiones:

—¿Podrás venir a conversar con nosotros, Marcela? Yo te busco, mañana voy a poder, mañana ya voy a estar mejor. Apuesto que entre los tres lograremos llegar a algunas conclusiones.

—¿Qué es lo que más quisiera saber, Alfredo?

—Quién y por qué se tomó el trabajo de descuartizar el cadáver de Ana y quemarlo, después de que muriera en tu regazo. A mí me gustaría saber quién y por qué. ¿A vos?

—¿Quemaron y descuartizaron a Ana?

—Quemaron y descuartizaron a Ana.

(   )

Quemaron y descuartizaron el cadáver de Ana. Ella murió mientras yo la acariciaba en la iglesia. "Lo sé", dijo. "Alfredo lo sabe", anoté. Apunté en mi libreta: "Reunión con Elmer Bellomo por carbonización y descuartizamiento del cuerpo de Ana. Miércoles, 16 horas".

Al día siguiente, a la hora señalada, caminamos juntos, del brazo, hasta su casa. Creo que debe de haber sido una de las últimas veces que lo hicimos. No tengo imagen de ese día en la libreta. Me dio vergüenza pedirle a mi madre que sacara una foto de los dos con la Polaroid. Debe de haber sido eso, el pudor ante mi madre. Por eso no hay foto. Pero está escrito: "Alfredo y yo caminamos del brazo hasta la casa de Ana para reunirnos con el forense".

Y en lugar de un punto final, hay un corazón rojo.

Elmer

Detrás de los acontecimientos que nos comunican sospechamos otros hechos que no nos comunican. Son los verdaderos acontecimientos. Sólo si los supiéramos, comprenderíamos.

BERTOLT BRECHT,
El compromiso en literatura y arte

1

—...

—Claro que recuerdo el caso de su hija, señor Sardá. Cómo olvidarlo, fue el primer caso oficial en el que intervine. Yo estaba recién salido de la Academia. El mejor promedio de la camada, aunque sin experiencia. Creía que salía con mi título y me llevaba el mundo por delante, enseguida me ubicaron. De una cachetada, me ubicaron.

—...

—Sí, por supuesto que en los libros está la base, coincido totalmente con usted. Pero es cierto que recién con la casuística uno termina de aprender. Y no sólo por manejar pruebas o un cadáver, aprende a manejarse en el grupo humano que, le aseguro, es lo más difícil de mi tarea. Porque un cadáver ahí está, las pruebas ahí están; es cuestión de saber mirar y ver, que no es lo mismo, por cierto. No sabe cuántos hay en este oficio que miran sin ver lo que está frente a ellos, ahí, quieto, esperando ser descubierto. En cambio, el ser humano vivo, en acción, es impredecible.

—...

—No, sí, sí, claro que deberían haberme escuchado, ¡qué importaba que yo fuera el recién llegado! De eso no hay dudas, y le agradezco que lo mencione.

—...

—Es tal cual usted lo dice. A pesar de que uno tenga razón, en determinadas circunstancias no se puede hacer mucho. La clave es convencer a los demás de que uno la tiene; ése es el tiro de gol. Y le digo que, con el tiempo, ya soy un experto también en eso.

—...

—Pasa seguido en los equipos forenses. Peor aun, cuando al jefe del equipo, como suele ser en este país, se lo elige por escalafón, por antigüedad. O por acomodo. En esos casos, el que manda termina siendo un tipo que sabe menos que el que recién llega con estudios, con una carrera, con un título. El ignorante tiene más poder, todo el poder, le diría. Un ignorante con poder es una fatalidad. Y un corrupto, ni le digo.

—...

—Por nada, no lo digo por nada en particular. A veces, el que dirige una investigación fuerza un resultado porque alguien le paga, o lo apura, o lo presiona. Sucede. No digo que sea el caso de su hija, pero sucede.

—...

—No, no soy criminólogo, sino criminalista. Dos cosas bien distintas.

—...

—¡Señor Sardá, por favor, no se disculpe! La mayoría de la gente se confunde, hasta los que se anotan para estudiar esas carreras. Despreocúpese.

—...

—Exactamente, el criminólogo estudia por qué se cometen determinados crímenes en una sociedad, estudia el hecho en conjunto, no un caso particular; su objetivo principal es lograr que, a la larga, ese delito pueda prevenirse. En cambio, la materia de estudio de un criminalista es un caso concreto; debe analizar la escena del crimen, recolectar las pruebas y otras cuestiones que ayuden a determinar, en esa situación específica y única, quién mató y por qué. Quién mató y por qué, *that is the question*, como diría Shakespeare.

—...

—Claro que sí: por supuesto que ayudamos a determinar que no hubo delito o crimen, si es que no lo hubo. Lo que corresponda. Dígame, ¿usted por qué dice "si nadie mató"? ¿Se refiere, en concreto, al caso de su hija o es una pregunta hipotética?

—...

— Ah... Entiendo. Suena raro pero entiendo.

—...

—Sí, una lástima que nadie haya seguido esa pista. Una falla lamentable de aquel equipo forense. Y yo no me quito responsabilidad, me hago cargo de lo que a mí me toca: no supe hacer que mi superior me escuchara. Me consuela, al menos, que tampoco dejé que me convencieran de que ahí había habido un crimen sexual porque desapareció una bombacha. Que fetichistas hay, pero vivos, también.

—...

—Bueno, no fue sólo cuestión de conocimiento. Yo se lo atribuyo a que desde chiquito tengo una característica que algunos ven como negativa y que yo considero una virtud extraordinaria: soy terco de terquedad absoluta. Una mula. Cuando me empaco con algo en lo que creo que tengo razón, difícilmente me muevan de

179

allí. Gracias a mi terquedad, le di a usted mi tarjeta treinta años atrás. Lo vi tan mal ese día que nos cruzamos en el juzgado, tan azorado. Usted no era sólo un padre angustiado por la horrenda muerte de su hija, usted era alguien que no lograba entender.

—...

—Mire, si a su expresión de entonces yo le tuviera que poner un *emoji* de hoy día, le pondría ese que se agarra la carita. El que tiene los ojos y la boca abiertos en señal de espanto. Usted estaba "espantado", ésa es la palabra.

—...

—No era para menos.

—...

—Ahora, qué coraje el mío: se enteraba mi jefe de que le había dado mi tarjeta y me hacía despedir. ¿Sabe que el que tenía mayor rango de nuestro equipo venía de la parte administrativa? Y ése era el que mandaba. Uno que sabía de papeles, pero de preservación de la escena del crimen y de manejo de pruebas, no.

—...

—"NN. s/homicidio calificado. Víctima: Ana Sardá". Cómo no me voy a acordar. Hay partes de la causa que las recuerdo de memoria.

—...

—Dígame, sí.

—...

—No, no todo. Algunos detalles los tengo borrosos, otros grabados a fuego. A fuego.

—...

—¡Ay, perdón! ¡Perdón por esa metáfora tan poco

feliz! No, si yo soy una bestia. Los criminalistas terminamos muy insensibles al dolor ajeno.

—...

—A grandes rasgos, me acuerdo perfectamente del
caso. Y, por cierto, le adelanto que tengo cajas donde
guardo los antecedentes de aquellos expedientes en los
que intervine y me parecieron relevantes. Son casi ma-
nuales de procedimiento para mí; cada vez que vuelvo
a ellos, aprendo algo nuevo. Siempre me digo: algún día
voy a escribir un libro.

—...

—El caso de su hija debe de estar en alguna de mis
cajas. Tengo una habitación completa destinada a ese
material. Pilas de expedientes del piso al techo. No tengo dudas de que "NN. s/homicidio calificado. Víctima:
Ana Sardá" es uno de ellos.

—...

—Claro que hizo bien en llamarme, por supuesto.
Tuvo suerte de que no cambié la línea en todo este tiempo. Hoy por hoy, nadie conserva un número tantos
años. Es más, casi nadie tiene ya teléfono de línea.

—...

—¿Ha visto? Somos pocos. Hoy la comunicación
es vía celular, *WhatsApp*, mensajes de texto, *emojis*,
selfies. La voz humana se usa cada día menos. Y el que
todavía tiene teléfono de línea no lo atiende. Yo casi
dejo que se pierda su llamado en el ring... ring... ring...
Porque, últimamente, siempre que levanto el tubo, del
otro lado hay una voz con acento centroamericano que
me quiere vender algo. O una grabación que da opciones para hacer una encuesta política. O, incluso, lo que

es peor, un atorrante que quiere hacerme el cuento y me amenaza con que tiene secuestrado a mi hijo para sacarme plata. ¿No le pasó nunca?

—...

—¿Ve? En este país le ha pasado a medio mundo. Si no le pasó a alguien, es que no tiene teléfono. Qué país, señor Sardá, qué país, no salimos más.

—...

—Pasa, sí, pasa mucho. Hay que tener cuidado. A mí me lo quisieron hacer y en varias oportunidades. Yo siempre aplico la misma técnica, le pregunto enseguida al sujeto: "¿Cuál de mis hijos? ¿Pedro?". Y el sujeto cae en la trampa y me dice: "Sí, sí, Pedro". Y ahí se termina el cuento porque yo no tengo ningún hijo Pedro. Tengo a Federico y a Clarita. Pero Pedro, no.

—...

—Sí, los dos todavía viviendo con nosotros, a Dios gracias. Yo calculo que, hasta que terminen la universidad, van a estar acá. Y su mamá y yo, contentos. ¿Qué más queremos que tenerlos en casa? Pedro, no; así que en cuanto sugiero ese nombre, los estafadores de pacotilla quedan al descubierto.

—...

—Sí, sí, claro, volvamos al motivo de su llamado, don Alfredo... Alfredo era su nombre, ¿no?

—...

—¿Ve, ve cómo me acuerdo? Me alegra mucho que me haya llamado.

—...

—Mismo teléfono, sí. Treinta años después. Me quedé viviendo en la casa que era de mis padres. Vivo en Corimayo, cerquita de ustedes. ¿Usted sigue en Adrogué?

—...

—Qué bien, linda zona. Acá el valor de la propiedad se deterioró mucho, así que cuando mis padres murieron, yo le dije a mi señora: "Ponemos la casa en venta, pero si no nos pagan lo que vale, nos venimos acá". Porque mire qué fatalidad: mis padres fallecieron en esta casa, por inhalación de monóxido de carbono, una estufa que funcionaba mal. Y cuando suceden esas cosas, la propiedad pierde valor. La gente es aprehensiva y supersticiosa, no le gusta vivir donde murió alguien.

—...

—Usted lo ha dicho: en toda casa de años murió alguien.

—...

—Imposible hacérselo entender a los supersticiosos.

—...

—Habíamos comprado un departamento chiquito en Temperley, cuando recién nos casamos, todavía estábamos pagando la hipoteca. Dicho y hecho. Nos ofrecieron migajas por la casa. Quisieron hacer negocio con nuestra desgracia. Nos ofertaban un valor que no pagaba ni el precio del terreno. Y ésta es una casa grande, dos plantas, tres dormitorios. Así que la sacamos de la venta, y me quedé con ella. La zona está a trasmano, porque el tren por acá no pasa. Pero, caminando, enseguida estoy en la estación de Burzaco.

—...

—Tal cual, *walking distance*. Y, más allá del dinero, conservar la casa de mis padres me produjo una gran

183

emoción. Fue como recibir un legado. Para ellos, construirla y mantenerla fue un gran esfuerzo, ¿cómo dejarla en manos de cualquiera? La tarjeta que usted tiene fue mi primera tarjeta. Me la hizo imprimir mamá cuando me recibí.

—...

—Licenciado en Criminalística, sí. En ese momento, yo vivía con ellos, así que la dirección y el teléfono siguen siendo los correctos, hasta podría usar aquellas tarjetas si no se hubieran puesto amarillas. Las vueltas de la vida: me mudé, cambié las tarjetas, volví a mi casa, cambié las tarjetas. Usted me encuentra en el lugar original.

—...

—Sí, claro, dígame, ¿en qué lo puedo ayudar?

—...

—Efectivamente, yo ahora trabajo por mi cuenta. Me contratan las partes. No trabajo más para el Estado. Y me siento mejor así, le soy sincero. Mucho mejor, infinitamente mejor. Porque cuando en el juzgado se nos presentaban casos como el de su hija y yo veía la inoperancia entre los nuestros, me agarraba una frustración que me dejaba de cama.

—...

—Muy frustrante, trabajar en el Estado. Y no importa el gobierno de turno, en eso son todos parejos. Imagínese lo que significa la inoperancia de su equipo de trabajo para un terco de terquedad absoluta como yo. Me entiende, ¿no?

—...

—¿Usted a qué se dedica, seré curioso?

—...

—Ah, mire, yo también me dedico a la docencia. *Part time*. Doy clases en la Academia de Policía, aunque eso lo hago más por vocación de servicio que por el ingreso monetario, porque pagan como la mona. De cualquier modo, lo que a mí me gusta es la investigación. Estar ahí, donde se cometió un delito, pensar con la cabeza de quien lo cometió, y entender. Para eso me formé, para estudiar una escena del crimen, analizarla, encontrar pruebas, sacar conclusiones. Y lo hago con pasión. Pero ojo que no somos *CSI*, eso no existe ni en Yanquilandia. Eso es un cuento. Y menos acá, que ya sólo con la ropa de trabajo que muestran en esa serie quedaríamos sin presupuesto para ningún trabajo posterior. ¿Sabe lo que cuestan esos mamelucos Tyvek de Dupont? Y para colmo, se usan y se descartan. Bueno, acá más de uno lo debe lavar y vuelta a la escena de otro crimen.

—...

—Sí, Alfredo, claro que sí, por supuesto que me interesa ayudarlo. Cuente conmigo. Ahora, permítame una pregunta, ¿por qué el interés, hoy, treinta años después? ¿Aparecieron nuevos elementos?

—...

—Un testigo.

—...

—Ah, una testigo, sí. O podríamos decir "une testigue", como dicen ahora los chicos. "Chiques". Ja, ja.

—...

—Sí, sí, una testigo puede servir. ¿Cómo se llama?

—...

185

—Me suena. ¿No había declarado antes esa chica?

—...

—Claro, una compañera de su hija que se presentó espontáneamente en la comisaría. Me voy acordando, sí. Su declaración calzaba con mi hipótesis de que el crimen de su hija no fue un crimen sexual.

—...

—No, yo de eso no tengo dudas, nunca las tuve. Crimen sexual no fue. Los que lo hicieron, porque para mí fue más de uno, plantaron evidencia como para que lo pareciera. Modificaron la escena del crimen muy burdamente. Y mis jefes, por inoperancia o por corrupción, bajaron el martillo. Esta chica, si mal no recuerdo, hablaba de una muerte anterior. No sé, era un poco confuso, lo tendría que revisar.

—...

—¡Es que con lo mal que hicieron su trabajo! Estaban muy apurados por cerrar el caso. Era más sencillo decir "violación seguida de muerte y desmembramiento para ocultar pruebas" que seguir con la causa abierta. Con esa etiqueta acomodaron todo rapidito. ¿Pero cómo sabían que hubo violación si el tronco y los genitales de su hija estaban calcinados? Las lesiones podían corresponderse con una violación, aunque también con otras causas. Nadie analizó lo suficiente. A mí, que alguien se lleve una bombacha no me alcanza. Y de la autopsia siempre tuve dudas. Más aún cuando quise pedir una segunda y no me dejaron.

—...

—Por supuesto, cerraron el caso a las patadas. Un cadáver en esas condiciones les incomodaba. En

Adrogué no se andaba quemando y descuartizando gente. O sí, pero no se sabía. El intendente estaba enfurecido, ¿se acuerda? Ya estábamos en democracia, pero la dictadura estaba ahí nomás.

—...

—No le extrañe que la orden de cerrar la causa rápido haya venido de arriba y con el objetivo de que los vecinos se calmaran. Burzaco, Turdera, Corimayo, Ministro Rivadavia son otra cosa, gente más sufrida. En cambio, la de Adrogué no se banca un crimen de este tenor, y menos perpetrado entre ellos mismos.

—...

—¿Sabe a la temperatura que tienen que haber sometido ese cuerpo para terminar en las condiciones en que lo encontraron? Ni en el infierno debe de hacer tanto calor. Discúlpeme que hable así de su hija; nosotros, los que trabajamos en esto, tenemos la obligación de guardar distancia. Para los criminalistas, los cadáveres ya no son personas, son evidencia, pruebas. Usted es el padre, aún hoy lo es, así que le pido disculpas por esta deformación profesional.

—...

—Mire, si mal no recuerdo, yo pedí en aquel entonces que se la hiciera declarar nuevamente a esa joven. Pero me dijeron que tenía algún problema psiquiátrico y la descartaron como testigo.

—...

—Ah, claro, entiendo. Entonces, ¿estamos seguros de que lo anterior a ese golpe lo recuerda? ¿No puede estar fabulando?

—...

—¿Qué "memento"?

—...

—¡Ah, una película! *Memento* con mayúscula, nombre propio, entonces. Espere que anoto. No, no la tengo vista.

—...

—La voy a ver, sí. ¿Mejor que antes recuerdan lo anterior? Mire usted. Eso sí que es muy bueno.

—...

—Desde ya le confirmo que me interesa revisar el caso. Me interesa mucho. Estoy a su entera disposición, Alfredo.

—...

—Nos reunimos, por supuesto. Lo que sí, me gustaría tomarme unos días para volver a ver el expediente. ¿Le parece?

—...

—Perfecto. ¿Usted usa *mail*, Alfredo?

—...

—Bueno, páseme la dirección que la anoto.

—...

—*Okey*, *okey*, arroba *gmail* punto *com*. Sí, anotado. Un minuto que esta lapicera se quedó sin tinta.

—...

—Ya está, ahora sí. Mire, yo voy a revisar lo que tengo en las cajas acá; después, si es necesario, pediré el expediente completo. Eso va a llevar unos días. En base a lo que encuentre y a esta circunstancia de que la amiga de su hija está dispuesta a aportar nueva información, le voy a pasar un plan de acción y una estimación de mis honorarios.

—...

—Sí, sí, perdón, lo dije así, de apurado. Corrijo, no es que sea nueva información, sino que no la hemos escuchado como correspondía. Totalmente de acuerdo. Pero a los efectos de la causa, es nueva.

—...

—¿De acuerdo, Alfredo? ¿Le mando todo por *mail* y usted me da el *okey*?

—...

—Le agradezco la confianza; igual, a mí siempre me gusta dejar por escrito lo que puedo hacer y cuánto le va a salir al cliente. Para que después no haya frustración sobre frustración.

—...

—Le mando *mail* entonces, y quedamos al habla.

—...

—Me alegro mucho de que me haya llamado.

—...

—El gusto es mío.

—...

—Buenos días para usted también.

2

Le mentí a Alfredo Sardá. No con respecto a la muerte de su hija. Jamás mentí en ningún caso en el que yo haya intervenido. Me puedo haber equivocado; mentir, nunca. Le mentí con respecto a mi vida privada. Es cierto que vivo en la casa de mis padres, es cierto que la heredé después de que murieron por inhalación de monóxido de carbono. Es cierto también que con mi mujer y mis hijos chiquitos dejamos ese minúsculo departamento de Temperley y nos vinimos a vivir acá. Pero no es cierto que sigamos juntos. Ella se fue hace unos años y mis hijos, que ya eran adolescentes, prefirieron ir a vivir con su madre a un monoambiente en Lanús, más pequeño aún que aquel donde empezó nuestra historia familiar. Todavía no me repongo del todo. La soledad me pesa; era un alivio después de la jornada de trabajo entrar a la casa y encontrarme con el bullicio de la gente viva, estar rodeado de los míos, oler la comida que se calentaba en el horno, que alguno de mis hijos me diera un beso, un abrazo. Un remanso. Un oasis en medio del desierto. Ése era mi antídoto contra la cercanía diaria de la muerte. Me quedé sin refugio: entre mi vida y la muerte ajena ya no hubo barrera de contención. Ahora paso de un lado a otro sin darme cuenta. A veces temo quedarme del lado equivocado.

La casa me resulta demasiado grande, no se llena con nada, mis pasos rebotan como un eco en los pisos de madera gastada. La posibilidad de dejar atrás mi trabajo al llegar al hogar se diluyó. Desde que se fueron Betina y los chicos, quedé encerrado en un mundo tanático. Cuando estoy en la casa no hago más que seguir trabajando. Tengo informes de autopsia desparramados por el piso, fotos de los expedientes en los que trabajo pegadas en las paredes de los pasillos. Linternas, pinzas, guantes descartables, luminol y levantadores de huellas dactilares en los estantes de la cocina que ya no ocupan cereales y galletas de chocolate. Cajas y más cajas con material de archivo, no sólo en el cuarto que le mencioné a Alfredo, sino en cada ambiente de la casa, hasta en el baño. En parte, mi mujer me dejó por ese desorden. A decir verdad, cuando Betina estaba conmigo, no era para tanto. Yo me controlaba, ella ordenaba; había un equilibrio, y la casa lucía bastante mejor. Estoy seguro de que en la decisión de dejarme pesó más su obsesión con los gases cadavéricos. No niego que sean tóxicos y es cierto que estamos expuestos a ellos; pero, con una buena higiene, yo dejaba cualquier elemento fuera de la casa. Lo sigo haciendo ahora, que vivo solo, por una cuestión de responsabilidad profesional. Es como sacarse los zapatos antes de entrar para no manchar la alfombra con barro: se hace y punto, es automático, un reflejo condicionado. Yo lo hacía siempre, estoy convencido de que nunca llevé a nuestra casa gases, restos inclasificables, bacterias cadavéricas ni ningún otro elemento de trabajo que pudiera haber perjudicado la salud de ella o de los chicos. Se lo discutí a muerte en cada pelea en que

191

me echó en cara cómo olía. "Olés a muerto, Elmer". Le ofrecí pruebas de mi método de aseo, con el que le podía garantizar que llegaba a casa totalmente aséptico. Para mí, confundía el olor de algún desinfectante con el de la muerte. Fue inútil. Discutir era casi siempre inútil, aunque habláramos del tiempo: si había un sol que rajaba la tierra, ella porfiaba que estaba lloviendo. Y eso que el terco soy yo.

El desorden fue el primer argumento esgrimido por Betina para nuestra separación. Los gases cadavéricos, el segundo. Sin embargo, más allá de la pertinencia o no de ambos, el motivo o la causal que mi mujer esgrimió con mayor fuerza en las audiencias de conciliación no fue ninguno de esos dos, sino mi conversación. ¿Es causal de divorcio la conversación? Dijo que yo no hacía otra cosa que hablar de muerte, de asesinos, de crímenes y que eso la llevaba a zonas de sí misma que no le gustaban. Así lo dijo: "Me hundís en las profundidades más oscuras de mi ser". Betina siempre tuvo delirios de poeta. Y exageraba, porque tampoco era cierto que no habláramos de otras cosas. Claro que comentaba con ella situaciones o problemas laborales, sí, como toda persona habla de su trabajo: un maestro, del problema que tuvo con alguno de sus alumnos; un camionero, de lo pesada que estaba la ruta; un médico, de la operación en la que intervino esa tarde. Trabajo con cadáveres y escenas del crimen, pero soy un tipo normal al que también le gustan el deporte, las series, tomarse un buen vino de cuando en cuando, hacer que en la casa suene jazz o un tango entonado por la voz áspera de Adriana Varela. Me mata Adriana Varela. Y ésos son apenas unos pocos, tengo infinidad de otros temas de conversación. Es verdad que el trabajo es mi pasión y ocupa un lugar muy importante dentro de mis intereses. Ella me había conocido así. Incluso se había mostrado muy atenta cuando yo le contaba detalles de lo que estudiaba, mientras hacía la carrera; una vez, hasta me hizo recitarle las distintas etapas del *rigor mortis* como si fuera un poema ("Fase de instauración, fase de estado, fase de resolución/ Fase de instauración, fase de estado, fase de resolución"). Debo reconocer que hay materias que podríamos haber aprobado los dos si ella se hubiera presentado a los mismos exámenes que rendí yo. ¿Fingió un interés que no tenía? No creo. Me inclino más a pensar que, con el tiempo, como pasa en tantas parejas, aquello que la atrajo la expulsó, y mi conversación pasó de ser cautivante a abominable.

No me atrevo a recomendarlo en los cursos que doy a futuros colegas, pero creo, definitivamente, que hay que mentirles a los clientes en lo que a nuestra vida privada se refiere, protegerlos de quiénes somos. Lo aconsejable es evitar hablar de intimidades. Se puede hacer algún comentario si es que sale el tema; es cierto que la gente es curiosa, a menudo participa preguntando o compartiendo alguna reflexión, con la certeza de que quien tiene frente a sus ojos es tal cosa o tal otra. Ante esa participación, uno tiene que decidir si miente o no. Y yo esa decisión ya la tomé hace mucho. Le mentí a Alfredo Sardá como lo hice y lo hago con todos. Para mí es fundamental que quien nos contrata crea que el criminalista es una persona similar a ellos mismos, con familia, fanático de algún equipo de fútbol, amante de las pastas, con una vida estándar. Porque lo que le vamos a tener que contar, en cuanto sepamos, va a ser tremendo, oscuro, tenebroso. Si nosotros nos presentamos como unos *nerds* de laboratorio o como personas raras o *frikies,* les damos la posibilidad de creer que estamos locos, y lo que afirmamos puede ser considerado falso. Hay que tener muy presente que la gente, como primera reacción al horror, prefiere no creer. En otras profesiones pasa lo mismo. Por ejemplo, un abogado se pone traje para ejercer su tarea. Tal vez en su vida diaria se la pasa en jogging y zapatillas, pero no se le ocurriría ir a ver un cliente o concurrir a una audiencia frente a un juez sin vestirse adecuadamente, perdería credibilidad y lo sabe. Nuestro traje es esa supuesta normalidad de base, la promesa de ser "como todos". Y esto no se reduce sólo a la profesión, también a la vida social. Somos gente que se pasa el día observando cadáveres, buscando huellas de sangre, recogiendo con delicadeza un pelo abandonado en la escena del crimen como si fuera un diamante, analizando distintos tipos de heridas corto-punzantes, diferenciando firma y *modus operandi* en las mutilaciones. ¿Quién va a querer ser amigo nuestro si somos unos aparatos? ¿Quién va a querer salir a tomar una copa con un señor que acaba de manipular un brazo o una pierna? Un prejuicio que puedo comprender, pero infundado. Porque si desconfían de nosotros, se equivocan: no hay gente más equilibrada en esta sociedad que los criminalistas. Tenemos que tener mucho equilibrio para trabajar en casos como los que trabajamos y mantenernos incólumes. Somos una piedra. Y, además, precisos, certeros, rigurosos, detallistas. Los criminalistas hacemos apología del detalle, no aseveramos nada sin prueba objetiva. No damos por supuesto, confirmamos. Por ejemplo, si vemos una mancha roja, no vemos sangre sino "tejido hemático". Si es sangre, lo dirá el laboratorio. Cuando hacemos el perfil de un asesino, no tratamos de entenderlo desde la psicología; no nos importa cómo lo trataban sus padres, si en el colegio le hacían *bullying* o por qué otro motivo llegó a ser quién es. Ni siquiera pensamos en él en términos de buena o mala persona: nos importa el hecho, lo que hizo. Poca gente más confiable y menos prejuiciosa que un criminalista, a pesar de que nuestra mujer no lo valore y nos haya abandonado.

Treinta años después, me puse a trabajar en el expediente por el homicidio de Ana Sardá, de inmediato, ni bien Alfredo me llamó, y sin esperar a que aprobara los honorarios. Sabía que no habría problemas. Le había pasado un valor muy bajo, me interesaba el caso y lo habría hecho, incluso, gratis. Pero no es bueno que alguien crea que se está dispuesto a trabajar sin una contraprestación adecuada, porque tergiversa el sistema de trabajo. Y el sistema de trabajo y la familia son las bases de la sociedad. Se desarma eso, se viene abajo la estantería completa. A mí me queda el cincuenta por ciento del sostén, por eso lo defiendo con uñas y dientes. No estoy seguro de si lograré estar en pareja otra vez. Perdí la confianza en mí en cuanto a cómo seducir a una mujer. De joven, me llevaba el mundo por delante, avanzaba aun en batallas de gran dificultad. Y debo reconocer que, casi siempre, ganaba. Hoy en día, las mujeres están muy distintas de lo que eran cuando yo estaba en edad de salir al ruedo. Y me aventuro poco, fui perdiendo *training*, me cuesta abordarlas. A mí me gusta así como están, me encanta, que van de frente, que se sienten poderosas, que no esperan que uno vaya por ellas. Hasta debo reconocer que me seduce más esta nueva mujer que veo hoy, que aquella que conocí en mi juventud. Sin embargo, abordarlas es otra cosa. Me siento atraído, y cuando pienso en dar el siguiente paso, me frunzo. ¿Qué, si me quedo pagando? ¿Qué, si digo: "Linda, ¿querés tomar algo conmigo?", y me contestan: "'Linda' las pelotas"? Están raras, poderosas pero raras, impredecibles. Igual, no es que me haya resignado, estoy juntando fuerzas, viendo por dónde llegar. Me tomé algo así como un año sabático, para analizar bien la cuestión. Aunque no me imagino el resto de mis días sin una mujer con quien compartir la vida. Me queda el trabajo: por el momento, hago base ahí. Ése es mi sostén no sólo económico, sino emocional. El día que me jubile voy a estar en problemas. Faltan unos cuantos años, ya veremos qué será de mí para ese entonces.

Empecé por las cajas. Tenía mucho material, pero algunos de los papeles eran faxes, un sistema de impresión que ya no se usa. Al desplegarlos comprobé que, con los años, aquellas hojas aceradas se habían convertido en documentos ilegibles. Es impresionante cómo un sistema que parecía haber venido a revolucionar las comunicaciones cayó en el olvido en unos pocos años. Además de los faxes, en la caja había algunas hojas del expediente fotocopiadas, el informe de la autopsia, mi pedido de segunda autopsia rechazado, recortes de diarios de la época, anotaciones en servilletas de papel

—la urgencia por dejar registro de un dato me habrá encontrado tomando un café—. Lo más confiable de todo lo que había dentro de la caja eran mis propios apuntes hechos a mano en un cuaderno Rivadavia. Siempre preferí el Rivadavia al Gloria, una cuestión de gramaje de papel y de textura. Lo primero que leí, escrito en el margen superior de la primera hoja y en imprenta mayúscula, fue: NO FUE UN CRIMEN SEXUAL. Una corazonada, no había evidencia suficiente ni para afirmarlo ni para negarlo. Yo no tenía dudas de que las pruebas habían sido manipuladas, y fue el manoseo más que la certeza lo que me llevó a pararme en la vereda contraria.

A continuación de aquella leyenda, había apuntado una serie de datos relativos a la primera fase de la investigación: la protección y preservación del lugar de los hechos. La *notitia criminis* había llegado por un llamado telefónico anónimo. Con una voz distorsionada, alguien llamó a la comisaría de Adrogué a primera hora de la mañana. El oficial que recibió la llamada no pudo determinar edad aproximada ni sexo. O sea que era probable que quien había llamado hubiera sido el mismo asesino, o un cómplice, o un testigo; alguien que quería que encontráramos el cuerpo sin darse a conocer. En el caso de Ana Sardá, la escena del crimen no necesariamente coincidía con el lugar de los hechos. Aunque se precintó la zona, no se dejó dentro del área delimitada con cintas amarillas la superficie necesaria como para la protección y preservación del terreno. Por lo tanto, no estaba garantizada una búsqueda de evidencia acorde con una investigación rigurosa. Es cierto que, por más

197

que fuera un baldío, no se podían tomar los cincuenta metros recomendables para un descampado sin habernos metido en casas vecinas; pero a mí me quedó sabor a poco. Para colmo, el responsable a cargo del equipo, haciendo alarde de su falta de conocimientos para el puesto, definió que entráramos en espiral. Un método que habrá visto en alguna película y le pareció lucido; un sinsentido en aquella ocasión. Lo lógico habría sido barrer el terreno en franjas o paralelas y cuanto antes, ya que el clima no ayudaba y pronto no quedaría nada por observar. Entramos en el sentido contrario a las agujas del reloj, y la espiral duró un suspiro: al rato, había gente desparramada por cualquier lado. Hasta el cura de la parroquia cercana al lugar de los hechos tenía un lugar destacado en el operativo y, cada tanto, les daba indicaciones a los agentes. Más tarde, incluso, rezó un rosario junto al cuerpo, pidiendo por la chica —a quien había reconocido ni bien la vio— y por su familia.

Ana Sardá había sido descuartizada en ese terreno. Lo ratificaba el hallazgo de gran cantidad de sangre, a pesar de que la fuerte lluvia, sobre todo, durante la madrugada, había barrido una parte sustancial del material y lo que quedaba alrededor eran charcos de barro rojizo. Para colmo, a la hora de la mañana en que el equipo forense se hizo cargo de la situación, la llovizna persistía y seguía borrando huellas. También era evidente que la carbonización no había sido allí; al menos no la carbonización del cuerpo en su totalidad. Había zonas del terreno quemadas, aunque el daño no se correspondía con el calor al que tenía que haber estado expuesto el cuerpo de Ana Sardá para llegar al calcinamiento. Una botella de agua y una tapa de plástico sin quemar, a metros del cadáver, indicaban que esos materiales no habían estado sometidos a la misma temperatura que, al menos, el tronco de la occisa. De lo contrario, se habrían derretido. El pasto alrededor del cadáver estaba quemado, chamuscado, mojado y embarrado, pero no se podía hablar de "terreno calcinado". Parecía que el fuego hubiera sido selectivo. Los pies, debajo de unas botas de cuero gruesas, casi no se habían quemado; llamaba la atención el color amarillo cobrizo de la piel de los empeines. Por momentos la lluvia, por momentos una llovizna tupida, terminaron de limpiar cualquier material sensible que pudiera haber quedado en el terreno: mancha, objeto, huella, esquirla, marca, rastro, resto, vestigio, fragmento, brizna.

Los trozos de Ana Sardá habían aparecido juntos, colocados siguiendo el orden anatómico del cuerpo, aunque no mantenían una alineación perfecta: la cabeza, el tronco y las piernas se sucedían en el orden natural, pero el tronco estaba levemente corrido hacia la izquierda de lo que podría pensarse como el eje del cuerpo. Eso ya era una firma de autor, y no la única. La "firma" de un crimen es aquello que no es necesario para la comisión del delito, un detalle propio que tiene que ver con quien lo ejecutó y no con el método elegido. En los descuartizamientos, una característica común es que los trozos seccionados se repartan en distintos lugares, lo más alejados posible, de manera que no se pueda armar el rompecabezas que permita identificar a la víctima. Éste no era el caso, evidentemente. Quien había descuartizado a Ana Sardá quería que se encontrara el cuerpo y se supiera que era ella. Además del tronco desplazado, llamaba la atención que los brazos no habían sido cortados a la altura de las axilas siguiendo el *modus operandi* típico del descuartizamiento —como quien troza un pollo y le corta las alas—. Cuando participé del caso Sardá, tenía poca experiencia, pero no había leído en ningún material escrito antecedentes de descuartizamiento en que los brazos quedaran con el tronco, ningún profesor me lo había mencionado nunca y, en mis años de trabajo posteriores, jamás lo volví a ver. Sí vi cortes aleatorios, hechos en cualquier lado, como se ven en los casos en que los criminales tienen poca instrucción y cortan donde se les ocurre, en lugar de ir a articulaciones y otras zonas que facilitan el trabajo. En el caso de Ana Sardá, había dos cortes en los lugares del cuerpo donde cualquier sujeto, con un mínimo de conocimiento de anatomía, sabe que tiene que cortar: cuello y extremidades inferiores. Pero faltó el último corte. En letras de imprenta mayúscula, en la tercera página de mis apuntes de cuaderno Rivadavia, leí: ¿POR QUÉ ALGUIEN SECCIONA LAS PIERNAS Y LA CABEZA DE UN CADÁVER Y NO LOS BRAZOS? Treinta años después, aún no tenía una respuesta.

Otras consideraciones. El Código Penal Argentino castiga el descuartizamiento cuando éste empieza con la víctima viva, por eso es importante determinar el momento de la maniobra de desmembramiento. Y para nuestra ley, el descuartizamiento de un cadáver no es delito, a menos que se haga para encubrir otro delito. Mi jefe, vaya a saber uno por qué, primero se obsesionó con determinar aquella circunstancia: que el corte no hubiera empezado antes. A todas luces, su hipótesis debía ser descartada por la forma en que se había derramado la sangre: no fueron chorros, no surgió de un cuerpo vivo. Perdió tiempo, energía, y se la hizo perder al laboratorio. Creo que ante su falta de capacidad y al no tener idea de cómo avanzar, se quedó haciendo *loop* en la primera hoja del manual de práctica forense. Se podría haber quedado allí eternamente, como sucede con tantas causas que no avanzan, pero fue evidente que en algún momento recibió una orden de arriba. Alguien le tiene que haber pedido que apurara la resolución del caso porque mi jefe, de la noche a la mañana, cambió a otra hipótesis de su decálogo de principiante: "Homicidio imprudente por estrangulación, luego de ataque sexual". Sostenía que Sardá había sido víctima de un ataque de este tipo, basándose en imprecisas consideraciones de la primera autopsia: ciertas heridas difíciles de encuadrar que presentaba en vagina y útero calcinados. Sobre todo, se apoyaba en el hecho de que "si falta la bombacha, el violador se la llevó de fetiche". Un papanatas. Mi jefe debía de ver muchas series y, gracias a eso, se sentiría formado en materia forense; lástima que en aquella época había pocas y malas. Aseguró también que había fractura de hueso hioides, lo que era cierto y, a la vez, poco significativo: si a Ana Sardá le cortaron el cuello no había forma de que ese hueso no se partiera al medio. Estaba y estoy en desacuerdo absoluto con mi jefe. Tanto cuando tenía veintipico de años como ahora, con más de cincuenta, no me caben dudas ni de que el descuartizamiento fue *post mortem*, ni de que no había real evidencia de ataque sexual.

Pero entonces, ¿por qué se quema un cadáver y se lo desmiembra? ¿Por qué las dos cosas? En la mayoría de los casos se lo descuartiza para ocultarlo, para poder deshacerse de él y así eludir el accionar de la justicia. En el caso Sardá, este motivo estaba descartado. Otras veces es para expresarse: el ejecutor quiere mostrarle a alguien o a la sociedad en su conjunto lo que hizo y, con eso, provocar un daño o dar una lección. Podría haber sido que el llamado de voz distorsionada tuviera que ver con esta última hipótesis, con llamar la atención. No obstante, el oficial que recibió la *notitia criminis* dijo que por momentos quien llamó se quebraba, que tenía que hacer una pausa antes de seguir hablando, como si estuviera tratando de contener el llanto. No cerraba tampoco esta otra hipótesis en cuanto al motivo del descuartizamiento. Quedaba un dato adicional por considerar: había evidencia de que algunas de las quemaduras eran anteriores y leves, y otras, posteriores y más intensas. Daba la impresión de que el cuerpo hubiera sido quemado por partes. Para usar una comparación con la vida cotidiana: como si alguien repartiera la carne del asado en la parrilla y a ciertos cortes los expusiera más tiempo o a más brasas que otros, porque un comensal pide "a punto" y otro, "bien cocido". Raro. ¿Esa diferenciación en la exposición al fuego de las distintas partes era firma o *modus operandi*? ¿Qué había en el tronco de Ana Sardá para que mereciera mayor fuego? Quemar un cadáver, al igual que desmembrarlo, también puede tener que ver con eliminar la evidencia. Dice el maestro Osvaldo Raffo, el gran forense argentino, en su libro *La muerte violenta*: "Lo más corriente es quemar un cadáver para hacerlo desaparecer, impedir su identificación o disimular la verdadera causa de la muerte". Y para mí ahí estaba la clave; yo no tenía ni tengo dudas de que en el caso de Ana Sardá se trataba de esa tercera opción: disimular la causa de su muerte. Porque, ¿para qué sumar dos mecanismos a fin de hacer desaparecer un cadáver y a la vez dejarlo en un lugar de fácil acceso? El cuerpo estaba casi a la vista, en un potrero en que los pibes del barrio jugaban a la pelota y los adultos descartaban basura. No era imaginable que alguien quisiera hacer desaparecer un cadáver ahí: un día más, un día menos, lo encontraría un chico o un perro. Si lo hubieran querido hacer desaparecer, lo deberían haber tirado en un arroyo, o en una alcantarilla. El criminal tampoco había tenido voluntad de que el cadáver no fuera identificado, ya que conservaba las manos con huellas digitales inalteradas, y la cabeza de Ana estaba en el mismo lugar que el resto de su cuerpo, con el pelo chamuscado y el rostro herido por quemaduras importantes, pero, aun así, perfectamente reconocible. La hipótesis más fuerte, tanto entonces como ahora, era que el descuartizador incendiario trató de borrar las causas de la muerte. Y por la forma en que fue calcinado, en etapas y a distinta intensidad, esas causas estaban en algún sitio del cuerpo de Ana Sardá, entre el cuello y la articulación de las extremidades inferiores. En su tronco. La opción más probable, la que parecía cantada al ver la escena, habría sido que esa chica estuviera embarazada. Pero la autopsia no mencionaba embarazo alguno. Si hubiera habido un feto, a pesar del calcinamiento, deberían haberlo detectado.

Después de unas horas, se autorizó a levantar el cuerpo y llevarlo a la morgue para hacer las pruebas necesarias y, fundamentalmente, para que la familia lo reconociera. Aunque no cabían dudas de que esa mujer desmembrada era Ana Sardá, aun antes de llevársela. El cura no había vacilado ni un segundo en cuanto la vio. Yo no me emociono cuando trabajo, es parte del entrenamiento, sólo sin emoción se puede hacer bien nuestra tarea profesional. Pero recuerdo que en aquel entonces, siendo casi un chico, pensé en el familiar de esa joven que habrá tenido el coraje o la obligación de ir a mirar su cuerpo descuartizado y quemado para atestiguar que, efectivamente, esos trozos habían sido Ana Sardá, y sentí dolor. Me compadecí de él; tal vez, por prejuicio, imaginé que el elegido sería el padre y no la madre. Sin embargo, quien reconoció el cuerpo fue una de sus hermanas, una opción que no había siquiera considerado. Y cuando lo supe, me dolió aún más; no sólo se trataba de alguien comprometido afectivamente con la occisa, sino de otra mujer joven, una a la que le podría haber pasado lo mismo que a la víctima. Demasiado horror para tolerar. Pasé las hojas del cuaderno buscando cuál de las dos hermanas había reconocido el cadáver, pero no encontré apuntado el dato. Quizá nunca lo supe.

Cerré la caja con el material que ya había revisado de punta a punta. Me quedé con el informe del equipo médico forense, lo leí con detenimiento otra vez, buscando algo a lo que no le hubiera prestado atención en su momento. Noté en esta nueva lectura que había varias observaciones referidas al color de la piel de Ana. Debo reconocer que no "vi" ese detalle en el momento de la revisión *in situ* del cadáver, ni luego en la morgue. Tampoco cuando leí el informe final de la autopsia. Más allá de que todas las partes estuvieron expuestas a distinto calor o fuego, y de que eso modifica el color de la piel quemada, había comentarios del jefe médico forense que entonces no me habían llamado la atención, y en esta nueva lectura, sí. El informe hablaba de "color amarillo cobrizo en los pies" —que habían estado protegidos del fuego por el calzado que llevaban—. Volví a buscar el cuaderno, pasé las páginas con la esperanza de encontrar algo más: "¿Qué es un 'amarillo cobrizo'?", advertí que había escrito en un margen, con grandes signos de interrogación. Todos los cadáveres se ponen cianóticos debido a la falta de oxígeno en la sangre y, por lo tanto, azules; es un color similar al de un bebé cuando llora desconsoladamente, tanto que la sangre no bombea bien. Por eso el azulado de la autopsia de Ana no llamó la atención de nadie. ¿Pero por qué el amarillo cobrizo en algunos sectores del cuerpo tampoco disparó una alarma? En mi caso, un error por falta de experiencia; en el resto del equipo, por falta de pericia. O por corrupción, no hay que descartar esa variable; si sabemos, más aún quienes somos parte, que el sistema judicial no es inmune a la corrupción. El cadáver de una persona que tiene diabetes y registró un pico de glucemia puede presentar los dos colores. Ictericia, cianosis. Claro que no parece lógico que quien desmembró y calcinó los trozos de Ana Sardá haya querido ocultar una diabetes.

Me quedé pensando en esos colores. Guardé el informe del médico forense en mi mochila para tenerlo a mano. Estaba irritado, con cierto enojo conmigo mismo por no haber profundizado, treinta años atrás, esa línea acerca del color de las piernas de Ana. Me serví un vino, puse en una *app* del teléfono *Naranjo en flor*, cantado por Adriana Varela. ¿Viste, Betina, que cada tanto tomo un vino y escucho música? Me mata Adriana Varela. Ni bien terminó de sonar ese tango, saqué otra vez el informe de la mochila. Intenté buscar alguna pista diferente. Las extremidades inferiores y la cabeza presentaban quemaduras de primer y segundo grado. El tronco y los brazos estaban calcinados. Los brazos flexionados en lo que se conoce como "actitud del boxeador" o "del esgrimista"; para que se hubieran contraído de esa manera necesitaban haber estado expuestos a un calor o fuego que, sin dudas, no es el que apenas chamuscó cabeza y piernas. Si, además, el terreno no presentaba quemaduras compatibles con el estado de calcinamiento del tronco de Ana Sardá, definitivamente esa fracción de su cuerpo se quemó en otro sitio. ¿Por qué tomarse el trabajo de quemar el tronco de esa manera y luego regresarlo al baldío? Segunda copa de vino, di *play*: ahora Adriana cantaba *Garganta con arena*, y yo cada vez estaba más convencido de aquella hipótesis intuitiva de treinta años atrás: no hubo crimen sexual. Tanto la carbonización como el descuartizamiento habían tenido como objetivo disimular la verdadera causa de la muerte, que fue otra, no el estrangulamiento involuntario en medio de una violación, como concluyó mi jefe. ¿Quién quiso ocultar esa muerte anterior? ¿Por qué? ¿Qué hizo? ¿Qué le obligó a hacer a Ana? ¿Y ya no quién, sino qué mató a esa chica de diecisiete años? A veces, los interrogantes son muchos y no alcanza sólo con preguntarse quién mató y por qué.

Me entusiasmó saber que conocería a la testigo que decía que Ana había muerto antes y en sus brazos. Alfredo Sardá me citó en su casa, un viernes por la tarde. Sabía que no encontraría a aquella niña que declaró *motu proprio* y que nadie escuchó, sino a la mujer en la que se convirtió, con memoria o sin memoria. Por un lado, me preocupaba que resultara ser una persona que desvariaba o hasta una mitómana; en el ejercicio de la profesión, me he cruzado con más de una y de uno, la mentira no es cuestión de género. La locura, tampoco; a pesar de que popularmente ellas tengan peor fama que nosotros, científicamente la chifladura está muy bien repartida. Pero, por otro lado, debía mantenerme abierto y receptivo, porque también cabía la posibilidad de que esa mujerniña estuviera diciendo la verdad: que Ana hubiera muerto en sus brazos. Cabía la posibilidad de que sus recuerdos anteriores se correspondieran con los hechos, aunque luego de esos hechos su memoria ya no pudiera recoger más nada. Como una bolsa de mercado agujereada que uno cree que carga con papas y, mientras tanto, van cayendo, una a una, por el fondo. Si, efectivamente, Ana Sardá había muerto en los brazos de una amiga adolescente, ¿qué circunstancias podrían haber rodeado a esa muerte para que alguien se tomara el trabajo de despedazar un cadáver de la manera en que lo hizo? ¿Qué debía ocultar al quemarlo antes y después de cada corte? ¿Qué culpa lo hizo llamar con voz quebrada a la policía para informar el lugar donde estaba la muerta? En definitiva, ¿qué crimen se escondía detrás de este crimen?

En esa última pregunta, que abarca todas, se iba a concentrar mi interrogatorio a Marcela Funes, en lo que se escondía, en lo que seguía oculto. Y si ella respondía, sabríamos, por fin, cuál era el horror detrás del horror.

3

Alfredo Sardá me contrató con el pretexto de querer saber "la verdad". Aunque, como tantos otros que me contratan diciendo lo mismo, él quería confirmar una hipótesis propia. Lo que él aún no sabía es que, por debajo, navegaba otra verdad, en silencio, oculta, casi imperceptible. Y si lo sabía, era de manera inconsciente, sin atreverse a traerla a la superficie, a pensar en ella; mucho menos, a enunciarla. Creemos que nuestro objetivo es saber "la verdad", pero en realidad nos referimos a "nuestra verdad". Yo también, no soy la excepción a la regla, sólo que por deformación profesional estoy más alerta a descubrir verdades no deseadas.

Me citó en su casa para presentarme a Marcela Funes y para que los tres revisáramos una lista de nombres que ella había escrito treinta años atrás, cuando tenía diecisiete. Lo hizo porque pensaba que alguno de los listados podía ser, efectivamente, el hombre con quien Ana Sardá mantenía una relación amorosa hasta que murió. Alfredo ya tenía, desde hacía tiempo, una copia de esa lista. Eso fue lo primero que llamó mi atención: me la podría haber mandado por *mail*, y yo hubiera avanzado, investigando a cada uno de ellos, sin necesidad de aquel encuentro. Nos podríamos haber juntado luego, una vez que hubiera descartado pistas falsas. Pero detrás del pedido de Alfredo, se escondía la búsqueda de esa otra verdad. Una que él, aún sin verla, debía intuir, al menos, como presencia incómoda.

Llegué a su casa a las tres de la tarde, la hora pactada. En realidad, unos minutos antes; la sucesión de hechos que precedieron mi llegada había resultado muy exitosa: el colectivo había alcanzado la parada en horario, había hecho su recorrido en un tiempo menor al habitual, y yo me encontré frente a la casa donde había vivido Ana Sardá cuatro minutos antes de lo estipulado. Por supuesto, esperé hasta las tres en punto para tocar el timbre. Alfredo Sardá salió a abrirme, estaba extremadamente delgado, mi recuerdo era el de un hombre robusto. El portón de entrada tenía un candado con llave. Me imaginé que en el tiempo en que Ana vivía allí no lo tendría; ya no se puede vivir en el conurbano sin rejas ni cerrojos. Alfredo me hizo pasar, me ofreció café y, mientras lo preparaba, me advirtió que luego, cerca de las cuatro, me dejaría unos minutos para ir a buscar a Marcela Funes a su casa. Siempre lo hacían de ese modo, y Alfredo no quería alterar la rutina. A pesar de las dificultades que le ocasionaba a esa mujer la amnesia anterógrada, ella se manejaba bastante bien en la calle cuando se trataba de ir a lugares repetidos en rutinas habituales. Sin embargo, él prefería acompañarla de ida y de vuelta, y así lo haría.

Tuvimos casi una hora para hablar a solas. Empezamos por la lista. Alfredo me entregó una copia, pero la repasamos apenas por encima. Le sugerí hacer una lectura más exhaustiva cuando estuviéramos los tres, ir nombre por nombre junto a Marcela, los dos atentos a cualquier reacción o gesto de la mujer. Tal vez en su rostro podríamos advertir alguna respuesta inconsciente. Alfredo estuvo de acuerdo. Su hipótesis era la siguiente: uno de esos hombres, el que mantenía una relación con Ana, aun sin haberla matado, se sintió responsable e intentó barrer todas las huellas que podrían habernos llevado a él y a la causa de la muerte de Ana. Repitió: "Busco a quien, sin haber matado a mi hija, se sintió tan culpable de su muerte como para quemarla y descuartizarla. Lo digo, treinta años después, y todavía hoy se me quiebra la voz".

Era una hipótesis posible. Y era lógico que se le quebrara la voz. De todos modos, yo seguía sin entender por qué la causa de muerte no podía ser develada por Marcela Funes, para que luego nosotros hiciéramos el camino inverso: ir de la causa al descuartizador incendiario. Se lo dije. Alfredo fue rotundo. "Marcela le prometió a Ana que no diría qué fue lo que pasó antes de morir en sus brazos, y yo quiero respetarle esa promesa. Es una persona muy lábil, sostenida apenas por algunos recuerdos del pasado que persisten en medio de su estado de niebla generalizado. Esos recuerdos son lo que la ayudan a vivir. La amistad con Ana es uno de ellos, tal vez el más importante. Su vida está apuntalada por lo que ella recuerda de su amistad con mi hija. Para Marcela, es una amistad viva. Y la protege de toda la desgracia por la que tuvo que pasar después de aquel golpe fatal. Forzarla a hablar sería devastador para ella." Alfredo me pidió un instante y se retiró a buscar algo. Estaba conmovido, creo que hasta tenía lágrimas en los ojos. Me costaba discernir si era por Ana o por Marcela.

Al rato regresó con un pañuelo. "Disculpe, pasan los días y no me curo este resfrío". Se sonó la nariz y se quedó unos instantes detenido en ese movimiento, como si no hubiera terminado. Intenté decir algo, quise sacarlo del ensimismamiento; pero, entonces, él suspiró, sacudió la cabeza como si eso lo librara de la emoción y siguió. Al hacerlo me dejó claro cuál de las dos mujeres lo tenía conmovido esa tarde. "¿Se da cuenta de que Marcela no recuerda qué almorzó este mediodía? Fíjese, Elmer, al rato de que yo se la presente, ella olvidará quién es usted. ¿Sabe que no puede leer una novela porque olvida lo que leyó en el capítulo anterior?" Él esperó mi respuesta, y yo asentí; pero no sabía muy bien a dónde iba. Hizo una pausa, agitó una mano en el aire como buscando las palabras para seguir, balbuceó antes de continuar: "Es muy triste, esta mujer no tiene posibilidad de enamorarse. Es una mujer condenada a no conocer lo que es el amor. Verdaderamente triste, Marcela no se merecía esa condena. ¿Cómo exigirle que falte a su juramento? ¿Cómo pedirle que traicione a Ana? ¿Cómo quitarle lo único que tiene?". Por fin entendí. Me quedé en silencio, apenas asentí con la cabeza. No eran preguntas que yo pudiera responder. Y, una vez más, honré lo que tantas veces aconsejo en mis seminarios: los criminalistas debemos despojarnos de toda emoción. Eso hice, no dejé que ni las lágrimas ni los argumentos de Alfredo me atravesaran. Yo, a pesar de lo que acababa de oír, hubiera interrogado a Funes hasta sacarle de la boca la causa de la muerte de Ana Sardá, ese mismo día, esa misma tarde. Pero debía encontrar un camino alternativo que no incomodara a mi cliente. Alfredo me ofreció otro café antes de salir a buscarla, yo acepté. Mientras lo hacía, volvió a insistir. "Marcela le prometió a mi hija que no contaría nada acerca de aquello que finalmente la llevó a la muerte. Y no quiero que, por decirlo, ahora muera ella. Espero que lleguemos a esa verdad por nuestros propios medios. Y cuando lo hagamos, Marcela, por fin, quedará liberada de la promesa y el secreto."

¿Qué era "aquello" anterior a la muerte de Ana que Marcela Funes no quería contar? Las alternativas que había evaluado Alfredo coincidían con las mías: muerte por sobredosis de drogas y otras sustancias o muerte por violencia de género. Dos cuestiones que una hija preferiría que un padre no supiera. Situaciones que, sin considerar que podían llevarla a la muerte, Ana podría haber evaluado como vergonzantes frente a sus padres. Si tenía un problema con el consumo de drogas, probablemente le habría pedido a Marcela que no se lo contara a nadie. Si su novio le pegaba, también. Yo no me atreví a agregar nada. Me di cuenta de que Alfredo tampoco esperó que lo hiciera, cuando levanté la vista de mi taza de café, él ya se había puesto el saco y se dirigía a la puerta para ir a buscar a Marcela.

Salí con él. No me parecía bien quedarme solo en la casa. Además, su ausencia temporaria era una buena excusa para fumar un cigarrillo. Me paré frente a la casa de Alfredo Sardá, en la vereda del sol, junto a un naranjo un poco contrahecho a fuerza de echar raíz entre las baldosas. Armé un cigarrillo y lo encendí. El sol de abril, en aquella tarde fresca, invitaba a fumar con los ojos cerrados y la cara frente a él; a esa hora del día, sus rayos calentaban sin lastimar. Al rato, después de una larga pitada, abrí los ojos y los vi venir. La imagen parecía sacada de un álbum de fotos de unas décadas atrás. Alfredo, recién ahora lo miraba en detalle, iba de saco *sport* y pantalón de vestir, una camisa blanca con el último botón desabrochado, mocasines clásicos; si bien toda la ropa le quedaba demasiado holgada, conservaba la elegancia que debía de haber tenido en otras épocas. Marcela llevaba un vestido con vuelo en la pollera acampanada, un modelo que podría haber sido sacado de una revista *Burda* de los años ochenta, zapatos abotinados con taco cuadrado y una bolsa colgando del hombro donde, luego supe, llevaba algunas de sus libretas. Alfredo y Marcela iban del brazo, sonreían; por un momento, me hicieron olvidar de que nuestro encuentro tenía que ver con la muerte, desmembramiento y carbonización de Ana Sardá. Si no hubiera sabido quiénes eran, habría dicho que lucían como una pareja de novios antiguos, pasados de moda, anacrónicos en esa calle del conurbano siglo XXI, imitando lo que alguna vez fueron, todavía felices. No me vieron, me escondí detrás del naranjo; sentí que si me hubiera acercado, habría roto un equilibrio. Los miré entrar a la casa desde la otra vereda, vi que Alfredo giraba a un lado y al otro buscándome con la mirada. Habrá pensado que fui a comprar cigarrillos y regresaría pronto; esta vez no puso candado al portón. Yo esperé que estuvieran dentro de la casa y, recién entonces, apagué el cigarrillo contra el cordón de la vereda, crucé y toqué el timbre, como si todo volviera a empezar.

Alfredo hizo las presentaciones de rigor. Marcela Funes sacó una libreta de su bolsa y anotó. Le llamó la atención mi nombre de pila, se lo deletreé para que pudiera apuntarlo: "E", "ele", "eme", "e", "ere". Después de hacerlo, se dio cuenta de que ya lo tenía anotado, unas hojas atrás. Alfredo fue a la cocina y volvió con más café. "Elmer, la idea es que Marcela, sin faltar al juramento que le hizo a Ana, nos pueda contar detalles que nos lleven a la verdad." Marcela miraba a Alfredo de una manera especial, diría que con admiración. Yo le sonreí, pero ella no registró mi sonrisa. "Marcela asegura que Ana esperaba a alguien en la iglesia. Alguien que, al menos hasta que ella recibió el golpe, no llegó." Marcela asintió y parecía que iba a decir algo, aunque no terminaba de hacerlo. Alfredo y yo le dimos su tiempo. Daba la impresión de que necesitaba concentrarse antes de hablar. Sacó de la bolsa una libreta y la abrió, no era aquella en la que unos minutos antes había apuntado mi nombre, sino otra. Por fin dijo: "Ana estaba saliendo con alguien. Yo había hecho una lista de sus posibles novios, acá la tengo". Le extendió a Alfredo la misma lista que ya teníamos. Él se lo explicó con paciencia. "Me diste estos nombres hace unos días, Marcela, y yo hice dos copias: una me la quedé y la otra se la acabo de dar a Elmer." Sin más, yo pregunté: "¿Por qué Ana no le dijo con quién salía si eran tan amigas?". Mi paciencia no era del tamaño de la de Alfredo. "Porque no podía decirlo. Nunca me lo dijo. Yo me tomé el trabajo de escribir el nombre de todos los hombres comprometidos que conocíamos." "¿Y piensa que esa misma persona, el hombre con quien salía, puede haberla descuartizado y carbonizado?" Marcela miró a Alfredo sin entender. Él le tomó la mano y la miró a los ojos. Otra vez con paciencia dijo lo que le debe de haber dicho muchas veces en encuentros anteriores, y lo que le habrán dicho diferentes personas en otros momentos a lo largo de estos treinta años. "Después de que Ana murió en tus brazos, alguien descuartizó su cadáver y lo quemó." Ella se llevó una mano a la boca, con sorpresa, con horror, era como si lo hubiera escuchado por primera vez. Negó con la cabeza. Alfredo agregó: "Igual ya estaba muerta, Marcela, tranquila, da mucha impresión y lo entiendo. Ana no sufrió, era un cadáver para cuando le hicieron lo que le hicieron". "Sí, ya estaba muerta", repitió ella un poco más calmada, y anotó algo en la libreta. "Quizá revisando esa lista podamos entender quién puede haber sido y...", agregó Alfredo, e iba a decir algo, pero lo interrumpí. "Perdón...", dije y le hice un gesto de que se detuviera con la mano. Estaba cada vez más convencido de que era mejor encontrar primero la causa de la muerte; me dirigí a Funes, sin hacer la pregunta en forma directa, quise llegar a su respuesta. "¿Recuerda si Ana se sentía débil esa tarde?" "Sí, le costaba mucho caminar", contestó ella, "la tuve que ayudar a entrar a la iglesia". "¿Por qué?" "Porque se sentía mal." "¿Por qué se sentía mal? ¿Estaba golpeada?" "¡No, no, no estaba golpeada! ¿Por qué iba a estar golpeada?", preguntó la mujer, sorprendida. Yo no respondí, aunque se tratara de un interrogatorio *ad hoc*, yo preguntaba, ella respondía. "¿Decía cosas incoherentes?" "¡No!" "¿No parecía borracha, o perdida?" "¡Tampoco! ¿Por qué me pregunta esas cosas?" Esa vez respondí: "Nadie muere porque sí, sin motivo. Nadie está bien y de pronto se siente mal y muere. O, al menos, nadie que sea sano y tenga diecisiete años". Marcela Funes se me quedó mirando, incómoda o molesta, no sabría precisarlo. "Volvamos a la lista, Elmer", pidió Alfredo. "¿Alguna característica en su aspecto o salud que te haya llamado la atención?", insistí yo. "Tenía fiebre, ardía y sentía escalofríos." "¿Y qué más?" "Estaba totalmente blanca." "Blanca", repetí. "Sí, como un papel." Me vinieron a la cabeza, como un *flash*, los colores del cadáver de Ana de los que hablaba la autopsia: amarillo cobrizo y azul. Antes, blanca, según su amiga. "¿Y siguió blanca hasta que murió?", pregunté. "No, fue extraño, al llegar a la iglesia la vi totalmente amarilla. Pensé que tal vez era por la luz de las velas o la penumbra de la nave principal", me respondió. "Primero blanca, después amarilla", repetí para confirmar. "Era como si el amarillo le fuera ganando el cuerpo. Yo la acariciaba y miraba su piel." "¿Y justo antes de morir?", pregunté. "Se había empezado a poner azul", aclaró, y si bien ya no tuve dudas, quise confirmar: "¿Está segura?" "Segura", respondió, "nunca había visto a nadie azul. Era un gris azulado". "Mondor", dije por fin. "¿Qué?", preguntó Alfredo. "Síndrome de Mondor. Un cuadro tóxico hemolítico que sobreviene después de un aborto séptico. Ana se hizo un aborto, Alfredo, y murió por una infección generalizada." El suspiro de Marcela, sobre mis palabras, resultó el gesto de confirmación que terminó con el interrogatorio y con su secreto.

Lo que para mí fue apenas enunciar una conclusión derivada de indicios ciertos, para Alfredo fue una revelación, y para Ana, el rescate de una condena. Él estaba perplejo, como si acabara de escuchar algo que jamás se le había cruzado por la cabeza. Vi en su rostro la misma expresión azorada que había visto treinta años atrás, en

217

Tribunales. Otra vez, Alfredo parecía detenido en medio de un grito. Marcela lloró, pero no era un llanto de angustia, sino de alivio: al fin podía compartir el secreto sin faltar a su palabra. Se acercó a Alfredo y le tomó la mano, ahora era ella la que lo contenía a él. Les di tiempo de acomodar sus sentimientos, me paré y fui hasta una ventana. Cuando me pareció prudente, les seguí explicando el cuadro por el que había muerto Ana, tenían que saberlo. "El síndrome de Mondor aparece entre veinticuatro y cuarenta y ocho horas después de un aborto séptico. Es muy grave y con una altísima tasa de mortalidad. Por lo general, se da después de abortos hechos por personas no entrenadas que usan técnicas riesgosas y material mal esterilizado. Pueden estar involucrados en el cuadro uno o más gérmenes. Arranca con una anemia, por eso el color blanco. Sigue con ictericia, por eso el amarillo. Por fin, la cianosis, azul." Creo que Alfredo no me estaba escuchando, se lo veía perdido, fuera de su cuerpo. Sobre mis palabras, sin soltar la mano de Marcela y sin mirarnos a ninguno de los dos, preguntó: "¿Por qué no me lo dijo? Yo podría...", se le atragantaron las palabras, se detuvo, luego repitió: "¿Por qué no me lo dijo?". Y se largó a llorar.

No eran preguntas a Marcela, mucho menos a mí, eran preguntas a sí mismo. Ella lo abrazó. Él siguió llorando en su hombro. Y en medio del llanto balbuceaba la misma pregunta: "¿Por qué no me lo dijo?". Cuando logró calmarse, se incorporó, la miró a Marcela y quiso saber: "¿Hizo todo sola?". "Yo la acompañé, Alfredo", respondió ella. "Estuvo esperando a ese hombre, que no vino; él había conseguido el lugar donde hacerlo y le dio el dinero, pero dijo que iba a ir con ella y nunca llegó. Entonces yo la acompañé." Alfredo la miró, le acarició un mechón de cabello que se le venía sobre la cara, se lo acomodó detrás de la oreja y luego dijo: "Pobrecita, pobrecitas las dos". Marcela también lloró. Los dejé llorar abrazados, y en cuanto vi que Funes se separaba para enjugarse las lágrimas con un pañuelo, pregunté: "¿Sería capaz de llevarnos a ese lugar?". Betina habría criticado que yo hubiera roto ese clima, pero aunque su voz seguía apareciendo, cada tanto, en mi cabeza, ya no podía hacerle caso porque tenía algo más importante que hacer que responder a sus mandatos: mi trabajo. Así que insistí: "Tal vez ellos, los que le hicieron el aborto, son los que querían que el cuerpo de Ana no dejara rastros". "¿Nos podés llevar?", se sumó Alfredo, después de escuchar mi hipótesis. "Sí, los puedo llevar", respondió Marcela y sacó de adentro de otra libreta la hoja arrancada de una guía *Filcar* que le extendió a él. "Era tuya", dijo la mujer. Alfredo asintió y se quedó mirando el papel arrugado, como si por fin le encajaran todas las piezas.

Pedimos un remís y fuimos los tres al lugar donde Ana, treinta años atrás, se había hecho un aborto. No hubo forma de convencer a Marcela de que no fuera. Le costó reconocer las calles por las que íbamos, no le gustaba lo que veía, se quejaba de que ése no era el camino. Recordaba la zona más arbolada, de casas sencillas pero con jardines al frente, con espacios libres entre unas y otras. Y sin rejas. Con paciencia, Alfredo le explicó que en treinta años la zona había cambiado y que en varios lugares del conurbano esos cambios no habían traído progreso sino deterioro, hacinamiento y más pobreza.

Cuando estuvimos frente a la casa, Funes sí la reconoció y se estremeció. Alfredo intentó calmarla, pero ella temblaba como una hoja. Bajé solo; además de que me correspondía por cuestiones profesionales, era el único en condiciones de hacerlo. Toqué timbre, apareció una mujer con un bebé en brazos y dos chiquitos agarrados a sus piernas. Fue muy amable y solícita ante mis preguntas. Le expliqué exactamente qué buscábamos y por qué estábamos allí. No se asustó ni intentó sacarme de encima; por el contrario, la mujer se mostró dispuesta a colaborar. Me contó que la casa había sido de sus abuelos y que, cuando murieron, la heredaron sus padres; pero ellos, ni bien casados, se fueron a vivir a Córdoba. Así que, durante años, la alquilaron por poca plata para sacar una renta. Cuando ella, su única hija, formó pareja y decidió venir con su marido a Buenos Aires, sus padres se la prestaron. Para la fecha del aborto de Ana, la casa estaba alquilada. Lamentablemente, como muchos alquileres en aquella época, los de la casa en cuestión habían sido en negro y no quedaron contrato ni recibos. De cualquier modo, la chica se comprometió a consultarles a sus padres. Si ellos recordaban algún dato que pudiera servir para rastrear a los inquilinos, me lo haría saber de inmediato.

Volvimos a la casa de Alfredo. Él quedó entusiasmado con la posibilidad de que desde Córdoba enviaran alguna pista. A mí esta alternativa me entusiasmaba menos: no conocía casos de médicos o auxiliares de la medicina que hubieran descuartizado a sus pacientes después de un aborto clandestino, para no dejar rastros. Posible era, no digo que no; el ser humano te da sorpresas, incluso a mí, que ya lo vi todo. Por más que me parecía bastante poco probable, no quise matar el entusiasmo de Alfredo. Antes de irme, pedí que volviéramos a la lista de eventuales parejas de Ana. Un hombre comprometido, cuya amante muere en un aborto clandestino, puede resultar un tipo desesperado, capaz de convertirse en cualquier cosa. Se lo dije a Alfredo, con el cuidado de no usar la palabra "amante" para referirme a su hija. Leímos en voz alta la lista y el puntaje que Marcela Funes le había asignado a cada uno de los sospechosos. De la lista inicial, y luego de quitar los nombres de quienes —a la luz de hechos posteriores— no podían haberlo hecho, quedaban ocho sospechosos. Pero, superada la instancia de imaginarlos pareja de Ana, a Alfredo y a Marcela les costaba creer que cualquiera de ellos pudiera haber hecho lo que se hizo con el fin de borrar huellas. "Alguien fue", insistí. "Un sujeto a quien su subjetividad le permitió convencerse de que hacía lo que tenía que hacer. ¿Qué era lo que decía Ana de él, Marcela? Si recordás sus palabras exactas, mejor." "'Él no puede', eso decía ella", respondió casi de inmediato. "Que quería pero no podía", agregó. "¿Mencionó que estuviera casado, comprometido, o que su novia fuera amiga de ella o de la familia?", preguntó Alfredo. "No", volvió a negar Marcela, "Ana no mencionaba otros involucrados cuando hablaba de él, sólo que no podía. 'Él no puede'". Alfredo y yo nos miramos. Tuve la sensación de que los dos empezábamos a pensar en la misma dirección. "Quizá no había 'otros involucrados'. Hay quienes no tienen permitido mantener una relación amorosa, aunque no estén casados o de novios", sugerí. "Tal vez la persona que buscamos no estaba comprometida con nadie real, concreto", avancé un poco más. "No entiendo", dijo Marcela. Pero Alfredo sí, y asintió. Él entendía, sólo que todavía no se atrevía a decirlo porque aún se negaba a esa verdad. Su verdad no deseada. Por eso lo dije yo: "Un cura, por ejemplo. ¿Podría ser que el padre Manuel, que se presentó enseguida en la escena del crimen y reconoció el cadáver, haya tenido una relación con Ana, Marcela?". La mujer me miró asqueada. Y luego miró a Alfredo y le respondió a él, como si yo no mereciera que se dirigiese a mí, después de lo que había preguntado. "¡No!", dijo espantada, "¿cómo iba a salir Ana con ese viejo? Nos burlábamos de él, tenía mal aliento. No, no, ese cura era un asco". Funes estaba genuinamente indignada. Insistí: "¿Y no había otro cura en la parroquia? ¿Alguien más joven?". Lo miré a Alfredo buscando su complicidad, y me sorprendí. Tenía la vista perdida, miraba un punto indeterminado en la pared frente a él: Alfredo ya sabía, no necesitaba seguir preguntando. Y a esa altura, ni él ni Marcela Funes me prestaban atención. Pero soy terco de terquedad absoluta y, aunque nadie me escuchara, repetí la pregunta.

—¿No había un cura joven?

Alfredo, al rato, me miró y, como si le costara pronunciar palabra, balbuceó:

—Cura, no. Aunque ya sé quién es aquel a quien estamos buscando. No entiendo cómo no me di cuenta antes.

Julián

HOMBRE: *Oí tus pasos por el jardín y tuve miedo porque estaba desnudo. Por eso me escondí.*
DIOS: *¿Acaso has comido del fruto prohibido?*
HOMBRE: *La mujer que pusiste a mi lado me dio el fruto y yo comí de él.*

GÉNESIS, 3:8-12

1

Nací en una familia católica. En mi árbol genealógico, por vía paterna, hay varios curas, alguna monja y hasta un obispo. Pero no puede decirse que mi padre haya sido un católico fervoroso. Era lo que se suele llamar "un católico practicante", si con ir a misa los domingos —como evento de encuentro social— y rezar todas las noches merecía esa calificación. Para mi padre, la religión era más tradición que fe. Una tradición ancestral, que le daba orgullo y de la que no quería desprenderse. Y mi madre, cómo decirlo, mi madre ni eso. A diferencia de lo que sucedía en otras familias de amigos o compañeros, en la nuestra la educación filial no estaba en manos de ella, sino en las de mi padre. Él definía las direcciones que había que tomar, mi madre debía ejecutarlas. Mis hermanos y yo recibimos los sacramentos de rigor: bautismo, primera comunión, segunda comunión y confirmación, porque así lo definió mi padre.

Aunque la verdadera educación católica, la profunda, se la debemos al colegio que él eligió para mí y mis hermanos: el San Juan Apóstol, un colegio religioso que pertenecía a una congregación donde abundaban los curas jóvenes, muchachos apenas un poco más grandes que el alumnado, que jugaban al fútbol, que se sentaban alrededor de un fogón y tocaban la guitarra con nosotros, curas con los que podíamos identificarnos y hasta considerarlos un modelo a seguir. En ese colegio fui feliz, tuve grandes amigos, lo sentí mi lugar en el mundo; yo creía en Dios, yo creo en Dios. Y creo también en el otro, en que hay que hacer cosas por el otro, acá, en la Tierra. Para los que tenemos una marcada vocación por el prójimo, el sacerdocio es una gran opción. Si no fuera por el celibato, sería la opción perfecta. Yo habría sido un buen pastor de fieles, si para los curas no estuviera prohibido el matrimonio.

A veces me enojo con la Iglesia católica, porque le atribuyo a su empecinamiento en conservar el celibato el encadenamiento de una serie de hechos desgraciados entre los cuales el peor, sin dudas, fue la muerte de Ana. Esos hechos que terminaron negándome la vocación de ser sacerdote. Pero a la Iglesia la hacemos los hombres, así que más que enojado con ella, debería estarlo con quienes la integramos. Si bien hay una fuerte resistencia a modificarlo, el celibato clerical, eso que nos dejó afuera a varios de nosotros, es un punto a discutir: no es un requisito que haya instituido Jesús. La obligación de permanecer castos no es una cuestión de dogma, una verdad absoluta como la resurrección de Cristo o la Santísima Trinidad. Es un reglamento de la Iglesia, una forma de vida elegida por hombres para sus hombres. Se instituyó en los concilios de Letrán de los años 1123 y 1139. Antes de eso los sacerdotes podían casarse, pero los papas León IX y Gregorio VII —ya en el siglo XI— empezaron a batallar sobre las cabezas de los obispos con una supuesta "degradación moral" del clero. Algunos historiadores ponen el peso en la cuestión hereditaria y en que la Iglesia no quería repartir riquezas con hijos de sacerdotes. Puede ser, pero yo tengo la convicción de que, tal como lo pensaron León IX y Gregorio VII, el foco estaba puesto en el terror a la libre sexualidad, que llevó primero a la represión de los deseos y, finalmente, a aquello que temían: la degradación moral. El celibato, en lugar de evitarla, la propició. Gracias a esa exagerada valoración de la represión sexual, que logró imponerse como reglamento de la Iglesia en el siglo XII, nos han privado de entregar nuestra vida a Cristo a tantos de nosotros en los siglos posteriores. Y, lo que es peor, nos han hecho sentir culpables, sucios, irrefrenables. Hasta en casos extremos, como el mío, nos mancharon las manos con sangre.

Debo reconocer que no entré al seminario ingenuamente. Tuve claro desde el primer momento qué me pedía la Iglesia a cambio, si yo quería ser sacerdote. Y mi mayor duda estaba, justamente, allí. A lo largo de mi adolescencia, varias veces pensé que yo podría ser uno de esos curas con los que compartíamos encuentros, retiros, campamentos, con los que íbamos a misionar como si fuéramos pares. Todo me entusiasmaba para una futura vida, excepto que a la noche, cuando terminaban la jornada, no pudieran ir a su casa a encontrarse con una mujer y tener una historia de amor con ella; me resultaba incomprensible que se les negara a esos curas la posibilidad de sostener una vida sentimental y afectiva más allá de la Iglesia. ¿Cómo podían mostrarse alegres, pacientes y comprensivos como se mostraban con nosotros si no tenían un vínculo real, palpable, con alguien? ¿Cómo ser felices si nadie los acariciaba? ¿Dónde descargaban esa energía, esa pulsión? ¿Jesús no tuvo vida sexual? ¿Jesús no tuvo una historia de amor? ¿La tienen los seminaristas en secreto? ¿La tienen los curas? Me hacía esas preguntas con miedo, sintiendo que podía ser pecado el solo hecho de planteármelas.

Así que las veces que la idea de ser sacerdote me rondó por la cabeza, la deseché. Como cuando a uno se le cruza un mal pensamiento y trata de concentrarse, inmediatamente, en otra cosa, casi dudando de si aquella primera idea existió o no. Era adolescente, no sabía qué quería aún de la vida, pero no tenía dudas de que no me sentía capaz de renunciar al amor de una mujer. Y no me equivocaba, porque a pesar del esfuerzo, a pesar del dolor por lo que perdería, cuando tuve que elegir, no pude resistirme al amor. Pagué un precio altísimo: la muerte de Ana fue mi castigo. Y a partir de su muerte todos fuimos castigados, algunos inmerecidamente. Ningún argumento a favor del celibato clerical resiste un análisis racional. En cualquier caso, el enamoramiento también es una cuestión de fe.

No obstante las dudas, el terreno estaba abonado. Desde chico, en el colegio, había escuchado hablar del "llamado". En las clases de catequesis me explicaron que la vocación religiosa no es algo que uno elige, sino que es Cristo quien te llama. Y si él te pide que lo sigas, ¿cómo decir que no? La idea prendió cuando ya no sólo rondó dentro de mi mente, sino que se me metió en el corazón. Desde allí, lo primero que hizo fue incomodar, lograr que me sintiera raro, molesto. "¿Yo, cura? ¿De verdad? ¿Cómo semejante insensatez se cruza por mi cabeza?" Preguntas casi impertinentes. Pero las respondiera o no, la incomodidad no se iba, se quedaba ahí, en el pecho, zumbando, molestando como una mosca. Era muy difícil espantarla porque, al mismo tiempo, y más allá del malestar, ese llamado hizo que me sintiera importante: si lo había escuchado era porque fui "elegido". Había dejado pasar mucho tiempo desde el primer llamado, durante mi adolescencia, hasta aquel que, por fin, pude escuchar, años después. Fue un proceso escurridizo, porque siempre lo traté de analizar con la razón; y la vocación religiosa es un misterio para la comprensión humana que pertenece a la lógica de lo Alto.

Tanto me resistí a escuchar la palabra, que recién me pude entregar a Dios cuando empezaba el tercer año de Abogacía. Tuvo que suceder una desgracia familiar para que yo aceptara el insistente llamado; quizá sin ese dolor nunca habría respondido. Mi madre nos abandonó. Así de simple, así de doloroso, así de imprevisible para cualquier hijo, aun conociendo a mi madre. No sé si a mi padre lo tomó tan de sorpresa como a mí y a mis hermanos. Una tarde, ella nos confesó que se había enamorado de otro hombre y al día siguiente se fue. Luego, pretendió mantener una relación con nosotros a distancia, lejos de casa, vivir con otro señor y seguir siendo nuestra madre, como si la maternidad no implicara presencia, cuerpo, sacrificio. Ni mi padre, ni mis hermanos, ni yo lo aceptamos. No dejamos que ella se nos acercara más, no atendimos sus llamados, no leímos sus cartas. La condenamos en ausencia. Fuimos rencor. Si nuestra madre había elegido a ese hombre en lugar de a nosotros, si no podía vivir sin él, que pagara por ello.

Porque sus acciones tenían consecuencias que no podía ignorar; era injusto que ella salteara nuestro dolor, nuestra vergüenza. Mi padre siempre se mostró entero, firme, sin dobleces. No sé si la partida de mi madre lo humilló, pero en tal caso nunca lo hizo notar, ni ante nosotros ni ante terceros.

Yo sí me sentí humillado, como si de alguna manera fuera él, como si mi madre me hubiera fallado a mí no como hijo, sino como hombre. No hizo falta que mi padre nos pidiera que la negáramos: lo hicimos nosotros. Ni yo ni ninguno de mis hermanos quiso saber de aquella mujer que fue nuestra madre; o eso creímos. En los primeros tiempos, sólo la mencionábamos para insultarla; cuando lo hacíamos frente a mi padre, él callaba, parecía no escuchar, aunque si el insulto era grosero lo reprobaba con la mirada. Y ya con el tiempo nadie la mencionó. Fue como si hubiera muerto. Yo tenía veintidós años y me las podía arreglar solo; pero éramos cinco varones y el menor, Iván, tenía diez, un niño aún: él fue la verdadera víctima, el que más sufrió. Ninguno de nosotros pudo hacerle de madre, ninguno de nosotros advirtió que la necesitaba tanto.

Un día en que llegué a mi casa e Iván estaba llorando en el umbral, sin atreverse a entrar, fue que tuve la revelación vocacional. Él repetía entre sollozos: "La extraño, extraño a mamá, necesito que la perdonen". Se me abrazó hecho lágrimas; yo no pude decir nada, apenas negué con la cabeza, sabía que por más que Iván llorara, por más que se desgarrara en vida, ninguno de mis hermanos la iba a perdonar. Y que yo mismo, como su hijo o puesto en el lugar de mi padre, tampoco podía perdonarla. Entonces, escuché el llamado: "Si crees en mí, y yo te lo pido, ¿de verdad no podrás perdonarla?". De inmediato, tuve una visión extraña y al mismo tiempo clara, luminosa. Y a esa visión le siguió un sentimiento que fue deseo, pero también tarea: "Quiero ser cura para confesar a mi madre y darle el perdón que no puedo darle como hijo, quiero absolver a ella y a todas las mujeres como ella". Por primera vez, sentí la certeza de que quería ser cura. Y además de certeza, una necesidad. Consolé a Iván, lo hice entrar a la casa, lo ayudé con la tarea, jugué a lo que me pedía con tal de distraerlo; esa noche dormí en su cuarto, en una cama que se podía sacar de abajo de la suya, corta, en la que los pies me quedaban colgando fuera del colchón. No me importó, él no podía quedarse solo, yo no podía dormir si no velaba su sueño. En medio de la noche, me preguntó: "Nunca nadie va a perdonarla, ¿no es cierto?". Y yo respondí: "Sí, si algún día pide perdón, yo la perdonaré". Iván se tranquilizó y logró dormirse. No mencioné el sacerdocio.

Al día siguiente, fui a ver al padre Manuel. Era el cura que mejor conocía de mis años de colegio, de la misa de los domingos, de los grupos de Acción Católica en la parroquia San Gabriel. Le pedí hablar con él; me dijo que lo hiciéramos en el confesionario. En realidad, yo no iba a hablarle de ningún pecado, pero no me atreví a rechazar su propuesta y me arrodillé ante él. Además, sentí que eso era una señal: quería ser cura para perdonar, y el padre Manuel me invitaba al lugar donde se confiesan pecados y se los perdona. Ni bien "confesé" mi vocación, él me dijo: "Te estaba esperando; hace tiempo, supe que algún día ibas a sentir el llamado". Luego, me puso la mano sobre la cabeza y, en lugar de hacerme rezar el pésame, me bendijo. Cuando terminamos con "la confesión", me invitó a la sacristía para tomar un té y conversar tranquilos. Me explicó qué significaba entrar en un seminario, aunque no me presionó; no insistió más que con el consejo y algunos datos prácticos. "Estas decisiones llevan tiempo, ya diste un gran paso, te permitiste oír el llamado, ahora vas a tener que discernir si tenés realmente vocación religiosa o no", me advirtió. "Discernir" es una palabra que me acompañó a partir de ese día. Me paso la vida discerniendo. El padre me prestó un libro y me mandó a mi casa: *Introducción al cristianismo*, de Joseph Ratzinger. "Leé, las respuestas a todas tus preguntas están ahí. Y rezá, mucho rezá."

Me pasé la noche en vela, leyendo y subrayando frases de un Ratzinger que aún estaba muy lejos de ser Papa. "La Fe procede de la audición, no de la reflexión", "en ella predomina la palabra sobre la idea", "la Fe entra en el hombre desde el exterior", "no es lo que yo mismo me imagino, sino lo que oigo, lo que me interpela, lo que me ama, lo que me obliga, pero no como pensado ni pensable", "es esencial para la Fe la doble estructura del '¿Crees?', 'Creo', la del ser llamado desde afuera y responder a esa llamada". Casi subrayé el libro entero. Estaba claro, en cada frase señalada, que no se trataba de "pensar", sino de "escuchar". El llanto de mi hermano menor en el umbral me había permitido escuchar. Y, por fin, le respondí a Dios.

Entré en el seminario apenas unos meses después. Cumplía con las tres condiciones que pedían para el ingreso: varón, hábil y bautizado. Quise confirmar con el padre Manuel el significado de "hábil", antes de completar los formularios de admisión. Lo fui a ver una vez más, en esa ocasión hablamos en la sacristía, sin pasar por el confesionario. Me explicó que esa "habilidad" significaba que el sacerdote no podía tener un impedimento físico para celebrar la misa, llevar los sacramentos o atender al prójimo. "Y, desde hace un tiempo, se requiere una integridad y madurez psíquica. Por ejemplo, si un joven tiene tendencias homosexuales, se pide que las revierta y deje pasar tres años antes de entrar al seminario. Creo que no es el caso", dijo y se me quedó mirando, esperando mi confirmación. No, no era el caso. Sin embargo, su comentario me dio pie para hablar del celibato y del temor que me infundía renunciar para siempre a una mujer. "No te apresures, no quieras saber todo hoy. Tenés muchos años de seminario para sacarte tus dudas. Así como yo estaba seguro de que un día escucharías la llamada, también estoy seguro de que cuando sea el momento de discernir, no cometerás un error. Tu aliada será la oración, rezá mucho, hablá con Dios. Pero tené siempre en cuenta que la pregunta clave que deberás responder no es si podrás o no vivir sin el amor de una mujer, sino otra mucho mayor: '¿Habré sido, de verdad, elegido por Dios?'". Ahí estuvo la trampa. Es difícil resistirse a ser elegido por Dios. Otra vez la vanidad, el sentirse especial. Y una pelea absurda: la de una Fe, la católica, contra otra Fe, el amor.

Los años en el seminario fueron mucho menos duros de lo que esperaba. De alguna manera, se reeditaba la camaradería que había sentido en el colegio secundario. Tampoco echaba de menos mi casa llena de varones. No había tiempo de extrañar, estaba ocupado cada hora del día. Amanecíamos a las cinco cuarenta y cinco de la mañana con el sonido de un timbre; uno de nosotros era el encargado de tocarlo, rotábamos en esa tarea cada semana. Y luego de ese timbre, el silencio otra vez; porque nuestras primeras palabras eran dirigidas a Dios, en soledad, cada uno a su modo. Para cuando llegaba el segundo timbre, ya teníamos que estar duchados, vestidos, con los dientes cepillados. Entonces sí, el timbre de las seis y treinta indicaba que nos debíamos desplazar a la capilla para hacer la oración comunitaria. Allí asistíamos a misa, rezábamos, cantábamos. Nunca, ni antes ni después de los años de seminario, tuve alrededor gente tan alegre por la mañana. Dentro de ese edificio, que era nuestro hogar y que compartíamos, tenía una vida amena, feliz, como la que se podía tener en cualquier sitio. Me arriesgo a decir que más amena y feliz aún que la que se podía tener en cualquier sitio: allí, la mayoría de los problemas de la vida cotidiana estaban resueltos.

Después del desayuno, el resto de la mañana se lo dedicábamos a clases de distintas materias. A los años de seminario les debo lo mejor de mi formación. Estudié los misterios de Cristo, Teología, Derecho canónico, Música, Español, Introducción a la liturgia, Introducción a la espiritualidad, Orientación vocacional. Por las tardes, después del almuerzo, las horas se aplicaban al aseo de nuestra casa, a jugar al fútbol, a nadar, a estudiar aquello en lo que cada uno tenía que profundizar. Por fin, cuando caía la tarde, la Santa Eucaristía, la cena y la oración antes de dormir. Una nueva noche, un nuevo día. Quien veía en nosotros alguna señal de rareza, se equivocaba; hacíamos una vida absolutamente normal, tratábamos de ser felices y de que otros lo fueran. Ése era el lema de nuestra congregación: "No hay santidad sin felicidad".

Toda labor se llevaba a cabo en el edificio del seminario, excepto la tarea pastoral, que debíamos hacerla en una iglesia. Había distintas opciones y yo elegí, como primera opción, la parroquia San Gabriel, que seguía a cargo del padre Manuel. Por él había entrado en el seminario; él era mi consejero espiritual y confesor. Además yo conocía a los vecinos y a los fieles, la iglesia quedaba cerca de la que había sido mi casa —donde seguían viviendo mi padre y alguno de mis hermanos—, en el pueblo donde yo había nacido y crecido. Había perdido contacto con muchos amigos de la infancia, pero todos veníamos de familias conocidas, esas que a mi padre le gustaba encontrar cuando iba a misa los domingos. Debo confesar que pasar mis fines de semana haciendo tarea pastoral allí era un proyecto que me entusiasmaba más que el estudio de la Biblia. La parroquia San Gabriel parecía la opción natural, la simple, la destinada.

Sin embargo, aunque tendría que haberlo sido, no lo fue. ¿Dios decidió que no lo fuera? ¿Quién, si no Dios? La verdadera pregunta sin respuesta es: ¿Por qué? El amor se inmiscuyó en lo que sólo debía haber sido tarea pastoral, y se degradaron las dos cosas.

Mi vocación no le pudo hacer frente al deseo.

Desde entonces, temo que, el día del Juicio, mi destino final sea el infierno. A pesar de haber confesado mis pecados, a pesar de haber hecho la penitencia que me indicara mi confesor, a pesar de haber recibido el perdón. Si así resulta, creo que sería injusto. Pero, más que temerle a lo que pagaré una vez muerto, le tengo miedo a un infierno anterior al Juicio Final, donde deba expiar mis pecados en vida. Y a que, si ese infierno anterior existe, la condena incluya a Mateo. Temo que la desaparición de Mateo sea el primer eslabón de una serie interminable de castigos. Tal vez, más de lo que merezca padecer.

Me enamoré de Carmen.

Tuve sexo con Ana.

Les mentí a las dos.

2

En algún momento, entrada la primavera, mientras estaba dando catequesis a un grupo de varones que se preparaba para recibir el sacramento de la confirmación en la parroquia, conocí a Carmen. Recuerdo que era primavera, porque los días empezaban a ser muy calurosos y tantos adolescentes juntos, en esa pequeña sala, se hacían sentir. O, para ser preciso, se hacían oler. Intentaba explicarles una de las más complejas nociones teológicas: la Santísima Trinidad y el Espíritu Santo. Un solo Dios en tres personas distintas, Padre, Hijo y Espíritu Santo. Había descartado hablarles a esos chicos de "hipóstasis", ser verdadero o sustancia individual y singular con esos términos. Bastante difícil era ya explicarles la unión entre el verbo de Dios y la naturaleza humana usando la palabra "persona". Pero "persona", al menos, era un concepto que no tendrían que buscar en el diccionario. En eso andaba yo aquella tarde de primavera, dando por terminada la tarea de hacerles comprender que no son tres dioses, sino uno, y empezando a hablarles de los dones del Espíritu Santo, cuando apareció Carmen. Y fue como si hubiera tocado tierra un huracán. Golpeó la puerta y entró en un mismo acto, sin esperar a que le dieran permiso. Dijo: "Me llevo una silla". Y eso hizo, avanzó, tomó una silla y se fue.

Yo quedé suspendido en el aire, me sentí inmovilizado, como si esa mujer me hubiera hechizado. Los chicos lo notaron; quizá no interpretaron exactamente qué me sucedía, pero sí que necesitaba alguna explicación para volver en mí. Sin que yo preguntara, uno de ellos dijo: "Es Carmen Sardá, está en el patio con el grupo de las chicas". Yo conocía ese apellido, Carmen Sardá debía de ser una de las hijas del profesor de Historia de mi colegio. Sus hijas, según mis cálculos, tenían que ser unas niñas, a lo sumo unas adolescentes. Y esa que acababa de entrar en la sala era una mujer. Una mujer que me dejó mudo a mí y, sospecho, inquieto a alguno de los chicos de mi grupo. Llevaba un jean prolijo pero ajustado que permitía adivinar su cuerpo, y una remera blanca que no llegaba a ocultar del todo su corpiño de color. ¿Rojo? Sentí un mareo o una confusión, me sorprendió confirmar que existían corpiños rojos. Ésa no podía ser una de "las Sardá", me dije, y seguí hablando del Espíritu Santo los pocos minutos de clase que me quedaban.

Cuando salimos, Carmen asistía a una chica en el patio. La había sentado en la silla que había tomado de nuestra sala, unos minutos antes. Le presionaba la nariz con un pañuelo ensangrentado y le volcaba la cabeza hacia atrás para que la sangre no siguiera saliendo. Me acerqué a ellas. "¿Qué pasó?", pregunté. Sin mirarme, Carmen respondió: "Le pegaron un pelotazo jugando al matador. Se ve que tiene capilares muy sensibles, sangra de nada. Sostené que voy a buscar hielo", me indicó. O me ordenó, porque del mismo modo en que antes había sacado la silla de la sala, sin preguntar ni esperar consentimiento, me dejó ahí con el encargo. A mí la sangre siempre me impresionó, de solo verla brotar me baja la presión, llegué a desmayarme en un laboratorio cuando me hicieron una extracción. Tocar ese pañuelo era algo impensable para mí. Sin embargo, Carmen lo consiguió, no sé cómo ni cuándo, pero ella desapareció en busca del hielo y yo quedé allí comprimiendo la nariz de esa niña, tratando de convencerme de que lo que veía y tocaba no era sangre.

A partir de ese día, Carmen y yo no nos separamos. Nos relacionábamos como colegas, como maestros de catequesis que compartíamos la misma parroquia. Y hasta nos permitíamos sentirnos amigos. Por supuesto, nada más. Al menos conscientemente, al menos cuando la razón permitía tomar decisiones; en las noches, en cambio, varias veces me desperté con la imagen de Carmen, como si estuviera junto a mí, excitado, o relajado luego de haber eyaculado en medio de un sueño. Yo estaba en el seminario, sería cura algún día. Y ella era una mujer destinada a formar una familia, a compartir la vida con un hombre. Lo comentamos en nuestras charlas, sin llegar a confesar lo que nos pasaba; hablábamos del uno o del otro, nunca de "nosotros". Tuvimos conversaciones interminables acerca de mi vocación y de la suya. Ella quería ser madre, a diferencia de mí que, hasta que nació Mateo, no había sentido vocación por la paternidad. Al entrar en el seminario, supe que resignaba para siempre mis deseos de tener una vida junto a una mujer, pero el hecho de no llegar a ser padre estaba fuera de mis preocupaciones. A decir verdad, tampoco fue algo que apareció con el nacimiento de mi hijo, sino que empecé a sentirme padre recién unos años después, en el momento en que Mateo comenzó a ser alguien diferenciado de su madre y pudimos crear un vínculo propio. En alguna de esas charlas, le pregunté a Carmen si, dado su gran compromiso con la Fe católica, nunca había sentido "el llamado". Me respondió que no, que ella no había sido elegida. Para mi sorpresa, en lugar se sentirlo como una incapacidad o un desprecio, Carmen se alegraba por no haber sido llamada. Porque quería ser madre pero también, y quizás sobre todo, porque esa libertad le permitía buscar su lugar dentro del universo de las "mujeres católicas recordadas". No entendí a qué se refería; me lo explicó con detalle, y otra vez quedé admirado frente a ella, frente a la pasión que Carmen ponía en estudiar la Biblia, en reflexionar sobre la palabra de Dios, en atender cada detalle de nuestra Fe y su liturgia. Se trataba nada menos que de la tesis en la que pensaba trabajar para doctorarse cuando terminara la carrera de Teología. Carmen había estudiado los leccionarios de distintos países, el libro en el que cada asamblea episcopal define las lecturas que se harán en los oficios religiosos. Y detectó que, en la mayoría de ellos, las mujeres mencionadas en las lecturas elegidas eran descriptas y admiradas por sus cualidades como madres y por sus atributos femeninos, aunque hubieran tenido otros. Carmen era y es brillante leyendo la Biblia y el leccionario, meticulosa, asertiva, y definió —en base a esas lecturas— "el deber ser" de una mujer católica. Una noche la pasamos en vela comparando las Escrituras con el leccionario vigente. "Fijate, en la lectura diaria del Éxodo, pasan del versículo 14 al versículo 22, se saltean así nada menos que cuando Sifra y Púa resisten la orden del faraón de matar a los niños hebreos. Esos pasajes están en la Biblia, pero no suben al púlpito. No se leen, entonces nadie los escucha en las misas. Lo mismo sucede con Ester y Judit, son reconocidas por los obispos por sus cualidades 'femeninas' y no por su heroísmo para salvar al pueblo. Judit, incluso, es admirada por su belleza física. A nadie le importa leerles a los niños acerca de su coraje. A nadie le importan las heroínas, sino las madres, las esposas, las cuidadoras. Hay mujeres teólogas que se enojan con las selecciones de lecturas que hacen los obispos. Una triste versión católica del mal entendido 'feminismo'. Yo prefiero trabajar en mi formación, teniendo como modelo las mujeres que los obispos admiran. ¿Por qué hay que cambiar lo que ha funcionado bien durante siglos? ¿Por qué la mujer tiene que tener otra meta que la superior de ser madre, formar una familia, hacer crecer a los suyos en la Fe católica para que sean buenos cristianos? Estoy convencida de que si tenemos muchos hijos y los educamos en la Fe, el mundo será cada vez un poco mejor". Carmen era rotunda, estaba convencida, no tenía dudas. Y concluía: "¿No es ésa la meta más sublime que podemos ponernos cada una de nosotras? Tener un mundo mejor."

Así pensaba Carmen; eso quería para ella, para su familia, para sus compañeras de estudio, para sus amigas y para todos. Si tuviera que definir qué tipo de mujer quería ser Carmen, diría que aquella que eligen los obispos para admirar desde el púlpito de la iglesia. Yo no era obispo, pero la admiraba. Y la deseaba, en secreto, sintiéndome en pecado. El equilibrio que habíamos logrado entre el deseo y su represión se apoyaba en que ninguno de los dos sabía que el otro sentía lo mismo. Eso nos detuvo, eso postergó lo que era inevitable.

Hasta que llegó el verano, y ya no pudimos sostener en secreto lo que nos pasaba. Llevamos a jóvenes de la parroquia a un campamento en Córdoba; como cada febrero, los grupos pasaban veinte días en el monte trabajando la camaradería, el compañerismo y misionando por la zona. Hacía un calor indescriptible. Nos pasábamos el tiempo libre metidos en el arroyo. Nuestros cuerpos estaban siempre mojados, o por el agua de ese pequeño curso de lecho fangoso, o por la transpiración. Y el cuerpo de Carmen, mojado, me era irresistible. La espiaba con vergüenza. Hacíamos las actividades en dos sectores distintos, uno para los varones y otro para las mujeres, pero almorzábamos y cenábamos en el mismo comedor y, a la noche, nos juntábamos a cantar en el fogón con los distintos grupos. A través de las llamas, mientras alguien tocaba la guitarra y los demás entonábamos canciones que conocíamos de memoria, yo miraba su pecho, el pecho de Carmen, e imaginaba, debajo de la camisa, el corpiño rojo que llevaba el día en que la conocí. Cuando los chicos y las chicas se iban a acostar, ella y yo nos quedábamos a esperar que el fuego estuviera totalmente apagado. Demorábamos una tarea que probablemente podía hacerse en menos tiempo; estirábamos, así, el momento de estar juntos y solos.

Una noche, después de que la última brasa pareció apagada, Carmen me dijo que iba a caminar por la orilla del arroyo. Le ofrecí acompañarla. Era una zona tranquila pero, de cualquier modo, no era una hora adecuada como para alejarse sola. Le di ese argumento, y ella aceptó. Caminamos en silencio, algo inhabitual en nuestros encuentros, que se habían convertido en cataratas de palabras; me latía el cuerpo, sentía que me faltaba al aire. Estar callados hacía evidente lo que nos pasaba. En un claro del monte, ella se detuvo a buscar dónde estaba la luna: el perfil de su cara se iluminó al encontrarla. Carmen miraba el cielo, y yo la miraba a ella. Cuando, por fin, bajó la vista, estábamos demasiado cerca uno del otro. La besé. Sin pensarlo, sin ser consciente de qué estaba haciendo, solo guiado por el deseo, por la necesidad física de sentir su boca, su cuerpo. Y Carmen me besó. Nos besamos interminablemente, creo que los dos sabíamos que, después de ese beso, nos separaríamos; que sería inevitable que volviera a gobernarnos la razón, que haríamos lo imposible para que no sucediera otra vez. Hicimos durar todo lo que pudimos ese beso que, intuíamos, sería el único; podríamos habernos quedado eternamente así, juntos, unidos por nuestros labios. Pero de pronto, Carmen sintió mi erección y se separó de mí. "No puedo hacerte esto", dijo. "No puedo." Y salió corriendo hacia el campamento.

El beso despertó en mí un deseo que no conocía. Estaba el día entero pendiente de Carmen, mucho más que antes. Intentaba concentrarme en la oración, cansarme en el trabajo físico con los chicos, rezar en cada ocasión en que me aparecía su imagen: cualquier intento era en vano. Me imaginaba una y otra vez besando a Carmen, acariciando a Carmen, incluso haciendo el amor con Carmen. Una noche ella no vino al fogón, me mandó decir por una de las chicas que tenía un fuerte dolor de cabeza, y si yo podía hacerme cargo de los dos grupos. Sospeché que mentía, que quizás a ella le estaba pasando lo mismo que a mí, que por eso me evitaba. Y esa sospecha me excitó más aún. Las chicas, sin los ojos de Carmen puestos en ellas, estuvieron muy sueltas conmigo, como no lo habían estado hasta entonces. Yo les prestaba atención casi por primera vez, me daba cuenta de que ni sabía sus nombres y, cuando me equivocaba y llamaba a una por el nombre de la otra, reían y se burlaban con simpatía. Imitaban un leve temblor que tengo en los ojos, cuchicheaban, hablaban de mí sin lugar a dudas. Por mi lado, me hacía el ofendido, pero como parte de un intercambio aparentemente ingenuo. Aquella noche, cuando todos por fin se fueron a dormir, me quedé solo, apagando el fuego y pensando en Carmen, sintiendo más que antes su ausencia.

Entonces apareció una de las chicas; no intenté decir su nombre porque estaba seguro de que me equivocaría. "¿Estás bien?", le pregunté y, al hacerlo, la miré y la encontré sorprendentemente parecida a Carmen. Igual a como yo imaginaba que habría sido ella a esa edad. Pensé que el parecido no era real, sino producto de mi obsesión. La chica se ofreció a hacerme compañía hasta que se apagara la fogata, dijo que no tenía sueño y que prefería charlar conmigo. Se sentó a mi lado. Reía y me hablaba con una dulzura que no tenía Carmen. Y me hacía preguntas incómodas. Eso tampoco me sorprendió, no era la primera vez que alguna chica de la parroquia me interrogaba de esa manera o usaba palabras inapropiadas delante de mí; les gustaba probarme, ver cómo reaccionaba, era un juego inocente. Durante el año, dos o tres veces habían aparecido en grupo a bombardearme a preguntas en medio de una clase, delante de los varones. Yo estaba acostumbrado a que les llamara la atención que un muchacho joven, que hasta hacía poco había sido uno de ellos en el barrio, estuviera dando los pasos necesarios para ser sacerdote. Pero ella no se quedó en el juego inocente y fue más allá: "¿Un cura puede enamorarse?", "¿Qué tiene que hacer si se enamora?". Yo respondía como podía, sentía que había una señal de Dios en que esa chica, tan igual a Carmen, estuviera allí preguntándome lo que preguntaba. Parecía que hubiera sabido lo que pasaba por mi cabeza. Respondí como si fuera un juego de preguntas y respuestas, me hice el chistoso; cuando fue necesario, mentí. "¿Qué siente un cura cuando besa?", preguntó por fin. "No sé, yo no soy cura todavía", respondí y me reí con cierta incomodidad. "¿Y vos, 'no cura', qué sentís?", dijo. No llegué a contestar porque la chica, sin más rodeos, me besó. Y yo la besé a ella, primero con sorpresa, casi como un reflejo condicionado, pero luego pensando en Carmen. El beso no duró tanto como el que nos habíamos dado junto al arroyo porque enseguida la chica se separó, me tomó la mano y me llevó a un lugar solitario del monte. Yo me dejé llevar sin oponer resistencia. Allí volvió a besarme. Frotamos un cuerpo contra el otro. Y cuando empezó mi erección, en lugar de apartarse como había hecho Carmen, ella se frotó contra mi miembro duro mientras suspiraba, jadeaba y gozaba sintiéndome. Guié su mano hasta mi pene y la chica lo apretó; yo la sostuve para que no la apartara.

Ella seguía besándome mientras, con torpeza, se dejaba conducir por mis indicaciones; lo hacía con ingenuidad y avidez, como si explorara el cuerpo de un hombre por primera vez. Metí la mano por debajo de su remera, busqué el corpiño rojo de Carmen, lo desabroché sin verlo: recorrí sus pechos; la piel era suave y estaba tibia. Hasta que sentí que ya no podía más, que el cuerpo me iba a reventar. Creo que ella entendió lo que me pasaba, o le pasaba lo mismo que a mí. Nos tendimos sobre la tierra, la guié para que se pusiera sobre mí, me desprendió el pantalón, me acarició como nadie lo había hecho. Yo metí la mano dentro de su *short* y la acaricié también, estaba húmeda. Cuando ya nada me importaba más que estar dentro de ella, la puse de lado, me subí sobre su cuerpo, me froté otra vez. Y otra, y otra. Por fin, le bajé la ropa y la penetré. Nos quedamos así un rato, sintiéndonos, moviéndonos apenas, hasta que no pude contenerme y empecé a agitarme dentro de ella hasta dejarme ir. Sentí un alivio inédito. La chica no paraba de besarme, se reía en medio de esos besos, jadeaba, se frotó —mi pene había perdido su erección así que lo hizo contra mi pierna—, y luego se dejó ir también. No estoy seguro de que ella supiera lo que le estaba pasando a su cuerpo, aunque se la veía plena, feliz. Nos quedamos uno junto al otro, acostados sobre ese pasto duro que apenas tapaba la tierra seca de aquel verano. Yo no sabía qué decir, no sabía qué hacer a continuación. A medida que volvía en mí, aparecía la culpa, el reproche, el arrepentimiento. Estuve a punto de pedirle perdón. Pero antes de que lo dijera, ella me dio un último beso rápido en los labios, se levantó y se fue. Yo quedé inmóvil, ahí, recostado donde lo habíamos hecho, esperando que se fuera la noche y despuntara el día. No pude dormir, recé un padrenuestro detrás del otro, luego diez avemarías, cada tanto un pésame. Sospecho que con ese rezo, más que buscar el perdón de Dios, pretendía que Cristo, que había sido hombre, me diera una señal para poder entender cómo seguir.

Recién al día siguiente supe que esa chica era Ana Sardá, la hermana de Carmen. Las vi hablando a lo lejos, mientras con los varones armábamos los equipos para el partido de fútbol de esa tarde. Temí que Ana le hubiera contado lo que había sucedido la noche anterior; la charla que espiaba a la distancia no parecía cordial, era más bien un reto: Carmen se mostraba enojada. Ana quería irse, y ella la detenía. Le pregunté a uno de los chicos que estaba conmigo si sabía qué pasaba. "Ni idea, pero seguro nada importante. Son hermanas, se llevan como perro y gato. Ana casi no viene de campamento cuando supo que la encargada de las mujeres iba a ser Carmen." Me quedé temblando, pedí no jugar aquella tarde, mentí que me había bajado la presión y que miraría desde el banco.

A la hora del partido, me ubiqué de espaldas al grupo de las chicas. En la mitad del primer tiempo, Carmen se acercó y se sentó a mi lado. Se me paralizó el corazón. Temí lo peor. Sin embargo, no mencionó ni a Ana ni nada de lo que había sucedido en el monte mientras ella dormía ajena a todo. Me habló de temas menores, de cómo organizaríamos la cena, de un juego nuevo que quería proponer para el fogón de la noche. Se disculpó por haber faltado al último por su dolor de cabeza. "Espero que las chicas no te hayan vuelto loco, a mí algunas me sacan de las casillas." Casi no pude responder, tenía un nudo en la garganta, carraspeé y apenas dije: "Tranquila, estuvo bien". Mentí; y al hacerlo, me di cuenta de que cada vez estaba más enamorado de Carmen, porque no me lamenté por haberlo hecho, sino que, por el contrario, me juré mentir lo que fuera necesario para protegerla de lo que había dejado que pasara unas horas antes.

Preferiría no recordar lo que siguió hasta el fin de ese campamento. Si el primer encuentro con Ana tuvo como atenuante la sorpresa, no encuentro excusa para explicar mi comportamiento posterior. Lo intenté y fracasé. Había decidido pasar las noches que quedaban en una bolsa de dormir, dentro de una de las carpas que habíamos levantado más por diversión que porque hicieran falta, ya que habíamos habilitado un salón para que durmieran los varones y otro para que durmieran las mujeres. El "campamento" se hacía en una escuela en medio del monte; el edificio estaba desocupado en verano y, como en oportunidades anteriores se habían inundado las carpas con reiteración, los encargados de la organización habían decidido, desde hacía dos o tres años, que lo mejor era dormir bajo techo y usar las carpas sólo de tanto en tanto. Así que decidí tomar una para mí, sin dar explicaciones. No podía dar explicaciones. ¿Qué iba a decir, que tenía miedo de hablar en sueños? ¿Miedo de excitarme descontroladamente y que alguien lo notara? ¿Miedo de necesitar recurrir a la masturbación? Me confiné en esa carpa tratando de no cometer nuevos errores pero, lejos de protegerme, terminó siendo la peor trampa.

Allí se apareció una noche Ana, casi de madrugada, mientras yo dormía. Se recostó junto a mí, me abrazó. Me dijo: "Te quiero". Y yo, al despertar, temblando, en lugar de decirle que se fuera, me entregué a ella, a sus besos tiernos, a su piel que reparaba cualquier dolor, a su parecido con Carmen. Y luego de esa noche, otra noche. Y otra. Me dormía rezando y pidiendo que ella no viniera; me despertaba soñando que estaba allí. Su voz era un canto de sirenas; su olor, irresistible. Fui débil, no pude controlarme, la deseaba, o deseaba a su hermana mayor y calmaba ese deseo con ella. Aún hoy me maldigo por lo que hice. Lo he confesado, más de una vez. Lo hablé con el padre Manuel, él me ayudó mucho, antes y después de la muerte de Ana. He recibido el perdón. Soy consciente de que la muerte de Ana fue la consecuencia de una serie de hechos desgraciados que arrancó con nuestros encuentros sexuales en aquel campamento. Que yo hubiera incumplido el deber de castidad fue uno de esos primeros hechos. No el único; si solo hubiera sido eso, la historia de Ana podría haber sido otra. Un hecho necesario, pero no suficiente para que Ana terminara muerta. De ese hecho debo hacerme cargo y lo hago, de no haber podido frenar mi deseo, de no haber frenado el de ella. De ese hecho.

Mientras duró el campamento, traté de no pensar; tenía que ocuparme de los chicos, tenía que hacer mi tarea, tenía que disimular frente a Carmen. De noche, me acostaba jurándome que, si esa madrugada aparecía Ana, por fin sería fuerte y le diría que no. Me convencía de que era urgente detener una relación clandestina que no nos conduciría a nada. Pero cada vez que ella vino falté a mi juramento. En cambio, le rogué que no faltara al suyo: jamás contarle a nadie que habíamos estado juntos. "Yo te amo, nunca haría algo que pudiera dañarte", dijo, pobre niña. No pude contestar al "yo te amo", porque amaba, sí, aunque no a ella, sino a lo que de Carmen había en su hermana menor.

De regreso, fue relativamente fácil evitarla. Tardé en aparecer por la parroquia. Tenía un sentimiento ambivalente: quería ver a Carmen y no podía cruzarme con Ana. En soledad, medité mucho acerca de qué debía hacer. Por lo pronto, no estaría más con ella, eso estaba decidido; le pedí fuerzas a Dios para que me ayudara a no claudicar y perdón por haberlo ofendido. Pero evitar cualquier contacto con Ana no era la única decisión que debía tomar. ¿Podía aún ser sacerdote? ¿Podía responder al llamado de Dios con la entrega que él merecía? Y, en esas preguntas que se me repetían una y otra vez, no me estaba refiriendo al hecho puntual de haber tenido sexo con Ana, sino al hecho vivo y persistente de estar enamorado de Carmen. ¿Estaba dispuesto a ignorar ese sentimiento? ¿Me sentía capaz de vivir toda la vida sin amor, ahora que lo había conocido? Después de mucho pensarlo, después de hacer mi propio retiro espiritual en el seminario, de discernir —tal como lo había hecho antes de entrar y con la ilusión de ser sacerdote—, me convencí de que no: por mucho que me esforzara, no iba a poder renunciar a Carmen. Estaba verdaderamente enamorado de ella. Cuando ya no tuve dudas, la llamé por teléfono y le pedí que nos viéramos lejos de su casa y de la parroquia; le dije que necesitaba hablar con la tranquilidad de que nadie nos estuviera observando.

Una vez más, no mencioné a Ana. Ana había sido un accidente, el detonador que me permitió, por fin, discernir.

Fui a buscar a Carmen a la salida de una de sus clases en la facultad. Sin preámbulo, le confesé que estaba enamorado de ella; para mi sorpresa, ella reconoció, de inmediato, que lo estaba de mí. Carmen nunca lo habría dicho si yo no le hacía esa confesión porque, aunque me amaba, estaba dispuesta a callar —o incluso a mentir— si eso era lo mejor para mí. "El amor también es sacrificarse por el otro", dijo, y sentí un deseo irrefrenable de besarla. Los dos teníamos claro que seguir reprimiendo lo que sentíamos no sería lo mejor ni para mí ni para ella. Ni para la Iglesia. No nos besamos esa tarde, ni siquiera nos agarramos de la mano; éramos conscientes de que si nos tocábamos, no íbamos a poder detenernos. Le conté que había tomado la decisión de dejar el seminario; que, como ella, yo quería formar una familia y que quería que la formáramos juntos. A Carmen se le humedecieron los ojos. Acerqué el dedo a su mejilla; no corrí las lágrimas que empezaban a caer, me detuve un instante antes de tocarlas, apenas las soplé para que rodaran. Ella no quitaba sus ojos de los míos. "Me siento culpable, habrías sido un gran sacerdote", me dijo. "No es cierto, no podría haberlo sido. Estoy destinado al amor de una mujer; y esa mujer, no tengo ninguna duda, sos vos." En silencio, sostuvimos la mirada; nuestros corazones latían cada vez más fuerte, pero seguimos sin tocarnos. Contuvimos el deseo como una ofrenda al otro y a Dios. Y aquella tarde sellamos nuestro amor para siempre.

Seguí sin mencionar a Ana. Todavía. No quería empañar la confesión de amor que nos acabábamos de hacer. Sabía que si ese secreto se develaba, podía herir de muerte nuestra relación. También que tarde o temprano tendría que decírselo, antes de que la verdad apareciera por otra vía. Por más que Ana hubiera jurado no contar jamás lo que había pasado entre nosotros, era probable que si me presentaba en su casa como el novio de su hermana mayor, pusiera en riesgo ese juramento. Tenía que pensar muy bien qué hacer con lo que había pasado con Ana en Córdoba, cómo contarlo, cómo lograr convertirlo en una anécdota molesta, vergonzante, hasta dolorosa; pero superable. Para que eso fuera así, debía elegir la manera apropiada de manejarme con las dos hermanas. No podía fallar, el futuro dependía de cómo contara el pasado. Lo que Carmen y yo nos habíamos prometido que sería nuestra vida juntos se merecía mi mejor esfuerzo.

Creí que reponerme de aquel fracaso —haber faltado a mi voto de castidad y nada menos que con la hermana de quien estaba enamorado— sería la última prueba que Dios me pondría en el camino. Había tenido la misma sensación muchos años antes, cuando mi madre nos abandonó: la esperanza de que ésa era "la" prueba, que ya estaba; que, de ahí en adelante, no habría dolor y, si lo había, no sería tan profundo. Sin embargo, faltaba lo peor. Solemos analizar los hechos con el diario del lunes, cualquier hecho; con más razón los que producen daños irreparables. Y al hacerlo, no somos sinceros. Una vez revelado el final de una historia, resulta muy fácil pontificar qué habría que haber hecho.

Pero mientras transcurre, nadie conoce el desenlace, y cada uno hace lo que mejor puede. ¿Podría yo, de verdad, haber controlado ciertos daños? No lo creo. Aún hoy me asumo absolutamente responsable de dos cosas: haber faltado a mi voto de castidad como seminarista y no haber usado protección al tener sexo con Ana. Del resto, no; lo que pasó después no fue sólo la consecuencia de mis actos, sino de los actos de todos los involucrados. Y algunos de ellos hasta se declararon almas puras, sin errores ni pecado.

Se lo dije a Alfredo, cuando por fin supo, poco antes de morir, y me echó a los gritos de su casa. Yo siempre, desde el primer momento, estuve dispuesto a asumir la culpa de lo que me correspondía; había precios que, sin dudas, tenía que pagar y pagué. Pero lejos de ser una actitud valiente, y a contramano de lo que muchos creen, estoy convencido de que es presuntuoso y cobarde asumir culpas que no son propias. El "yo me hago cargo" de algunos no es más que el resultado del apuro por clausurar una discusión. Discriminar responsabilidades requiere tiempo y coraje. Porque para decir: "Esta culpa es tuya y no mía", hay que tener valor y estar dispuesto a no agradar. Somos pocos los que optamos por caer mal al prójimo antes que entregar la verdad como moneda de cambio. Entiendo que, por ser católicos, sentirnos culpables nos resulte familiar; la culpa es, para nosotros, un lugar hostil pero conocido, en el que sabemos cómo movernos. Allí jugamos de locales. "Por mi culpa, por mi culpa, por mi grandísima culpa", lo he repetido hasta el cansancio en mi formación religiosa. Lo sigo repitiendo hoy. Pero por la mía, no por la del otro. Discriminar cuáles culpas me pertenecen y cuáles no me llevó años de reflexión y una dosis de valentía que, al principio de esta historia, no tuve. Fueron de gran ayuda algunos retiros espirituales que hicimos con Carmen, donde se sumaba al rezo la meditación cristiana, una forma de encontrarnos con nosotros mismos y, en ese encuentro, unirnos a Dios. Me tomó mucho tiempo aceptar, definitivamente, que el hecho de que yo no hubiera podido evitar el dolor de cada uno de las personas involucradas en este drama no me convertía en responsable de las múltiples heridas que se abrieron a partir de mis días con Ana.

Con el poco ánimo que me quedaba para enfrentar la vida que tenía por delante después de su muerte, casi como un acto de rebeldía impensado dentro de mi biografía, empecé a sospechar que yo no era el culpable de todo. Al principio, me quedé sólo en la sospecha, no me atreví a decirlo en voz alta. Mientras tanto la semilla germinaba. Porque no era culpable de todo, porque aceptar esa culpa también era una mentira. Hay consecuencias relacionadas con este drama que me son ajenas, simplemente porque fueron decisiones que tomaron otros. No me siento en absoluto responsable de que Lía se haya ido de su casa y nunca haya regresado. Ni me siento responsable de que Alfredo haya tenido que afrontar un cáncer que terminó matándolo y del que muchos opinaran, como si supieran de medicina: "Lo enfermó la pena por la muerte de su hija". Alfredo se regodeó toda la vida en detalles innecesarios del horror, con el afán de encontrar una respuesta que se le negaba, ¿por qué debería hacerme cargo de su propia obsesión? No me siento responsable de que Dolores, mi suegra, se haya convertido en una mujer oscura, dañina, agresiva hasta el día de su muerte, siempre dispuesta a maltratar a quien se le pusiera delante, excepto a Carmen. ¿No era así antes? ¿No habría sido así de cualquier modo? No me siento tampoco responsable de que mi hijo no encuentre su lugar en el mundo, confundido a cada paso, sin saber qué quiere, sin saber cómo enfrentar lo que, para otro joven, es natural: su carrera, un viaje, una mujer. No me siento responsable siquiera de que no piense relacionarse más ni conmigo ni con su madre. Me duele y lo busco; responsable, no. Si su ausencia es el infierno que me toca en vida, acepto la voluntad de Dios, pero como castigo por lo que efectivamente hice o como congoja, no como culpa que me falte asumir. Ni siquiera me siento responsable de la carga que mi mujer lleva sobre sus hombros desde la muerte de Ana; ni de que, aunque se muestre entera y sepa por qué hizo lo que hizo, esté convencida de que pagó un precio exagerado. Carmen, aún hoy, cree que Dios, al condenarla a la esterilidad después del parto de Mateo, le impuso una pena desproporcionada con la falta que cometió, privándola así de su verdadero sueño: sembrar la tierra con hijos católicos que hicieran de este mundo un lugar mejor. ¿Soy responsable de que Carmen sea estéril? No, no lo soy.

Pero todavía queda una responsabilidad, la principal, con respecto a la propia muerte de Ana y del bebé. Si alguna vez tuve dudas con respecto a cuán responsable pude haber sido, hoy ya no las tengo. ¿Acaso no han luchado tanto las mujeres por decidir ellas mismas?

¿Acaso no se desviven por enseñarnos que el aborto es su propia decisión? Entonces, ¿de qué tengo que responsabilizarme yo? Quieren la decisión, ahí la tienen; pero háganse cargo. Ana decidió, y Dios, no sabemos por qué, así lo quiso.

En esta familia a la que hoy pertenezco, cada uno de nosotros eligió el papel que iba a representar. Ana también, aunque moleste, aunque incomode. Ana también. Ella tenía diecisiete años, ¿y yo qué? ¿Me van a reprochar que yo era un adulto y ella no? ¿Simplemente porque Ana tenía unos pocos años menos de veintiuno y yo unos pocos más? Antes y después de su muerte, todos dimos pasos que nos condujeron a donde estamos. Yo no caminé por ellos, yo no los obligué a tomar una ruta en lugar de otra. Cada quien hizo con su vida lo que pudo. Tal vez, el camino que seguí haya sido menos insensato que el que siguieron otros. Yo me resigné. ¿Quién dijo que la resignación no es una virtud cristiana? Lo dijo un papa, y yo no estoy de acuerdo. Como no estoy de acuerdo con el celibato. Hay algunas cosas a las que sí hay que resignarse: la muerte del otro, por ejemplo. No resignarse es pecar de soberbia.

Porque acepté lo que había pasado como un designio de Dios es que yo pude seguir adelante, y otros no. Ana había muerto, quien está por encima de cualquiera de nosotros había decidido ponerle fin a sus días en esta Tierra. Y a mí me había dado una nueva oportunidad.

"Lo que me consuela en la aflicción es que tu palabra me da vida", Salmos 119:50.

3

Después de aquel campamento, no aparecí por la parroquia más que en horarios en los que estaba absolutamente seguro de que no me cruzaría con Ana. Fui dos veces a confesarme con el padre Manuel. Le conté mi decisión: no iba a ser cura. Y también que estaba enamorado de Carmen. No le gustaron ninguna de las dos noticias, no pudo disimularlo. Tal vez ni siquiera lo intentó. Pero, en cuanto comprobó que lo mío era una decisión tomada, ya no trató de persuadirme. Me pidió, eso sí, que no me apresurara, que me tomara el tiempo necesario antes de comentarlo en el seminario. "Cuando uno hace estos anuncios, la certeza tiene que ser total." Yo abracé su consejo, no porque necesitara seguir pensando en mi vocación, sino porque el seminario se había convertido en un lugar seguro, fuera del alcance de Ana. Me convenía permanecer allí el mayor tiempo posible, incluso los fines de semana. El padre Manuel me reemplazó por otro catequista frente al grupo de confirmación y les avisó a los chicos que, por el momento, yo no podría seguir con las clases, sin dar muchas explicaciones.

Con Carmen nos veíamos cuando podíamos. El hecho de extrañarnos reforzaba lo que sentíamos. Yo le avisaba cuando tenía alguna hora libre en mis actividades y nos encontrábamos a medio camino entre el seminario y su facultad. Siempre en secreto. Como si nos creyéramos invisibles, caminábamos por la ciudad y hacíamos planes: dónde viviríamos cuando nos casáramos, cuántos hijos tendríamos, si me convenía trabajar en la cadena de electrodomésticos de mi familia hasta encontrar una mejor ocupación, si finalmente Carmen estudiaría o no Medicina cuando terminara Teología, si yo retomaría Abogacía, dónde sería nuestro viaje de luna de miel. Este último punto era en el que más nos deteníamos; aun sin reconocerlo, ni frente a nosotros mismos, nos excitaba hablar de ese viaje porque sabíamos que sería la primera vez que nuestros cuerpos estarían juntos, como un hombre y una mujer.

Demoré en contarle a Carmen lo que había pasado con Ana. Necesitaba que nuestro noviazgo —aún secreto— se afianzara para que pudiera entenderme y, eventualmente, perdonarme. Si ella confiaba en cuánto yo la amaba, mi confesión le dolería, pero no dejaría una marca tan profunda como para que afectara la relación. Más allá de mis previsiones, el tema, sin querer, lo sacó ella. Una tarde, mientras atravesábamos una plaza de la ciudad sin destino cierto, Carmen me dijo que le llamaba la atención la cantidad de veces que Ana —con quien no tenía un vínculo cercano, sino distante— le preguntaba por mí. En los últimos días había sido tan insistente acerca de cuándo yo volvería a la parroquia, dónde hacía el seminario y otros detalles de mi vida privada, que Carmen había empezado a pensar que su hermana menor sospechaba acerca de lo nuestro. En lugar de tranquilizarla, como ella hubiera esperado, me quedé callado y eso la alertó. "No me asustes", me dijo cuando vio que pasaban los minutos y yo no me atrevía a decir palabra. Le pedí que nos sentáramos en un banco. Le tomé la mano, la miré a los ojos, y le conté. De cuánto yo la amaba, de cuánto la deseaba como mujer, de mi respeto por su virginidad hasta llegar al matrimonio, de la dificultad que tiene a veces un hombre para controlar los requerimientos que le hace su propio cuerpo. Carmen aún no llegaba a comprender qué tenía que ver nada de eso con Ana. Tomé coraje. Le conté, entonces, cómo había aparecido su hermana aquella noche en el fogón, las preguntas que me había hecho, el *short* que llevaba puesto, su desparpajo. Y el beso que me dio. "Qué hija de puta", dijo. Y volvió a repetir: "Siempre fue una reverenda envidiosa hija de puta, desde chiquita". Ante su reacción, me detuve, dudé si seguir o no; Carmen parecía más enojada con Ana que conmigo y eso, al principio, me confundió. Aunque luego tomé valor, porque me pareció que, justamente por eso, aquel podía ser el mejor momento para confesar lo que faltaba. Le conté que el deseo se había apoderado de mí, que el parecido físico era asombroso, que en Ana yo la veía a ella, que tocarla había sido como tocar el verdadero objeto de mi deseo. Le dije que su hermana me llevó al monte. Que nos acostamos sobre el piso. Carmen se llevó las manos a la boca y dijo: "Basta, no quiero saber". Pero ya no se podía detener el relato, cualquier cosa que ella imaginara a partir de allí podía ser, incluso, de mayor gravedad. Le conté hasta el final, tenía que poner sobre la mesa la historia completa, cada detalle, de una vez y para siempre, de manera de no tener que volver a mencionar ese asunto nunca más. No dije "hicimos el amor", sino "tuvimos sexo". A Carmen se le llenaron los ojos de lágrimas, me miró con rabia unos segundos y, por fin, se paró y se fue. Quise seguirla; ella me apartó. "¡Necesito estar sola!", me escupió.

Me quedé en el banco acobardado por sus gritos. Pensé que lo había arruinado todo. Pero al rato, cuando ya me disponía a irme, Carmen regresó. Era evidente que había llorado. Sin embargo, ahora se la veía calmada. Tal vez, había quedado agotada por su propio desborde. Se sentó junto a mí y dijo: "Me odia, siempre me odió. Y me envidia. Lía también, si bien ella es consciente de la distancia que nos separa; no compite, no me busca. Ana sí, Ana es una desfachatada, una provocadora. Quiere ser como yo y me imita, copia cada detalle de lo que me ve hacer. Nos parecemos físicamente, es cierto, las dos salimos a mamá. De lo que no se da cuenta Ana, es que —más allá del parecido exterior— nunca será como yo. Porque hay algo que ella no tiene ni tendrá jamás: mi fortaleza, mi determinación y mi Fe". Me miró y quedó en silencio; sentí que necesitaba que asintiera y eso hice, sin atreverme a agregar palabra. Al rato, concluyó: "No tengo dudas de que ella te provocó porque se dio cuenta de que entre nosotros había algo especial. Ella sabe, intuye y envidia. Es el mal en el cuerpo de una niña".

No estaba seguro de que Carmen estuviera sacando las conclusiones correctas, pero me alentaba otra vez el hecho de que hubiera puesto el foco en las actitudes de su hermana y no en las mías. De cualquier modo, quise dejar en claro que asumía la cuota de responsabilidad

que me cabía, y empecé a decir: "Yo sé que no debí...".
Ella me interrumpió: "No debiste, claro que no debiste.
Por más que para los hombres sea muy difícil controlar-
se y, sobre todo, cuando los incitan. Ahora, yo no voy a
dejar que la envidia de mi hermana arruine mis planes.
Eso es lo que ella busca. Y eso es lo que no le voy a dar".
Carmen me miró, tuve la sensación de que esperaba un
gesto de mí. "¿Entonces?", pregunté. "Entonces segui-
remos adelante como lo habíamos planeado. Solo que
no quiero que aparezcas por Adrogué hasta que podamos anunciar nuestro compromiso. Y para eso tenemos
que tomarnos tiempo. No estaría bien visto que anun-
ciemos un noviazgo al poco tiempo de que dejes el seminario."

Sentí alivio y emoción. Quise tomarle la mano, ella
no me lo permitió. Con ese rechazo, me hizo entender
su mensaje: habíamos llegado a un acuerdo para seguir
adelante, pero eso no modificaba, aún, el dolor, la bronca y el desprecio que Carmen sentía. Ella había regresado a plantearme un camino de acción, una estrategia; y
cuando hay que ejecutar un plan, no es bueno que se
entrometan sensiblerías de ningún tipo. El perdón que
me otorgaba nacía de su superioridad moral, no de su
compasión. Ni siquiera de su amor. Y así lo acepté. No
me dio oportunidad de aclararle que había habido más
de un encuentro con Ana, que la noche del fogón no
había sido la única noche, no hablé del sexo en la carpa.
Carmen no preguntó, yo no dije. Si cuando yo ingresa-
ra en la casa de los Sardá como el novio oficial de Carmen, Ana mencionaba esos encuentros, sería su palabra
contra la mía. Con un poco de suerte, para entonces, esa

niña ya estaría enamorada de otro. Y ni a ella ni a mí nos convendría precisar amores y encuentros sexuales anteriores.

Esa noche, al llegar al seminario, recé de rodillas; hacía mucho que no me arrodillaba para rezar. Necesitaba hacerlo. Incluso, necesitaba una mortificación corporal; envidié el uso del cilicio o las disciplinas con las que cuentan los católicos del Opus Dei. Sentía que, al menos, merecía un ayuno penitente. Aunque recordé que cuando le había confesado al padre Manuel lo mismo que acababa de confesarle a Carmen, él no me indicó mortificación personal, sino rezo. Y eso hice, a eso me aboqué, casi no dormí. Recé de la noche a la mañana. Y seguí rezando cada día de rodillas, aun frente a mis compañeros, apostando a que pronto estaría en condiciones de anunciar que dejaba el seminario.

Pasaba el tiempo, lento pero inexorable, y todo parecía encauzarse. Hasta que, una tarde, apareció Ana. Fueron dos sus visitas al seminario. La primera me tomó muy de sorpresa, jamás habría pensado que ella se podía aparecer ahí, de improviso, a preguntar por mí. En recepción dijo que era "mi prima". Cuando bajé a ver quién preguntaba por mí, iba confiado en que debía de haber un error: yo no tengo primas. Al verla se me cortó la respiración, temí lo peor, un escándalo ahí mismo. Sin embargo, Ana me sonrió con esa sonrisa encantadora que se le dibujaba en la cara y disipó el riesgo. Salimos al jardín a hablar tranquilos, pedí permiso para recibirla, di como excusa que venía a traerme noticias de un familiar enfermo. Se la notaba feliz por haber dado conmigo, y preocupada por mi ausencia. Yo sabía que tenía que desactivar lo que fuera que la ponía en acción; traté de ser concreto, pero eludí mencionar algo que tuviera que ver con "nosotros", intenté ser sincero sin dañarla. No hablé de lo que había pasado, no mencioné un futuro en común. Le hablé, sí, de mis dudas acerca de la vocación, de que me iba a tomar un tiempo para discernir. Y de que una de las posibilidades más firmes era que dejara el seminario: ya no estaba tan seguro de poder dedicarle mi vida exclusivamente a Dios. Le dije, por fin, que para mí pronto empezaría una vida nueva, sin resabios del pasado. "Ningún resabio", repetí acentuando el "ningún" y la miré. Ella dijo: "Te entiendo y te apoyo". Aunque, a decir verdad, nunca terminé de saber si lo entendió realmente, si esa niña comprendió que en el cambio que yo aspiraba para mi vida ella no estaba contemplada; o si, por el contrario, se fue del seminario abrigando la esperanza de que, una vez libre, yo la buscaría para vivir un romance que ya no necesitaría ser secreto. Me conformé creyendo que si le quedaban dudas, mis actitudes posteriores las aclararían.

Pero no llegué a demostrárselo, porque la siguiente vez que Ana vino a verme, había cambiado todo. Cuando me llamaron de recepción diciendo que estaba mi prima, bajé enojado. Se suponía que no debía volver; eso sí le había dejado muy claro en el encuentro anterior: en el seminario no estaba bien visto recibir gente. La miré con gravedad y ella, en esta segunda visita, no me devolvió una sonrisa. Tenía los ojos llorosos. La recepcionista debe de haber pensado que traía malas noticias de la salud de nuestro supuesto pariente. No fuimos al jardín, preferí que saliéramos a la calle; yo sospechaba que en aquella nueva charla el tono sería más duro y no quería que hubiera testigos. Cuando, después de escuchar mis reproches por su presencia allí, Ana logró decirme que temía estar embarazada, tuve un vahído. "¿Estás segura de lo que estás diciendo?" "No", me respondió y se largó a llorar. Entre hipos, dijo que hacía casi dos meses que no se indisponía y que, aun teniendo en cuenta sus irregularidades, el atraso era sospechoso. Le pedí que no perdiera la calma, que ésa sería la peor actitud porque nos dejaría al descubierto, existiera el embarazo o no. Que esperáramos, que volviera a su casa. Le prometí ir el fin de semana a la parroquia. Dije que iba a rezar desde esa noche y hasta nuestro próximo encuentro para pedirle a Dios que no estuviera embarazada; y le sugerí hacer lo mismo, rezar, con entrega y confianza. Le iba a decir que le rogara a Santa Ana, su protectora, pero recordé que lo era también de las embarazadas y mencionarla me pareció de mal augurio. Creo que logré calmarla, seguramente con la ilusión de que el fin de semana me vería, más que con ningún otro argumento.

Esa noche hablé con José, el único compañero con quien nos contábamos intimidades; él sabía que yo dejaría el seminario, yo sabía que él peleaba para vencer la atracción que sentía desde chico por otros varones. José tenía tantas hermanas que por momentos se confundía sus nombres; donde se crió, eran ocho mujeres y él. Me escuchó con paciencia y sin reproches, me dijo que en su casa se hablaba habitualmente de "estas cosas", que sus hermanas sabrían qué había que hacer. Al día siguiente, me contó lo que pudo averiguar, métodos caseros para verificar el embarazo, tiempos razonables de espera y procedimientos naturales para expulsar "lo que tenga adentro". Me dijo que sus hermanas habían elaborado un plan de entrenamiento físico para una sobrina que había quedado embarazada. Consistía en carreras de pique y de resistencia, sentadillas, abdominales, "le dieron con todo al ejercicio hasta que la chica empezó a sangrar". La imagen me impresionó. "Mis hermanas fueron muy rotundas en aconsejar ese método frente al del perejil, ellas no te recomiendan meterle la ramita adentro, dicen que vieron chicas a las que les fue mal. El del entrenamiento físico hasta la expulsión es un procedimiento limpio. No hay una acción directa, no se mete nada, nadie puede mencionar la palabra 'aborto'. La chica incluso puede decir que ni sabía que estaba embarazada. Si Dios quiere, sale; si Dios no quiere, no." Le agradecí lo que había averiguado por mí. Descarté, por el momento, los abdominales y por supuesto el perejil; me quedé con los métodos caseros para confirmar o no un supuesto embarazo. Aunque no parecían muy confiables, servirían para que Ana tuviera algo de que agarrarse, y así calmara su incertidumbre. Esa chica no podía estar embarazada, no podíamos haber tenido tan mala suerte.

Los análisis caseros no nos tranquilizaron, sólo demoraron encarar el problema mientras el sangrado no aparecía. Yo no sabía qué más hacer, estaba perdido. Y si estaba perdido a pesar de los rezos, me quedaba un solo camino: tomé coraje y enfrenté a Carmen. Le dije que evidentemente Dios me estaba poniendo a prueba o, mejor dicho, que nos estaba poniendo a prueba a los dos. Y que a pesar de nuestro deseo y nuestros planes, no sería tan fácil olvidar lo ocurrido con Ana. Carmen, ni bien dije "embarazo", lloró, maldijo, volvió a llorar. Y enseguida se puso en acción otra vez. Fue a su casa a hacer un par de llamados y regresó con el dato de una enfermera que le haría el test de embarazo a Ana en el hospital donde trabajaba. "Que Ana no sepa nunca que yo estoy al tanto de lo que pasa. Tomá, llamá a esta mujer. Lo primero es tener la certeza de que está embarazada." Hice lo que me dijo y cuando el resultado estuvo listo y el espanto fue certeza, evaluamos juntos las alternativas posibles. No eran muchas. Yo, al principio, sólo veía una: que Ana tuviera ese hijo. En ese caso, nuestro proyecto de vida con Carmen era inviable. Nunca podría formar una familia con ella siendo el padre de un hijo de su hermana. Y, por más que yo no tuviera ninguna intención de tener una historia con Ana, me tendría que hacer cargo de ese chico y de una paternidad que no estaba en mis planes. El proyecto de Carmen, tal como ella temía, habría sido desbaratado por su hermana. Me faltaba el aliento, me sentía en un callejón sin salida. La alternativa del aborto era impensada para ninguno de los dos. Y cuando hablo de "los dos" me refiero a Carmen y a mí. Éramos católicos, lo somos; sin concesiones, católicos practicantes y convencidos de nuestra Fe. Jamás habríamos cometido el pecado de terminar con una vida. No veía ninguna luz, todo era sombras.

Pero Carmen sí vio una salida: "¿Y si el pecado lo comete otro?", preguntó. "¿Qué pasa si vos no decidís qué hacer con ese embarazo? Vos te abstenés. ¿Qué pasa si lo dejás correr, y la que toma la decisión es Ana? No es necesario que compartan el peso de este pecado mortal. Si mata esa vida, será un pecado del que ella no podrá liberarse. Vos sí. ¿Ana quiere tener un hijo? ¿A los diecisiete años? ¿Está dispuesta a darle semejante disgusto a mis padres? ¿Está dispuesta a que la señalen, a que sepan que se toma el sexo con semejante libertad? Si la respuesta es no, ¿por qué vos tendrías que responder a los mismos interrogantes?". Carmen no me dio tiempo a contestar, creo que no lo esperaba. Sus preguntas eran, en cierto modo, afirmaciones. Me indicó que hablara cuanto antes con Ana: "No la dejes librada a su pensamiento errático de adolescente. Conducila, llevala sin que lo note, guiala hasta el punto inmediato anterior a tomar la decisión. Y si te pregunta qué harías vos, callá. Vos no *harías*. La que tiene que *hacer* es ella". Dudé, aunque los argumentos de Carmen eran racionalmente sensatos, no estaba seguro de que como católico no tuviera que expresar mi oposición. "Sabiendo que ella está por hacer... eso... ¿yo no debería impedirlo? ¿No debería salvar esa vida? Incluso vos, Carmen, sabiéndolo, ¿no deberías?" "Nos la pasamos luchando por salvar vidas, y por salvar almas. Pero no somos héroes, no podemos evitar cada crimen que se comete. Ya evitaremos otros, ya enmendaremos otras almas. Si es que, por fin, nos dejan vivir como queremos. En este caso, se trata sólo de dejar que corra. Omitir. Y rezar."

Carmen consiguió también el dato de un sitio donde poder hacer un aborto. Yo me ocupé de llamar, de pedir las instrucciones y de juntar el dinero necesario; tenía algunos ahorros, y le pedí a uno de mis hermanos el resto sin explicar para qué lo necesitaba. No obligué a Ana a abortar, en ese punto hice tal como me dijo Carmen. Fue, efectivamente, una decisión de ella. Si Ana hubiera estado convencida de tenerlo, y a pesar de que eso habría terminado con mis planes de construir una vida junto a Carmen, yo no me habría opuesto. Hice lo planeado, la dejé llegar sola a la conclusión de que lo mejor para todos —incluidos sus padres, pero principalmente para ella— era deshacerse de ese embarazo. Y cuando por fin lo dijo, cuando enunció: "No quiero tener un hijo", yo callé.

Ana me pidió que la acompañara a hacérselo; primero dije que sí, creí que le debía ese gesto. Sin embargo, Carmen me convenció del riesgo que correría si alguien me veía entrando a un lugar clandestino como aquel. Entonces, no fui; de cualquier modo, estuve pendiente de Ana, esperé noticias, recé. Le dije que estaría el resto del día en la parroquia, con la excusa de organizar un encuentro de la Acción Católica, que me hablara por teléfono en cuanto volviera para dejarme tranquilo. Me llamó un par de veces ese día, al principio para decirme que todo había salido bien, después para advertirme que se sentía mal, cada vez peor. Sobre el final de la tarde, me pidió que fuera a verla. Le expliqué que para mí era imposible presentarme en su casa sin despertar sospecha. Lo entendió, pero dijo que entonces ella vendría a la parroquia; le rogué que no, que esperara tranquila, que descansara, que seguramente en unas horas se iba a sentir mejor. Y que rezara, que rezara y pidiera perdón, que si lo hacía con convicción iba a ser perdonada.

Esa noche regresé al seminario. No pude descansar y al día siguiente, bien temprano, volví a Adrogué. Estaba inquieto, amanecí con un mal presentimiento. No me atreví a llamar a la casa de los Sardá; si me hubiera atendido cualquiera que no fuera Carmen, no habría sabido qué decir. Pasé el día atormentado. Aunque sabía que si Carmen no llamaba era que Ana estaba bien, me dolía que me la hiciera pasar tan mal, sin una palabra. Por fin, en las últimas horas de la tarde, Carmen llamó. Fue una charla muy breve, me dijo que estaba todo en orden, que salía a buscar unos apuntes, que Ana dormía y seguramente dormiría hasta el día siguiente. "Falta poco", dijo y cortó. El llamado me alivió.

Al rato empecé a juntar mis cosas para regresar al seminario. Cuando estaba a punto de hacerlo sonó el teléfono. Atendí convencido de que era Carmen, que se había olvidado de decirme algo, pero esta vez era Ana. Lloraba, me dijo que volaba de fiebre, que nunca se había sentido tan mal en su vida. No se había atrevido a ir a ver a un médico, no podía decirle lo que había hecho. Tampoco se había atrevido a tomar un colectivo para ir a algún hospital donde nadie la conociera; según dijo, no podía dar un paso sola. Me pidió ayuda, y lo dijo sin hacerme sentir responsable: no era ésa su intención, sino que estaba pidiendo socorro. Era evidente que Ana había aceptado que lo que le pasaba era algo de lo que ella, sólo ella, tenía la culpa. Mi cabeza daba vueltas. No tenía cómo consultar ninguna decisión con Carmen, y no podía esperar el tiempo que a ella le llevara regresar de buscar esos apuntes. Por fin y lleno de dudas, le dije a Ana que fuera a la parroquia, que yo, mientras tanto, iría a casa de mi padre a pedir prestada la camioneta del negocio, por si necesitábamos trasladarnos a ver a un médico a alguna otra parte.

Y eso hice. Ésa fue mi intención. Pero cuando volví, Ana ya estaba muerta. Yo había estacionado la camioneta en la puerta de la parroquia, había entrado con sigilo, mirando a un lado y al otro por si alguien, en aquella tarde lluviosa, había ido a rezar a la iglesia. Ni bien abrí la puerta, la busqué con la mirada. Ana estaba allí, recostada en uno de los últimos bancos. Me acerqué, pensé que tal vez dormía. O incluso que se había desmayado. La zamarreé, le tomé el pulso, puse mi mano en los orificios de su nariz para sentir si entraba o salía aire. Le rogué: "Ana, no te mueras, por favor, no". Lloré sobre su cuerpo. Sentí que yo también estaba a punto de morir. Era demasiado, no me podía estar pasando, además, esto. Había sido puesto a prueba varias veces, ¿cuánto más? Cuando levanté la vista, me pareció ver un bulto en el altar, pero no fui a ver qué era. Supe, tiempo después, que se había caído la estatua de San Gabriel sobre Marcela Funes, una amiga que la había acompañado hasta allí. Con la poca fuerza que me quedaba, sólo pude cargar el cuerpo de Ana y llevarlo a la camioneta. Y luego volver a la parroquia, un instante, para limpiar cualquier rastro que hubiera quedado. Pasé mi suéter por el banco y por el piso, sequé las gotas de lluvia, quité las huellas de barro. Nadie sabría que Ana había estado allí, pensé. Pero no lo puedo asegurar porque, en el momento en que yo salía cargando a Ana, me pareció que se abría la puerta que comunicaba con la sacristía. A esa hora, si alguien andaba por el altar, sólo podía ser el padre Manuel. Nunca lo confirmé: no sé ni si era, ni si me vio. No lo mencionó tampoco cuando me confesé con él.

Otra vez estaba perdido.

Otra vez no sabía qué hacer.

No entendía cómo moverme frente a ese mundo que me cacheteaba con una frecuencia inadmisible. Me costaba manejar, no veía bien; a las escobillas gastadas del limpiaparabrisas se sumaba un mareo que me nublaba la vista. Me temblaban las piernas sobre los pedales, el esfuerzo de cargar el cuerpo de Ana me había dejado sin aire.

No entendía, no quería entender.

Lo único que tenía claro, aquella noche embravecida, era que debía ir a buscar a Carmen.

Carmen

OFELIA: *(...) Dicen que la lechuza era hija del panadero. ¡Dios mío! Sabemos lo que somos pero no lo que podemos ser.*
WILLIAM SHAKESPEARE, Hamlet

1

Creo en Dios. Soy creyente de una manera cabal, íntegra, apasionada. Brutal si es necesario. Qué sería de mí si no creyera; no tendría consuelo. Mi único hijo, Mateo, desapareció; si yo no entendiera que su desaparición responde a la voluntad de Dios, mi vida perdería sentido. Lo busco, no pierdo esperanzas de encontrarlo, de cruzármelo en Santiago de Compostela: en la catedral, en el parque, caminando por una estrecha calle de la ciudad vieja. A esta altura, conozco cada recoveco de este sitio como si hubiera nacido aquí.

Vinimos a una ciudad que no estaba en nuestros planes con ese objetivo: encontrar a Mateo. Reunirnos con nuestro hijo es el motor de todo cuanto hacemos hoy por hoy. El resto de la vida quedó suspendido. Alguna vez, Julián y yo habíamos soñado con conocer Roma, Venecia o París, destinos icónicos para quien vive en un país como el nuestro, fuera del centro, en el fin del mundo. Puede ser que, imaginando rumbos posibles, incluso hayamos mencionado otra ciudad que hoy no recuerde —Londres, Barcelona, Praga, Madrid—. Eran charlas en las que dejábamos fluir la imaginación, no se trataba de verdaderos planes de viaje, siempre había cosas más urgentes en las que aplicar el tiempo y el dinero. Pero estoy segura de que nunca mencionamos Santiago de Compostela. Nuestras salidas de la Argentina, con anterioridad a esta última, se habían limitado a ir a Uruguay y a Brasil. El camino de Santiago tampoco estuvo jamás en nuestros planes; nosotros marchábamos cada año a la Basílica de Luján, ése era nuestro camino de la Fe, no necesitábamos otro. Lo hemos hecho como simples peregrinos, aunque también llevando grupos de la iglesia, o asistiendo en puestos ambulantes a quienes claudicaban o hasta desfallecían por el esfuerzo físico. El que peregrina a Luján no lo hace por turismo, lo hace para cumplir una promesa o como declaración de Fe. Entre los que marchan a Santiago de Compostela, en cambio, debe de haber de todo —turismo, *trekking*, ganas de conocer gente, esnobismo, interés gastronómico—, y eso, para mí, le quita verdad y mérito a la peregrinación. Cuando encontremos a Mateo, si Dios así lo quiere, tal vez podamos recorrer y conocer esas ciudades que eran parte de nuestras utopías, o incluso otras. Sería una hermosa manera de festejar el reencuentro familiar, de convertir lo que hoy es un drama en una oportunidad, y así aprender a ser mejores. Como ya hemos hecho.

Al rezar, cada noche, le pido a Dios que Mateo me permita explicarle. Necesito darle mis razones, hacerle entender cómo algo que a simple vista puede parecer grave, imperdonable, hasta horrendo, no fue más que un mal menor que evitó otro mayor, superlativo. Una tarea atroz que alguien tuvo que ejecutar con valentía y desapego, olvidándose de sí mismo, persiguiendo sólo el afán de proteger a sus seres queridos. Sé que hablando con Mateo, en una charla sincera, él lo entendería; que aquello que lo perturba se disiparía ni bien yo le pudiera dar mis razones. Estoy convencida de que nos abrazaríamos, lloraríamos uno en el hombro del otro y por fin él, con cariño, habiendo comprendido, me diría: "Pobre mamá, por lo que tuviste que pasar, pobre mamita". Porque si en esta historia hay alguien que tuvo que meter las manos en el barro, en la inmundicia, para hacer lo que había que hacer, sin cometer ni delito ni pecado, ésa soy yo. Y lo que había que hacer no fue algo sencillo ni agradable; Julián no habría podido solo. Julián no habría podido. Quizás, cuando Mateo sepa, cuando entienda mi papel en este asunto, cuando acepte el porqué de lo brutal, de lo horrendo, aún le resulte difícil perdonar lo que hizo su padre. Yo me esforzaré para que lo haga: si ya lo perdonó Dios, cómo no lo vamos a perdonar nosotros. Julián confesó inmediatamente la breve relación que había mantenido con Ana mientras él era seminarista —si es que se puede llamar a eso "relación"—. Lo confesó, se arrepintió, hizo la penitencia que le indicó el padre Manuel y fue perdonado. ¿Qué otro delito o pecado se le podría atribuir a Julián que haber tenido sexo con Ana? ¿La circunstancia de que lo hayan hecho sin protección? Es muy fácil responder que sí ahora, treinta años después, pero ¿quién usaba un condón en aquella época? Mateo es hoy un hombre y, si se permite la oportunidad de analizarlo fríamente, sin pasión, sumando el cariño que se merece un padre que ha dado la vida por él, no será capaz de condenar a Julián por una necesidad sexual que no pudo reprimir. No le resultará fácil. Para los hijos, sus padres son asexuados; y un padre como Julián, tan espiritual, tan poco preocupado por las cosas mundanas, tan poco pendiente de lo banal, más aún.

No sé cuánto sabe mi hijo. Tampoco sé cuánto sabía mi padre al momento de morir. Él habló con Julián de la muerte de Ana y lo echó de su casa. Sin embargo, nunca quiso hablar conmigo de detalles, nunca me interrogó a fondo como lo hizo con él. En el breve lapso que trascurrió entre el perentorio llamado a Julián y su muerte, mi padre me recriminó que, sabiendo que había tenido participación en algunos de los hechos relacionados con la muerte de Ana, yo hubiera podido enamorarme de él y lo hubiera metido en nuestra familia. Mencionó la muerte, pero no lo que pasó con su cuerpo. "Mirá el lado positivo, papá. Si hubiera renunciado a mi amor por Julián, no existiría Mateo", dije. Y ese argumento puso fin a cualquier discusión. Mateo era su talón de Aquiles, su punto débil. Desconozco qué le agregó mi padre a la historia que le contó a mi hijo, porque, más allá de lo que supo, tiene que haber inventado, supuesto, completado vacíos de información. Así que, debo decir, no sé si Mateo huyó de nosotros porque no pudo soportar la verdad, parte de la verdad, medias verdades, o simplemente mentiras. No obstante, si a pesar de mis ruegos, si a pesar del profundo dolor con el que amanezco cada día, no se me concede la posibilidad de encontrar a mi hijo y hablar con él, cara a cara, como dos adultos, tendré que aceptar que eso es lo que Dios quiere y, una vez más, seguir hacia delante con Fe.

Tardé varios años en quedar embarazada. Jamás nos cuidamos, ni siquiera con el método Billings. Estuvimos de novios cuatro años; oficialmente fueron sólo tres, porque el primero mantuvimos la relación en secreto. No fue que la ocultáramos por la muerte de Ana, sino porque no nos parecía correcto que Julián se apareciera por casa como mi novio, habiendo pasado tan poco tiempo desde que había dejado el seminario. No queríamos que nadie concluyera que nuestro amor era anterior a esa decisión. Entre nosotros tratábamos de hablar de Ana lo menos posible, así nos preservábamos de que su sombra empañara la relación que estábamos construyendo, deambulando como un fantasma itinerante que no encontraba destino. Poco a poco, a partir de que nos casamos, aquella sombra empezó a desvanecerse hasta desaparecer. Teníamos mucho en que poner nuestra energía; no pensábamos en nosotros dos, sino en la familia que queríamos concebir y hacer crecer. Y esa familia, estábamos convencidos, sería con muchos hijos. Recién cuando el primer embarazo se hizo esperar más de lo previsto, empecé a sospechar que, quizás, para mí no sería tan fácil ser madre. O, al menos, ser la madre que había soñado: rodeada de niños de todas las edades, uno al lado del otro, en escalera, tantos como quisieran venir mientras me diera el cuerpo. Temí que fuera en ese punto, ser madre, donde Dios se cobraría mi omisión; temí que la maternidad limitada fuera el castigo que me impondría por aquello en lo que le había fallado: no impedí que Ana matara al niño que llevaba dentro. No le dije que abortara, no tomé la decisión por ella; ni siquiera hablé del asunto con mi hermana: ella no me contó, yo no le dije. Pero es cierto que no hice nada por evitarlo y que, en medio de la desesperación, averigüé una dirección donde podían

279

hacerle esa práctica para que Julián le sugiriera a qué sitio acudir. Me pareció inconveniente, doloroso, hasta sucio, que una chica de diecisiete años o un seminarista anduvieran preguntando por ahí dónde hacían esas cosas. Entonces me acordé de que un grupo de la parroquia estaba relevando lugares en los que practicaban abortos clandestinos para, en un tiempo, acercarle a la Justicia las demandas correspondientes. Pedí el listado, fingí que quería interesarme en cómo avanzaba ese asunto y le pasé a Julián la dirección de la clínica abortista que quedaba más cerca de casa. Eso también fue un error de mi parte: no llevé a mi hermana a abortar, no la llevó Julián, pero supo adónde ir porque nosotros le dimos esa dirección. Ahora, ¿qué habría pasado si no se la hubiéramos dado? ¿No lo habría hecho? ¿Lo habría hecho en un lugar mejor? O, por el contrario, ¿lo habría hecho con una aguja de tejer o una rama de perejil, como tantas inconscientes? ¿Cómo saberlo? Hasta ahí, la responsabilidad de la que me hago cargo, el peso de la culpa que llevo. No creo que, de no haberle dado la dirección, habría cambiado el hecho de que Ana muriera. Porque eso, su muerte, fue voluntad de Dios. Sin embargo, yo no impedí la muerte de ese niño por nacer. De esa omisión me hago cargo. Es cierto que tampoco la impidió Santa Ana, la patrona de las embarazadas, la santa que debía proteger a mi hermana, si para eso eligió mamá su nombre. Si no pudo Santa Ana, ¿por qué tenía que poder yo? De lo demás, de lo que siguió, no me arrepiento, por más horrendo que le parezca a alguien. No cometí delito, no pequé. "Padre, aparta de mí esa copa." Actué para proteger a mi familia —la que tenía y la por venir—, para amparar a la gente que quería, como lo habría hecho una leona. Incluso, aunque para algunos sea difícil verlo, hice lo que hice para cuidar a Ana. Especialmente a Ana y su memoria. "Padre, aparta de mí esa copa. Pero hágase tu voluntad y no la mía." Por eso, mi padre, Mateo o quien se entere de lo que hice y quiera enfrentarme, me podrá reprochar no haberla detenido el día que decidió abortar, cuando yo también era casi una niña. No aceptaré ningún otro reproche; si dicen que pequé o cometí un delito posterior, estarán mintiendo. Treinta años después, si alguien todavía tiene reclamos, será porque no entiende los motivos que me movieron a actuar como actué. La gente no tolera el horror, aun cuando sea inevitable, aun cuando el horror sea el precio necesario para proteger un bien superior.

No me interesa explicárselo al mundo entero; no tengo que rendir cuentas en la Tierra, sino en otra parte. A mi hijo sí, a él sí quisiera explicarle. Él se merece entender, yo me merezco que entienda. Nadie me va a convencer de que lo que hicimos, atenuar los daños, no fue un acto de amor hacia todos nosotros, de protección, de cuidado. Ana estaba muerta, el bebé estaba muerto. Eso no lo podíamos cambiar. ¿Entonces? Lo que pasó después es, en el fondo y más allá de lo que los espanta, decorado. Hubo un crimen, sí, un crimen anterior: el aborto. Me lamento por la muerte de ese bebé. Hoy, si me enfrentara a algo parecido, Dios no lo permita, haría todo lo posible para que ese niño naciera. Lo haría incluso a costa del dolor de mi familia, incluso a costa de la mancha imborrable sobre la reputación de Ana, incluso a costa de mi propia felicidad. Pero Julián

281

y yo, en ese entonces, éramos poco más que dos adolescentes, unos inexpertos que apenas salíamos a la vida. Con desesperación, analizamos las circunstancias y decidimos como pudimos. ¿A quién podía cruzársele por la cabeza que Ana moriría? A nadie. En cambio, teníamos la certeza de que si Ana seguía adelante con el embarazo, las consecuencias habrían sido espantosas, no sólo para ella, sino para los que la rodeábamos. Mi madre se habría enfermado por la pena, al enterarse de que su hija menor —una niña aún— había perdido la virginidad en una relación casual, sin ningún compromiso, un intercambio sexual donde no había habido amor verdadero. Y mamá, que además era muy sensible a la mirada de los otros, tendría que haber soportado los comentarios de los vecinos, de sus amigas, de nuestros parientes, azorados por los actos de Ana, que habría quedado manchada para siempre como una madre soltera, una chica que necesitó tener vida sexual prematura e irresponsable. Por su lado, Julián habría sido despreciado dentro del seminario; una cosa es abandonar la carrera sacerdotal por propia voluntad, luego de meditarlo y decidirlo con convicción, después de discernir la vocación verdadera con Dios y en la plegaria; y otra cosa, hacerlo en medio del oprobio de una relación prohibida que termina en embarazo. Mi padre, que tanto se jactaba de querer saber la verdad, habría tenido que lidiar con mamá y su pena; una mujer con episodios depresivos recurrentes que, con este agregado mayúsculo, hasta podría haber tenido intentos de suicidio. Pero, también, papá se habría visto obligado a sostener a una hija soltera, que seguiría viviendo en su casa y con un bebé. Por nuestra parte, Julián y yo ya no podríamos haber soñado con tener una vida compartida, con formar una familia, con crecer juntos en la Fe y en el amor. Lo digo y se me quiebra la voz. Puro dolor para todos.

Por supuesto que es pecado acabar con la vida de un inocente para preservar cualquier dolor. Eso no tiene discusión. Y porque lo es, jamás le habríamos dicho a Ana que hiciera lo que hizo. Tampoco supusimos, ni se nos cruzó por la cabeza, que ella podía morir en ese acto. Aunque una vez que mi hermana tomó la decisión —debo reconocerlo—, sentimos alivio y, Dios nos haya perdonado, la dejamos avanzar hacia su propio pecado. Ana, al matar a un inocente, estableció el precio que estaba dispuesta a pagar a cambio. Tal vez, como muchas, supuso que esa deuda quedaría impaga. La mayor paradoja dentro de esta historia familiar es que si Ana no hubiera muerto como consecuencia del aborto, habría podido seguir con su vida tal como ella quería. Más aún, si en esa vida ella se hubiera arrepentido de su acto y lo hubiera confesado, Dios —que es pura misericordia— la habría perdonado. No sé por qué lo que tenía que salir bien salió tan mal. Pero acepto que fue por la voluntad de Dios. Y Dios, muchas veces, tiene planes para nosotros que no llegamos a comprender.

Lo dijo Jesús en el Monte de los Olivos, me lo repito cada vez que se me aparece la imagen de aquel momento perturbador en que tuve que aceptar el llamado a actuar: "Padre, si es posible, aparta de mí esa copa; pero no se haga mi voluntad, sino la tuya" (Lucas 22:42). Por eso, sé que el castigo que reservó Dios para mí no fue por los actos posteriores a la muerte de Ana, sino por permitir que ella abortara. Lo que siguió no fue más que la copa que me pidió beber. Su voluntad. Y así, también por la voluntad de Dios, a pesar del deseo y de nuestros planes, sólo pude tener un hijo. Después de la cesárea en la que nació Mateo, tuve una infección intrahospitalaria. Estábamos en casa, el día siguiente al alta, y empecé con hemorragias incontrolables. Julián me llevó, de inmediato, a la clínica donde había sido el parto. Ni bien me revisaron en la guardia, los médicos se asustaron tanto que me trasladaron al quirófano. Le dijeron a Julián que era una septicemia generalizada y que o me vaciaban o me moría. Me vaciaron. Lo digo y se me desgarra el alma, aún hoy, tantos años después. Fue duro aceptarlo, nos refugiamos en la oración. Y en Mateo, ese bebé que fue haciéndose hombre a nuestro lado; en él pusimos todo lo que podíamos dar como padres, como educadores, como catequistas. Nuestro hijo siempre fue una luz, un faro, un chico que era pura bondad. La familia que habíamos formado era la envidia de los que nos conocían, siempre juntos, siempre los tres. Incluso a una edad en que los chicos se van de vacaciones con sus amigos, Mateo seguía viniendo con nosotros al sitio que eligiéramos, sin reproches ni cuestionamientos. A Julián le preocupaba que nuestro hijo se sumara al plan familiar porque no tenía otro programa posible, al no socializar bien con sus pares; pero no era eso, sino que disfrutaba estar con nosotros. Muchos fines de semana nos quedábamos los tres en casa, leyendo, viendo una película o jugando a las cartas. Tuvimos una vida muy feliz.

Hasta que, hace un tiempo, Mateo empezó a frecuentar más a mi padre. Por distintas circunstancias, iba solo, sin nosotros. No sé cómo empezaron esas visitas, si las provocó su abuelo o fueron idea de él. Al principio, creí que fortalecer ese vínculo podía ser bueno para Mateo; que le permitiría acercarse a un modelo masculino diferente del de Julián, que tiene muchas virtudes pero también una cierta apatía, un desgano crónico, como si su batería diaria cargara apenas hasta la mitad. Mi padre, aun a la edad en que murió y llevando esa enfermedad a cuestas, era pura energía. Julián y él no se parecían en nada. De cualquier modo, incluso con sus defectos, pensé, los dos eran modelos de hombre posibles, ejemplos de valores. Sin embargo, me equivoqué y, cuando me di cuenta, era demasiado tarde. Mi padre, por más que siguiera declarándose católico, hacía rato que había dejado de serlo. O al menos no se comportaba como tal. Ponía en cuestión dogmas de Fe, verdades que quienes somos creyentes no discutimos. Al principio, yo creía que se juntaban a dibujar catedrales y eso me pareció hermoso, una manera de unir un don artístico —que ambos tenían— con la Fe. Pero, poco a poco, mi padre empezó a meter en la cabeza de mi hijo ideas controvertidas, especialmente sobre la evolución de la especie y otros divagues genéticos. Teorías supuestamente científicas que nosotros, los que somos profundamente católicos, no aceptamos porque sabemos cómo descubrir el engaño y la manipulación que se esconden detrás de ellas. Seguramente mi padre, un fanático de los libros, habrá sumado a su propia charla lecturas perturbadoras, descabelladas, que en la cabeza de alguien como Mateo, que está en plena formación, pueden causar más estragos que la droga. Yo a veces me hacía la tonta porque no quería generar una pelea, pero llegué a esconder libros que encontré en la habitación de mi hijo y que me parecían sospechosos; libros que, no tengo dudas, venían de la biblioteca de su abuelo. Es que mi padre fue un creyente a medias, tomaba lo que le convenía, y lo que no, lo ponía en discusión. No pudo aceptar que para un católico no fuera posible una libre interpretación de la Biblia, por ejemplo. La leía, pero la discutía. Mamá ya ni lo escuchaba. Lo mismo quieren hacer las teólogas feministas, inventar una biblia nueva que avale las conclusiones a las que ellas quieren llegar de antemano. Muchas veces intentaron acercarme a sus grupos; soy una teóloga con cierto prestigio, y mi nombre junto al de ellas les habría resultado conveniente. Nada más lejos de mí que discutir lo indiscutible. En ese sentido, y aunque nunca lo reconocería frente a terceros, a quien yo más respeto en mi familia es a Lía. Ni ella ni yo validamos las medias tintas. O sos católico, o no lo sos. Si no lo sos, deberás atenerte a las consecuencias de tu vida vacía por no creer en nada. Si lo sos, no discutas ni la Fe ni la Iglesia.

Cada día que pasa, me convenzo más de que el silencio de Mateo y el hecho de que se haya vuelto invisible tiene que ser consecuencia de que mi padre, en alguna de esas cartas que le dejó, lo predispuso en contra de nosotros. Si lo hubiera hecho antes de morir, me habría dado cuenta: Mateo habría tenido una crisis temprana, se habría ido a vivir con él, nos habría enfrentado. Nada de eso pasó. Desde el momento en que Susana, la mujer que cuidaba a papá, mencionó esas cartas, supe que ahí había un peligro. Intenté encontrarlas, dediqué horas a buscarlas, pero no las pude hallar. Me dormí muchas noches angustiada, tratando de adivinar qué decían. Se habían convertido en una obsesión que no me dejaba dormir. Me inventaba un texto posible, me amargaba, lo tachaba en la mente y arrancaba con otro.

¿Qué le contó mi padre? ¿Cuánto? Y sobre todo: ¿para qué? Una crueldad sin sentido. El paso del tiempo había cerrado aquellas heridas; nunca voy a entender por qué mi padre se encaprichó, una y otra vez, en abrir nuevas.

Lo que tuvo que atravesar mi familia, no se lo deseo a nadie.

Lo que tuve que atravesar yo, menos aún.

2

Para todos, éramos "las Sardá". Pero Lía, Ana y yo no fuimos nunca las hermanas unidas que ese modo de nombrarnos hacía suponer. Siempre hubo dos bandos: el de ellas, por un lado; el mío, por otro.

Cuando nació Lía, yo era una niña de cinco años que vivía en esa casa como hija única. Y al poco tiempo de su nacimiento, me presentaron una hermana más, Ana. Fue casi natural que nos dividiéramos de esa manera. De algún modo, yo ya estaba instalada en la familia y ostentaba ciertos privilegios, mientras ellas empezaban a luchar para ganarse un sitio. Dicen que es entre hermanos donde los niños y las niñas se entrenan para afrontar las mismas dificultades y conflictos que les presentará la vida. Que en esa hermandad entrenamos el cariño, el compañerismo, la solidaridad, pero también los enojos, las traiciones, las ofensas, las peleas por ganar un lugar y conservarlo. Practicando con ellas, con Lía y Ana, aprendí a negociar, a defender mi opinión, a imponerme, a ganar o perder. Nuestra hermandad fue un campo de batalla.

Ana y yo éramos parecidas a mamá. Lía se llevó la peor parte: papá era un hombre interesante, atractivo, seductor, aunque de rasgos absolutamente varoniles. Tal vez por eso, por la rotunda masculinidad del rostro paterno, los rasgos de Lía se veían rudos, toscos, hasta groseros en una nena. Debe de ser difícil cargar con eso; a lo largo de nuestra infancia, he sentido muchas veces pena por ella. Estoy convencida de que allí reside el origen de algunas de sus actitudes antisistema: en el retraimiento al que la debe de haber condenado la mirada del otro. Cuando la fui a ver para averiguar sobre Mateo, treinta años después de la última vez que nos vimos, no me atreví a preguntarle si había podido formar una familia, si tenía hijos. Ella no lo mencionó, así que supongo que no. Pero reconozco que la encontré muy cambiada, los años suavizaron la dureza de sus rasgos, su mirada ya no era una daga que te clavaba en medio de la frente. Hoy Lía es una mujer que ostenta un rostro interesante, con carácter, difícil de olvidar. Más aún, podría decir que mi hermana, a sus casi cincuenta, es atractiva en su fealdad.

En cambio, mamá era una mujer hermosa, de una belleza clásica; y tanto Ana como yo tuvimos la suerte de ser, según dicen quienes nos conocieron, su fiel reflejo. Creo que nuestro parecido físico fue lo que hizo que Ana sintiera una constante necesidad de competir conmigo, como si hubiera querido llevar ese parecido al extremo. Me imitaba, hablaba con la cadencia de mi voz, se movía copiando la forma en que caminaba, quería ser yo. Y quería tener lo que yo tenía, lo que fuera: un vestido, la capitanía del equipo de deportes del colegio o Julián. A mí, Ana me tenía sin cuidado; por el contrario, daba la sensación de que ella necesitaba provocarme, medir fuerzas conmigo y vencerme en lo que fuera para afianzar su propia seguridad. Leí, hace mucho tiempo, que todos tenemos un sosias, alguien que no conocemos y que se nos parece demasiado; si un día, por azar, los sosias se encuentran frente a frente, alguno de los dos tiene que morir. Como si en el mundo no hubiera espacio físico suficiente para albergar a ambos. Ana y yo no éramos sosias, claro, porque nos conocíamos, vivíamos en la misma casa, sabíamos la una de la otra; pero, igual que en el caso de los sosias, era evidente la imposibilidad que teníamos —o que tenía Ana— de compartir el mismo espacio. Era una o la otra; si más allá de lo cotidiano coincidíamos en algún sitio, porque así Dios lo quería a pesar de nuestra voluntad, Ana forzaba, a quien fuera, a elegir entre ella y yo.

Aquella imposibilidad de estar juntas se hizo evidente cuando faltaba poco para el campamento que organizaba la parroquia cada verano, unos meses antes de la muerte de Ana. Durante el año, las dos habíamos convivido en los grupos de la iglesia manteniendo distancia. Ana no estaba en mi grupo. Yo me ocupaba de las chicas que iban a recibir la confirmación, y la menor de mis hermanas la había recibido hacía tiempo. Ella estaba en un grupo de jóvenes adolescentes católicas por el que también había pasado Lía, con mucho menos compromiso. Cuando la encargada de su grupo dijo que el siguiente verano no podría acompañarlas al campamento por problemas familiares, el padre Manuel me pidió que fuera yo. No tuve que pensarlo demasiado, de verdad me seducía la idea: me encantaba el lugar —al que había ido muchas veces en mi adolescencia—, me resultaba un desafío conducir un grupo de chicas de mayor edad que las que había liderado durante el año y, sobre todo, me atraía coincidir ese tiempo con Julián, con quien cada vez me entendía mejor, sin que aún nos hubiéramos revelado lo que sentía el uno por el otro.

Fue decirlo en casa, y que a Ana le agarrara un ataque de nervios. Empezó a los gritos en medio de la cena familiar, dijo que ése era su espacio, que yo no podía invadirlo, que siempre arruinaba lo que ella tenía. Buscó la complicidad de mis padres, pero ellos se mantuvieron neutrales, como solían hacer siempre. Mamá, porque decía que los problemas entre nosotras los debíamos arreglar solas, a pesar de que mis hermanas se quejaban de que, si ella no intervenía, yo era la eterna ganadora. Y qué culpa tenía si era más persistente, o voluntariosa, o astuta, o fuerte que ellas. Si lo era, merecía ganar. Las reglas que regían el mundo —al que nos enfrentaríamos después de entrenarnos en la hermandad— así lo establecían. Por su lado, creo que papá no se metía en nuestras batallas porque le parecían temas menores, discusiones triviales o peleas sin importancia. Se abstraía en sus pensamientos y dejaba que la discusión avanzara, llegara al pico y por fin se apagara, sin siquiera enterarse de por qué peleábamos. Papá vivía en su propio mundo y era feliz en ese lugar imaginario que construía con lecturas, mientras nosotros merodeábamos junto a él, en una vida familiar compartida, donde su espacio y su silencio infundían mucho respecto. "No molesten a papá, que está leyendo" o "No molesten a papá, que está pensando", son dos frases que escuché a diario en mi infancia y adolescencia. Si no hubiera pasado lo de Ana, mi padre habría muerto con honores, siendo lo que siempre quiso ser: un gran profesor de Historia, recordado y admirado por muchos, que hasta el último día leyó sin parar, siempre dispuesto a saber un poco más. Pero la muerte de su hija menor, de su "pimpollo", como él la llamaba, lo obsesionó de tal manera que lo convirtió en otro hombre y frustró cualquier destino posible que no fuera convertirse en un ser oscuro, empecinado en descubrir al culpable de un asesinato que nunca ocurrió. Aquella noche, Ana berreó de tal manera que papá intervino: "¿Qué es eso tan grave que no pueden resolver como hermanas?". Ni Ana ni yo respondimos a su pregunta. Ella, sin sacarme los ojos de encima, dijo: "Si vos vas, yo no voy". Y yo le contesté, llevando mi vista a la sopa humeante que estaba revolviendo con la cuchara: "No vayas". Imaginé que Ana estaría por explotar, conocía esos enojos, dejé pasar unos segundos y la miré otra vez: "¿No tenés una invitación para pasar el verano en el campo de la familia de Marcela? ¡Aprovechala!". Le sonreí, fue una sonrisa ácida, irónica, cargada de desprecio, y luego seguí tomando mi sopa como si nada. Ella se paró arrastrando la silla —algo que mamá detestaba— y se fue llorando a su cuarto. Lía intentó seguirla, mamá le ordenó que se quedara. "No vamos a hacer un drama donde no lo hay", dijo. De inmediato me miró a mí y agregó: "Van las dos, y seguro lo pasan estupendo. A tu pequeña hermana le gustan las escenas dramáticas, después se le pasa y se olvida. Debería estudiar actuación, sería una gran actriz". No sabremos si Ana habría sido, efectivamente, una gran actriz.

Ojalá ella no hubiera ido a aquel campamento. Allí fue donde empezó a gestarse el infierno al que nos vimos arrastrados poco tiempo después. Los primeros días, en Córdoba, casi no tuve relación con mi hermana. A pesar de que no había más remedio que estar el día entero juntas, yo la evitaba y ella me evitaba. El grupo era grande, y si quería darle alguna orden específica, por ejemplo, que fuera puntual cuando nos juntábamos a hacer la oración de la mañana —a la que Ana llegaba tarde, casi siempre después de que habíamos terminado el primer avemaría—, se lo decía al grupo en conjunto, como si todas hubieran cometido la falta. Aun tratándola así, elípticamente, se percibía una fuerte tensión. Sin embargo, con el correr de los días, Ana pareció haber bajado la guardia: festejaba algunos de mis chistes, participaba en conversaciones que yo proponía, y lo hacía sin forzar su rol de eterna opositora ante cualquier cosa que se me ocurriera. Noté en su mirada un destello, una luminosidad vivaz y pícara. No pude advertir a tiempo que lo que provocaba esos cambios en ella era, simplemente, que tenía un plan. La noche en que sufrí la fuerte migraña que no me dejó asistir al fogón, Ana se mostró amorosa conmigo, solidaria como nunca. Insistió en que me quedara tranquila, que descansara, que todo estaría bien. Su plan había encontrado, por fin, la oportunidad de ser llevado a cabo; y yo seguía ajena a su maniobra. Tuve fiebre esa noche, dormí hasta la mañana siguiente. Cuando volvieron las chicas del fogón, entreabrí los ojos y vi el grupo bullicioso, pero no llegué a darme cuenta de que Ana no era una de ellas.

Lo que pasó esa noche entre mi hermana y Julián prefiero no evocarlo; por otra parte, no lo supe hasta tiempo después. Al día siguiente tampoco noté nada en ella. Seguía alegre, como la había visto los últimos días. Quizás un poco más arrogante; me objetó una indicación que había dado y que no tenía la menor importancia. Tan poca importancia que, al rato de discutir, junto a la cancha donde los chicos estaban por empezar a jugar un partido de fútbol, me dijo: "¿Sabés qué, Carmen? Tenés razón, hagámoslo como vos decís". Y, esta vez, su respuesta no era una manera irónica de dar por cerrada la pelea, lo decía en serio. Luego se fue con sus amigas a animar a los chicos, y el día siguió su curso normal.

Por el contrario, sí noté que Julián se comportaba de manera extraña, hosca, con cierta lejanía; pero de ninguna manera sospeché que ese retraimiento tuviera que ver con que había tenido un encuentro sexual con Ana. Cómo sospecharlo. Pensé, en cambio, que tal vez había quedado resentido por el frustrado encuentro que habíamos tenido nosotros, junto al arroyo, la noche que nos besamos con desesperación para luego encerrarnos cada uno en sí mismo y, así, evitar que lo que sentíamos nos jugara otra mala pasada. Me dolía que fuera eso; yo quería que mantuviéramos nuestra amistad, todavía no me permitía desear que él no fuera sacerdote. Otra razón posible era que, con el correr de los días, simplemente, tanto joven a su cargo lo estuviera empezando a fastidiar. Y ésa era la hipótesis que me tranquilizaba. Estábamos sobre el final del campamento, y era comprensible que Julián ya tuviera ganas de irse a la paz del seminario. De cualquier modo, le pregunté si le pasaba algo, y me respondió: "Estoy agobiado, muy agobiado". "Son agotadores estos pibes, mucha hormona", le respondí yo, sin darme cuenta de cuál era el motivo de su agobio. "Mucha hormona", repitió Julián y bajó la mirada. No se me ocurrió que ese comentario fuera también aplicable a sí mismo.

De regreso, la vida siguió su curso normal. Aunque por poco tiempo, porque enseguida aparecieron las grandes definiciones. Julián dejaría el seminario. Nos casaríamos, formaríamos una familia, seríamos tan buenos católicos juntos que repararíamos cualquier culpa que él pudiera sentir por no haber cumplido con el llamado. Pero junto con las grandes definiciones, llegaron las obsesivas preguntas de Ana. Mi hermana me interrogaba acerca de Julián cada vez que me cruzaba. Yo estaba convencida de que ella sospechaba que pasaba algo entre nosotros. Que por qué él había desaparecido, que cuándo vendría a la parroquia, que dónde estudiaba. Se lo conté a Julián; estaba molesta pero no esperaba que la conversación terminara en nada trascendente, apenas compartir con él lo que yo ya sabía: que Ana me envidiaba. Para mi sorpresa, primero se quedó mudo, unos minutos eternos, y después me confesó, sin más, lo que había pasado en el campamento. El dolor fue brutal; después de oírlo, fue como si mi cuerpo hubiera quedado allí y yo estuviera viajando a otro planeta. Me contó cómo se le acercó Ana, cómo aprovechó la noche en que yo no estaba, sus métodos de seducción. También me habló de su propio deseo sexual que no supo controlar, que ese deseo se había despertado después de nuestro beso. Hasta tuvo la impertinencia de decirme que cuando estaba con ella, pensaba en mí. Fue una revelación devastadora en todo sentido. Quise pegarle, quise golpearlo hasta que le doliera. Cómo había podido, cómo se había atrevido a manchar aquello con lo que soñábamos. Pero más aún que pegarle a él, quise correr a casa y reventar a golpes a Ana, terminar las dos revolcadas por el piso, a las trompadas, en un duelo a muerte. La odié. Sentí asco. Sentí vergüenza. Y una profunda ira. Me fui a caminar, mi cabeza estaba en ebullición. Julián quiso retenerme, pero me deshice de él. Era consciente de que Ana, por esta única vez —una importante y decisiva—, me había ganado. ¿Esa victoria marcaba el final del encuentro? ¿O era apenas un resultado parcial? No podía responder a esas preguntas, estaba confundida, tenía una mezcla de sentimientos. Me dejé caer en un banco de la plaza donde me había citado Julián, pero muy lejos de él; desde mi lugar no podíamos vernos. Cerré los ojos. Necesitaba encontrar una explicación. A mi cabeza vinieron versículos del Génesis, que se me repetían sin solución de continuidad; no se trataba de un acto de la voluntad, sino de un acto reflejo. "La serpiente era más astuta que cualquiera de los animales del campo que Dios había hecho." "Y dijo a la mujer: '¿Así que Dios les ha dicho que no comieran de ningún árbol del huerto?'" "La mujer que me diste de compañera me dio de ese fruto, y yo comí." "Mujer, por lo que hiciste aumentaré los dolores cuando tengas hijos, y parirás con dolor." "Por eso, Dios sacó al hombre del Edén." Y en medio del Génesis, una frase que solía decir mi madre cuando nos peleábamos con mis hermanas: "Errar es humano, perdonar es divino". Mi padre la corregía en latín: "*Errare humanum est, sed perseverare diabolicum*". Yo prefería quedarme con la versión misericordiosa de mi madre. ¿Era capaz de perdonar como sentía que

Dios me lo pedía? ¿Era capaz de controlar mi orgullo, de curar la herida que Ana había hecho en mí, probablemente adrede, al acostarse con el hombre de quien yo estaba enamorada? ¿La culpa era de Julián o de Ana? ¿Quién era la serpiente? ¿Dejaría que Ana se saliera con la suya?

Recé con una entrega mayor que la que nunca había puesto en oración alguna. Por fin, volví adonde estaba Julián y le dije que enfrentaríamos esto juntos. Y que saldríamos adelante. Él lloró, parecía un chico. No lo abracé, ni le acaricié el pelo, ni lo acuné; sí dejé que echara su cabeza sobre mi regazo, pero sin tocarlo. Tampoco dejé que me besara. Mi virginidad, después de lo que me había contado, cobraba un mayor valor. Él lo sabía, y yo me encargaría de que lo tuviera presente. Necesitábamos tiempo; de a poco, a medida que Ana se fuera borrando, seríamos otra vez fuertes los dos, imbatibles, poderosos por el amor que sentíamos el uno por el otro, y por nuestro amor a Dios.

Cuando llegué a casa, no le dije nada a Ana, la ignoré. Y traté de no cruzármela. Era cuestión de dejar que los días corrieran, que Julián saliera del seminario, que ella aceptara que ya no habría nada entre los dos, que por fin él pudiera presentarse como mi novio oficial. A eso apostamos, pero nos faltaba una prueba más. Asumida la noticia de que Julián había tenido sexo con Ana, creí que no habría otros escollos que superar. Quedaba el peor: el embarazo de Ana. Lo supo Julián el día que ella se presentó en el seminario con la noticia. Lo supe yo unos días después, cuando él me lo contó. Ése sí pareció un golpe mortal. Me derrumbé. Recé, le pregunté a Dios por qué había dejado que pasara lo que pasó. Busqué una señal en el drama que él había puesto en mi camino. Si ese hijo nacía, se acababan mis sueños. Nuestros sueños. Julián y yo no podíamos intervenir, había una vida latiendo dentro del cuerpo de mi hermana, y ésa era la prioridad. Cuando todo parecía perdido, Ana tomó la decisión de no tener ese hijo. Y nosotros, lo reconozco con pesar y aunque ya lo hayamos confesado, nos sentimos aliviados. Para Julián y para mí, abortar es matar a un niño, jamás lo habríamos avalado, jamás la habríamos alentado a hacerlo. Pero la dejamos hacer, pecamos por omisión; porque, en el fondo, tal vez inconscientemente, creímos que era el único camino que nos haría salir del laberinto en el que nos había metido la propia Ana. Cuando ella empezó a vislumbrar esta opción, le advertí a Julián que la dejara llegar por sí misma a destino, que no opinara, que no asintiera, que la decisión fuera, sin lugar a dudas, de Ana.

Ayudé a encontrar un lugar donde mi hermana se pudiera hacer el maldito aborto. Era peligroso e insensato que ella anduviera preguntando por ahí dónde hacerlo, se podía enterar alguien, le podían contar a mamá, nuestro nombre habría estado en boca de todos, se hiciera finalmente Ana el aborto o no. Reduje cada daño que aparecía como pude. Los que no pude, los reparé. Frené a Julián en un momento crítico, cuando estaba por cometer un error descomunal: acompañar a Ana a ese lugar. "¿Cómo se te ocurre? ¿Y si alguien te reconoce? ¿Y si alguien los ve entrar juntos en un sitio así? Que corra el riesgo Ana es inevitable, ¿por qué vos también? No se inmolen los dos. Recemos a Dios para que, cuando ella entre en ese lugar, nadie le vea la cara."

Julián estaba perdido, angustiado, confundido; era capaz de cometer una equivocación tras otra. Eso me obligó a estar muy atenta, más pendiente del aborto de mi hermana de lo que habría querido. Cuando ella se lo hizo, pasé el día entero con él, lo acompañé en la iglesia con cualquier excusa; si bien el padre Manuel ya estaba al tanto de nuestra relación, había pedido discreción "extrema" y, por supuesto, nada sabía de lo que estaba por hacer Ana. Cuidé a Julián, lo llevé a caminar, le traje comida, lo hice comer. Era un zombi, detenido en el tiempo como en la mancha venenosa, sin poder hacer ningún movimiento hasta que todo pasara de una buena vez para, entonces, empezar de cero. Julián era incapaz de hacer ninguna otra cosa que no fuera esperar. Por fin, al mediodía Ana lo llamó para avisarle que ya estaba hecho. Y, al rato, para reclamarle que estuviera con ella: decía que no se sentía bien. Era un reclamo inútil. ¿Qué pretendía? ¿Que Julián fuera a mi casa? ¿Presentarse ella en ese estado en la parroquia? Lo convencí de que se quedara tranquilo, que yo iría a verla y que, sin que Ana sospechara que estaba al tanto de nada, me aseguraría de que estuviera bien y que no diera pasos en falso.

Eso hice. Cuando llegué a casa, Ana estaba encerrada en el cuarto que compartía con Lía. Abrí la puerta con cuidado; dormía. Estaba sola y estaría sola lo que quedaba del día: nuestra hermana, que había empezado los exámenes en la facultad, se quedaba a dormir en Buenos Aires, en casa de una compañera, por el resto de la semana. "La ida y vuelta en el tren le quita muchas horas de estudio", me dijo mamá. No me interesaba nada de lo que mamá me contara acerca de Lía y sus exámenes, pero sí saber cuáles serían los movimientos de la casa. Esa noche, Ana no bajó a cenar. Me ofrecí a alcanzarle la comida. Cuando fui, dormía; se la dejé a un lado, por si despertaba en la madrugada con hambre, y me fui a dormir también.

Al día siguiente, Ana faltó al colegio. Me pareció razonable, tampoco era una pavada lo que había hecho y, si se sentía mal, era mejor que no anduviera por ahí llamando la atención. Yo fui a mis clases y regresé después del mediodía. Me quedé toda la tarde atenta a los movimientos de Ana, oí que fue varias veces al baño. Mamá me comentó: "Parece que la regla le vino fatal este mes". Y yo asentí. Pasada la media tarde, Ana tomó un té que mamá le llevó a su cuarto, se quedó con unas tostadas para comer un poco más tarde, y le dijo que, si no bajaba a cenar, la dejara descansar hasta el día siguiente; que necesitaba dormir para reponerse. Parecía que todo, por fin, comenzaba a calmarse. Supuse que habíamos entrado en el tiempo de su recuperación, en algún momento Ana tenía que empezar a sentirse bien y volver a su vida normal. Y yo, a la mía.

Sobre el final del día, llamé a Julián para que se quedara tranquilo; no lo hice por él, por aliviarle la espera, sino por temor a que la falta de noticias lo llevara a cometer un acto imprudente. Le dije que había sido una buena tarde, que Ana seguramente dormiría hasta el día siguiente, y que él debería hacer lo mismo. Antes de que anocheciera, yo tenía que ir a buscar unos libros a la casa de una compañera en Burzaco. Pensaba ir y volver en un santiamén, pero el colectivo demoró, la lluvia había convertido la avenida en un caos, y me tomó más de una hora completar el trámite. En ese tiempo fue que Ana llamó a Julián a la parroquia y lo encontró justo cuando salía para el seminario. Él no tuvo cómo ubicarme, así que tomó sus propias decisiones. Ante los ruegos de mi hermana, Julián la citó en la iglesia. Mientras ella llegaba, fue a buscar la camioneta del negocio de su padre porque, si la situación era de la gravedad que Ana le trasmitía, tendría que llevarla a un hospital. Julián no quería que fuera atendida en ninguno de la zona, tanto para cuidarla a ella, como para preservarse él: era un riesgo cruzarse con alguien que pudiera reconocerlos.

A esa altura de la tarde, casi de la noche, mientras yo, a unos kilómetros de allí, recibía los libros que necesitaba para preparar un trabajo sobre los últimos leccionarios aprobados por asambleas episcopales latinoamericanas, Ana moría en el banco de nuestra parroquia, San Gabriel, a unas cuadras de casa. Se iba de este mundo como unas horas atrás lo había hecho el bebé que llevaba dentro. Demasiado dolor tendríamos que tolerar, todos. Julián y yo más que nadie, porque sabíamos. Pero en aquel momento, ajena a lo que acababa de pasar, cuando volví a casa, fui hasta el cuarto de Ana a cumplir con mi tarea de observar que todo estuviera bien. Aunque me preocupó mucho que ella no estuviera allí, no quise preguntarle a mamá si sabía adónde había ido. Llamé a Julián a la parroquia, atendió el padre Manuel, y corté. Llamé a su casa y pregunté por él, no estaba allí tampoco. Al seminario no me atrevía a llamar. No sabía qué más hacer, iba por mi casa de un lado a otro hecha una pila de nervios. A cada rato, desde el ventanal del living, miraba hacia la calle con la ilusión de que Ana apareciera. Cuando mamá anunció que iba a ir al cuarto a dejarle comida, le recordé que ella había pedido que no la molestara, que a esa altura era mejor dejarla dormir que obligarla a comer. Mamá estuvo de acuerdo y anunció que en un rato serviría la cena para nosotros. Fui hasta la ventana y corrí la cortina una vez más, con la esperanza de que Ana regresara. Mamá me preguntó: "¿Qué mirás tanto?". "Si para de llover", mentí con rapidez, "mañana tengo muchas cosas que hacer y si llueve, se me va a complicar el día". Y mientras decía "se me va a complicar el día", vi cómo avanzaba por la calle la camioneta de Julián y estacionaba frente al portón de entrada. Era una situación inaudita, Julián nunca había venido a casa; si se encontraba allí, era que algo fuera de lo común estaba sucediendo. Mi madre gritó desde la cocina: "¿Venís a comer con tu padre y conmigo?". Tomé un paraguas y, de camino a la puerta, le grité: "No, mamá, voy a lo de Adriana a buscar un piloto que me dejé en su casa; cenen tranquilos, tal vez yo como algo allá con ella". Y sin esperar a que mi madre agregara palabra, salí.

Julián estaba al volante, su cara no trasmitía nada; estaba ausente, perdido, en otro sitio. Jamás lo había visto antes en ese estado. Abrí la puerta del auto. "¿Qué pasa?", pregunté. Él se largó a llorar sin control, de una manera aún más desbordada que cuando lloró en aquella plaza el día que me contó acerca de Ana. No podía hablar, casi no podía respirar. Me metí dentro de la camioneta. Lo abracé. "¿Qué pasa?", volví a preguntar. "Está muerta, Carmen, Ana está muerta." Lo abracé más fuerte. "¿Qué decís?", pregunté atónita. "Muerta", repitió, "se murió". Y se puso a golpear con los puños el volante. Yo también lloré, los dos estábamos verdaderamente quebrados, nunca se nos había cruzado por la cabeza que Ana pudiera morir por un aborto. Intenté calmar a Julián, pero tampoco me resultaba fácil. No me atrevía siquiera a decirle que moviera de allí la camioneta; mi padre o mi madre podían asomarse por la ventana con cualquier excusa, y no quería que nos vieran. Julián no parecía en condiciones de manejar, no me explicaba cómo había podido llegar hasta mi casa. "¿Dónde la dejaste?", le pregunté. "No la dejé", respondió y miró hacia atrás. No entendí. "No la dejé, está en el baúl. No sabía qué hacer, estaba muerta en la iglesia, me espantó la idea de que alguien la pudiera encontrar". Traté de asentir, de apoyarlo en su decisión, por más que el hecho de saber que el cuerpo de mi hermana muerta estaba a unos metros de mí, dentro de ese auto, me produjera náuseas. "Sí, mi amor", dije, "quedate tranquilo". Él siguió: "Si alguien se da cuenta de que se hizo un aborto, puede atar cabos hasta llegar a que el padre de ese chico era yo, ¿entendés, Carmen? Ana me dijo que no le contó a nadie, me lo juró. ¿Pero si sí lo hizo? A lo mejor necesitó contarlo. A lo mejor lo escribió en un diario". La idea de que Ana llevara un diario donde hubiera escrito acerca de Julián y el embarazo me aterró más que su cuerpo muerto detrás de mí. Pensé unos segundos antes de responder, y luego lo hice con la mayor calma y contundencia que pude: "Hiciste bien, mi

amor, hiciste bien". Le besé la cabeza. Anoté mentalmente, "encontrar ese supuesto diario". Hice un esfuerzo por no imaginarme el cadáver de Ana metido en la
cabina del furgón. Me obligué a figurarme esa camioneta con la misma carga de siempre, llena de televisores,
lavarropas, cocinas, heladeras, como cada día. Teníamos
que lograr que nuestros días volvieran a ser como cada
día. Pelear contra la adversidad a capa y espada, una vez
más. Y para eso, había que encontrar, donde fuera, la
fortaleza necesaria.

"Arrancá, Julián", le dije, "yo te voy a ayudar".

3

Yo no sabía cómo olía la sangre. Esa noche, supe: huele a metal. Quien cree que puede predecir el olor de litros de sangre de antemano se equivoca; ni la menstruación, por más abundante que sea, ni una herida, por más profunda que sea, huelen como olía la sangre de Ana.

La idea nunca fue cortar su cuerpo; pero llovía, entonces no quedó otro remedio. En realidad tampoco se trató de una "idea", sino de improvisación, de decidir y de actuar ante un hecho consumado. Hicimos lo que pudimos; si salió bien, fue porque así Dios lo quiso y no porque nuestro plan haya sido inteligente ni el método apropiado. "Aparta de mí esa copa, pero hágase tu voluntad." Estoy segura de que hoy, con lo que ha avanzado la ciencia, de nada habría servido tanto esfuerzo para ocultar el aborto de Ana. En pleno siglo XXI, con el uso del ADN en cuestiones forenses, todo salta a la luz. Treinta años atrás y en la Argentina —en el conurbano bonaerense, para ser precisa—, no. Reconozco que con Julián fuimos inconscientes y que nos ayudó la impericia de quienes trabajaron en el caso. También, que el padre Manuel haya hablado primero con el comisario a cargo y luego con el juez de la causa para pedirles —"como buenos católicos"— celeridad y discreción "por respeto a la familia de la víctima". Sé que intercedió, porque él mismo le confirmó a Julián que hizo esa gestión por nosotros. El padre supo, bajo secreto de confesión de Julián, que Ana había muerto en un aborto; rezó por ella y pidió a Dios que la perdonara. Cuando fui a confesarme con él, unas semanas después, lo hice entre lágrimas: "Debí detener a Ana, no debí permitir que matara a ese niño". Él me consoló y me dijo: "Dios es pura misericordia y perdona a quien se arrepiente, tenés la suerte de poder arrepentirte en vida. Tu hermana no pudo". La noche en que murió Ana, después de estar varios minutos delante de casa con su cadáver en el baúl, por fin convencí a Julián de que pusiera en marcha la camioneta y arrancara. No fue fácil, seguía en estado de *shock* y el auto se le detenía, sin motivo aparente, cada dos o tres minutos. Yo no podía manejar, entonces no sabía hacerlo; aun sin haber conducido un coche en mi vida, no tengo dudas de que lo habría hecho mejor que él. Los dos estábamos devastados por la muerte de Ana y por las circunstancias que la rodeaban; pero la pena en Julián se convertía en desconcierto y confusión, en cambio en mí se trasformaba en un desapego que me permitía mirar con cierta distancia. Fue como si el dolor me hubiera anestesiado y así, alejada, desconectada emocionalmente, actuaba olvidando por completo que lo que cargábamos en el baúl era el cadáver de mi hermana. A los tumbos, fuimos avanzando por las calles empedradas de Adrogué, sin destino, sin saber qué íbamos a hacer ni a dónde llevábamos ese cuerpo. Durante las primeras cuadras, permanecimos en silencio. Julián, concentrado en conducir; yo, con la vista clavada al frente, en lo que aparecía a través del parabrisas. Era una noche desapacible, hacía rato había oscurecido y caía una llovizna tupida y constante. Los neumáticos, rodando sobre el empedrado mojado, hacían un chirrido que todavía hoy, cuando lo oigo, me recuerda a aquella noche. "Nadie se tiene que enterar de que Ana murió por un aborto", dije, por fin, cuando Julián dobló por la avenida, y el empedrado cambió por asfalto. Él no respondió, sino que empezó a llorar otra vez. "Nadie", volví a decir con firmeza, ignorando su llanto. Y luego le indiqué que condujera hasta el kiosco frente a la estación. Le pedí plata antes de bajar, yo había salido apurada y no llevaba más que el paraguas conmigo; por suerte, Julián traía su billetera. Bajé y compré una caja grande de fósforos. Y cigarrillos; no fumaba ni pensaba fumar, pero no quería dejar ninguna pista que alguien pudiera seguir y así llegar a nosotros. Cuando regresé al auto, le indiqué a Julián que arrancara; no le di una dirección, no me la pidió, seguimos conduciendo a la deriva. Sin embargo, yo ya tenía un plan. Por el momento, no quería ir a ninguna parte, sino que pasara el tiempo, que cada vez se cerrara más la noche, y que nadie en Adrogué anduviera por la calle cuando, por fin, necesitáramos estar solos para deshacernos de Ana. Ni bien percibí que Julián empezaba a tranquilizarse —al menos había dejado de llorar—, le expliqué los pasos a seguir: llevar el cuerpo al terreno baldío que estaba unas cuadras más allá de la parroquia y una vez ahí, quemarlo, hacerlo arder hasta que nadie pudiera encontrar una pista de aquello que había matado a mi hermana. Julián hizo todo lo que le pedí; estaba perdido, pero entregado a mis indicaciones. Cuando ya no se veía un alma por la calle, nos dirigimos al destino. De cualquier modo, me cercioré otra vez de que no hubiera gente merodeando por la zona; era muy tarde, y con ese clima resultaba difícil que algún vecino se aventurara a salir de su casa. El lugar elegido era un potrero abandonado a su suerte por problemas de sucesión desde hacía años, que algunos chicos usaban para jugar a la pelota, y algunos grandes, como basural. Cada tanto, había quien hacía fogatas en el terreno, cuando el pasto crecía mucho, cuando la basura acumulada empezaba a dar mal olor, o las ratas pasaban a las casas vecinas. Así que el fuego no iba a llamar la atención de nadie. Estacionamos, bajamos y abrimos la puerta trasera de la camioneta. Ver a Ana muerta me conmovió; una cosa era pensar en su cadáver, otra muy distinta tenerlo frente a mis ojos. Estuve un rato mirándola, sin poder hacer nada. Julián la había acomodado sobre unas frazadas que usaban en el negocio para proteger productos delicados, electrodomésticos que podían rayarse al ser trasportados. Pero no la había tapado. Ese rostro inerte ya no era Ana, la mueca rígida en los labios nada tenía que ver con su sonrisa. Cuando pude reaccionar, la envolví con los bordes de la frazada y luego le dije a Julián que la llevara. Él se la puso al hombro, como si cargara una alfombra enrollada, y se metió en el potrero. Me quedé un instante allí, en la vereda, verificando que nadie anduviera por la zona. Luego entré y le pedí a Julián que estacionara la camioneta a unas cuadras: para cuando apareciera el cadáver, era mejor que ningún vecino hubiera visto el transporte de Electrónicos Varela estacionado frente a aquel lugar. Intenté prender la frazada que envolvía Ana con los fósforos que había comprado. Encendí varios, uno detrás del otro. No fue fácil, el piso estaba mojado y seguía cayendo agua. La frazada ardía y al rato se apagaba. Cuando volvió Julián, lo mandé de regreso a la camioneta a embeber en la nafta del tanque algún trapo que encontrara: un pañuelo, una franela, un pedazo de otra frazada. Mientras tanto, seguí tratando de hacer que el cuerpo de Ana se quemara, con poca suerte. El cabello encendió enseguida, el olor a pelo chamuscado me resultó intolerable. Pero ninguna otra parte del cuerpo ardía el tiempo suficiente, y al rato se apagaban las pocas llamas que había. Dos o tres minutos después, Julián estuvo de regreso y me entregó una franela embebida en nafta. La puse sobre el regazo de Ana y la encendí. Ardió más que la frazada, aunque otra vez la lluvia y un viento que acababa de levantarse la apagaron. Empezaba a aceptar que iba a ser imposible hacer arder el vientre y las partes íntimas de mi hermana hasta el punto que nadie pudiera dilucidar si lo que pasó por su cuerpo había sido un aborto, una violación, una práctica sexual de riesgo o qué. Se me acababan los recursos. Tenía que encontrar un plan "B". Se lo dije a Julián y se puso a llorar como un niño. "Pensá, Carmen, pensá, algo se te tiene que ocurrir", dijo entre sollozos, declarándose inútil, dejándome toda la responsabilidad a mí. Y yo pensé, busqué alternativas con desesperación, la cabeza me trabajaba a toda velocidad, pero nada de lo que se me ocurría me cerraba. La única manera que me parecía razonable de hacer desaparecer los rastros del aborto era que el cuerpo de mi hermana ardiera. Y no se me ocurría ningún lugar cerrado adonde lo pudiéramos trasladar para luego hacer una fogata bajo techo, sin que con eso llamáramos la atención de todo el mundo ni, mucho menos, provocáramos un incendio. Si bien me entregaba a su designio, no terminaba de entender qué me quería decir Dios con tanta adversidad. "No era necesario que permitieras que ardiera el cuerpo entero, Dios mío, pero sí, al menos, que el trapo embebido en nafta hubiera logrado encender ese trozo", me encontré diciendo un rato después con los ojos clavados en el vientre de Ana. Y al decir "trozo" se produjo una epifanía, por fin vi con claridad. Lo que tenía que hacer era llevar el pedazo del cuerpo de Ana que necesitaba calcinar a mi horno de cerámica. Ese horno levantaba temperaturas indicadas para achicharrar lo que fuera; sin dudas, tanto o más que una pira crematoria. Tendría que hacerlo con cuidado, no quería que su cuerpo se convirtiera en cenizas, sino que se quemara de modo que no se supiera qué le había pasado a mi hermana. Sólo eso. Claro que Ana no entraba toda ahí. El horno tendría apenas medio metro de ancho. Lo había comprado porque creí que la cerámica —barro, arcilla o porcelana— era la práctica artística que me interesaba. Al tiempo, la abandoné, cuando me entusiasmé con hacer esculturas de metal de santos, ángeles o vírgenes, que luego pudieran ser exhibidas en el patio de alguna iglesia. Primero invertí en el horno y luego, con el afán de trabajar el cobre o el hierro, entregué mi aguinaldo entero a cambio de una amoladora inalámbrica de última generación. Calculé a ojo el pedazo de Ana que podría entrar en mi horno. Si cortaba en el cuello, que es una zona donde naturalmente es más fácil el corte, y en las articulaciones de las piernas, quedaría su tronco limpio para transportar y meter adentro sin dificultad. Solo tres cortes: cabeza, una pierna, otra pierna. No hacía falta trozar los brazos, no se trataba de cortar por cortar; con cruzarlos por delante, si el rigor del cuerpo muerto lo permitía, o acomodarlos a cada costado, bastaría. No tenía dudas de que el trozo que imaginaba entraría en mi horno. Le conté la idea a Julián. Primero se opuso y a los gritos; tuve que calmarlo de una cachetada, no podía permitir que nos descubrieran por su escandaloso ataque de nervios. Gritaba que le resultaba "aberrante", "monstruoso" cortar en pedazos a Ana. A mí también, ¿o qué se creía? No se trataba de descuartizar a mi hermana por placer, como puede hacer un psicópata que disfruta en cada corte. Ni tampoco se trataba de cortarla para tapar un crimen, como puede especular un asesino. Se trataba, sí, de ocultar por qué murió, una muerte que no habíamos provocado nosotros, pero cuyo motivo, de salir a la luz, sólo traería más dolor. Trozarla era, simplemente, una cuestión práctica. "¿Y qué otra alternativa se te ocurre?", le pregunté a Julián cuando se recuperó de mi cachetada. No respondió. "¿Ves?", dije, y al rato agregué: "No es Ana, tenés que pensarlo así. Ana ya no está". Julián siguió sin contestar, agachó la cabeza y, falto del valor suficiente, clavó la vista en sus zapatos para no mirar el cuerpo de mi hermana envuelto en frazadas. "Eso que vemos es apenas su envase, la parte menos

311

importante de lo que somos, lo que se deshecha cuando nos vamos. ¿Estamos de acuerdo?", le pregunté para obligarlo a responder. Julián asintió con la cabeza sin mirarme. Yo seguí: "Está muerta, Ana ya se fue. Ya se fue, mi amor". Recién ahí, cuando dije "mi amor", Julián pareció reaccionar: levantó la vista, me miró, dio unos pasos hacia mí y me abrazó. Luego, me dijo al oído: "Yo no puedo hacerlo, no voy a poder". Sin deshacerme de su abrazo, le respondí: "Lo voy a hacer yo". Tapamos el cuerpo de Ana, fuimos a la camioneta y nos dirigimos juntos a mi casa. Ninguno de los dos podía quedarse de campana: Julián tenía que manejar, yo tenía que ir a mi taller a buscar la amoladora. No nos preocupaba que alguien entrara al baldío y descubriera el cuerpo de Ana: conocíamos a nuestros vecinos, eso era prácticamente imposible hasta que parara de llover y se hiciera de día. Pero rezamos a Dios para que no se acercara ningún animal a husmear debajo de la frazada. Nos pusimos en marcha, otra vez el chirrido de las ruedas sobre el empedrado. Llegamos en unos pocos minutos. Mi casa estaba completamente a oscuras. Supuse que mis padres ya se habrían acostado a dormir. Con seguridad, y para nuestra fortuna, aceptaron que Ana seguía durmiendo en su cuarto, hasta recuperarse de lo que mi madre creyó que era la regla, de otro modo habrían estado despiertos y alertas esperando que su hija pequeña regresara. A mí y a Lía, desde que habíamos terminado el colegio, ya no nos esperaban cada día; sabían dónde estábamos y respetaban una merecida independencia. Yo había mentido que iría a buscar un piloto y volvería tarde, Lía dormía por segunda noche

312

consecutiva en lo de una amiga de la facultad. Si Dios quería, no tenían motivo para estar despiertos. Y Dios quiso. Le dije a Julián que fuera a dar una vuelta a la manzana mientras buscaba la amoladora. Justo cuando la camioneta aparecía por la esquina, yo cerraba otra vez la puerta de calle con mi carga a cuestas. Volvimos al terreno, corrimos la frazada. Le pedí a Julián que fuera a la calle a hacer de campana; no me parecía necesario controlar que nadie viniera, pero tenerlo ahí, a mi lado, a punto de desmayarse frente a lo que estaba por presenciar, era peor que hacerlo sola. Me paré a la altura del cuello de Ana, una pierna a cada lado de su cabeza, mirando sus pies, de manera de que su rostro quedara detrás de mí y no tuviera que verlo. Encendí la máquina, el disco diamantado empezó a girar. Acerqué el filo al cuello de Ana y lo apoyé sobre ella. Enseguida empezó a salir sangre. Abrí las piernas para no mancharme; fue imposible, ya resolvería después cómo deshacerme de esa ropa. Hundí la máquina en el cuello de mi hermana. Pasé la resistencia que opusieron sus huesos y seguí hasta que la cuchilla dio contra la tierra, del otro lado. El olor metálico de la sangre se me metió en la nariz. Di pasos torpes, con una pierna a cada lado de su cuerpo, dejando atrás su cabeza, sin mirarla aunque Ana ya no estuviera allí. Me agaché y desprendí su pantalón chamuscado, lo bajé hasta dejar al descubierto sus ingles. Al hacerlo, recorrí las piernas de Ana con la mirada y me llamó la atención ver que llevaba sus botas puestas. Por qué no. Las botas de una muerta. Las botas de mi hermana muerta. Sacudí la cabeza, volví a mi tarea. Ana estaba mojada y fría, el calor del frustrado fuego no la había encendido. El suyo era el frío de la muerte. Corté una pierna y luego la otra. Otra vez la sangre, otra vez los huesos haciendo resistencia, otra vez la cuchilla del otro lado de su cuerpo hasta hacer tope con el terreno. Ana, en pocos minutos, era trozos. Le quité la bombacha junto con el apósito ensangrentado y me los metí en el bolsillo, me dio mucho asco hacerlo, pero sentí temor de que en esa sangre hubiera restos del bebé abortado. Me acerqué hasta donde estaba Julián, le pedí que fuera al negocio a buscar plásticos para envolverla. Lo esperé allí. El olor a sangre ahora sí podía atraer a algún perro; tendríamos que tapar las partes de su cuerpo hasta nuestro regreso. Corrí el trozo que iba a llevarme hacia un costado, de manera que quedaron en línea la cabeza y las piernas con un espacio vacío en medio. Preparé el trozo que cargaría conmigo, evitando mirar el resto del cuerpo. Eso no era Ana, ni lo que yo manipulaba ni lo que quedaba. Levanté el tronco y lo sacudí para que terminara de salir la mayor cantidad de sangre posible, primero agitándolo boca arriba, luego boca abajo. Los brazos hicieron movimientos poco convencionales, impredecibles; de todos modos preferí dejarlos adosados a practicar nuevos cortes. Cuando casi ya no chorreaba, lo llevé hasta la entrada del baldío. Justo en ese momento, Julián bajó de la camioneta con dos rollos de plástico para embalar. Le pedí que fuera a tapar las partes que quedaban; pero cuando vio el tronco con los brazos, tuvo un vahído y vomitó. Era imposible contar con él para algunas tareas, le indiqué que subiera al auto otra vez. Desenrollé un poco de plástico, puse el tronco de Ana encima, y lo hice girar como si fuera un matambre. Cuando estuvo listo, le avisé a Julián. Metimos el trozo y el rollo en el furgón. Fui donde estaban los otros restos de Ana, desplegué el otro rollo de plástico sobre ellos. Busqué unas piedras para hacer peso y que el viento no lo volara. Y cuando estuvo todo listo, fui a la camioneta y volvimos a casa. Esta vez, le pedí a Julián que bajara conmigo. Eran casi las dos de la mañana, mis padres no se levantarían. En cualquier caso, él debía permanecer en la puerta del depósito donde estaba mi taller y si venían mis padres, avisarme. La excusa que fuera para justificar por qué estaba allí habría sido preferible a explicar qué estábamos quemando ahí dentro. Llevamos juntos el trozo hasta el horno y luego Julián salió. Desenvolví el paquete que había hecho, le quité la ropa que todavía llevaba puesta y la arrojé sobre los plásticos; metí el torso de Ana en el horno, lo acomodé, tuve que forzar la posición de los brazos para que quedaran dentro. No fue fácil, ese cuerpo ya no respondía a las órdenes que quería darle. Encendí el horno, lo puse a la máxima temperatura, 1200 grados, y esperé. Al poco rato, el olor a carne quemada fue más intolerable que el de la sangre de Ana. Me senté en el piso y lloré. Recé y pedí fuerzas. Controlé cada tanto abriendo la puerta del horno, me tapé la nariz con el brazo cada vez que lo hice. Repetí el control cada cinco minutos hasta que ese tronco tomó la forma de un pedazo de carne carbonizada de procedencia indeterminada. Me resulta imposible precisar cuánto tiempo estuve allí, junto al horno, contemplando la calcinación del cuerpo de mi hermana; puede haber sido poco rato, pero lo sentí una eternidad. Le pedí a Julián que se llevara los

315

restos de plástico, la ropa de Ana, y que trajera otra frazada. Hice caer el tronco sin tocarlo, empujándolo con
una pala de jardinería de papá que estaba en una esquina del depósito. El humo que salía de la carne chamus-
cada indicaba que pelaba de tan caliente. Lo envolví en
la frazada. Le dije a Julián que lo llevara a la camioneta
mientras yo recolectaba basura para poder simular que
en ese horno se había quemado alguna otra cosa diferente del tronco de mi hermana; no había que descartar
que alguien hubiera percibido el olor, y que, al día siguiente, yo tuviera que responder preguntas incómodas. Busqué unos cacharros de arcilla sin terminar que
había dejado abandonados hacía tiempo, cuando empecé con los metales. Le puse la basura adentro. Si alguien preguntaba, inventaría algún procedimiento artístico de vanguardia que justificara mezclar arcilla con
porquerías orgánicas. Encendí el horno cinco minutos
y luego lo apagué. Me uní a Julián, que me esperaba en
la camioneta. Llevamos el tronco que fue de Ana al
baldío, lo cargamos juntos hasta depositarlo donde estaban la cabeza y las piernas. Corrimos el plástico que
cubría lo que había quedado en aquel terreno. Acomodé el tronco en el centro para que se completara el espacio vacío. No había ni perros ni ratas, solo dos piernas y
una cabeza que esperaban la pieza que faltaba. Por fin
nos fuimos a descansar y a esperar que encontraran el
cuerpo de Ana. Julián se encargaría de llamar por la
mañana a la comisaría, no se identificaría, sería un
llamado anónimo, indicaría el lugar exacto donde ha-
llarla. En el trayecto hasta mi casa, le hice jurar que se
desharía de los plásticos, la ropa de Ana, las frazadas

manchadas de sangre y lo que llevaba puesto, como yo lo haría con mi propia ropa y lo que había guardado en el bolsillo. Y que lavaría la camioneta ni bien la llevara al garaje del negocio. Entré en mi casa; me dolía el cuerpo como si hubiera peleado con alguien y todavía siguiera sintiendo el estallido de los golpes contra mí. Por la ventana, vi alejarse la camioneta de Julián. Fui a mi cuarto sin encender ninguna luz, haciendo el menor ruido posible. Me acosté en mi cama. Sabía que esa noche nadie dormía en el cuarto de al lado. Aunque cerré los ojos y no volví a abrirlos, no pude conciliar el sueño. Había hecho lo que tenía que hacer, no me hacía reproches ni sentía culpa. Sin embargo, mi cuerpo estaba impregnado del olor de la sangre de Ana mezclado con el de su carne quemada. Cada tanto, cuando parecía que estaba por dormirme, en el filo de un sueño, la cuchilla vencía los huesos y yo me despertaba, sobresaltada, como si me hubiera caído en un pozo. Muy temprano a la mañana, escuché a mamá decir que Ana no estaba en su cuarto, y a papá responderle que llamara a la casa de sus amigas. Pero antes de que llegaran a hacerlo, sonó el teléfono; era la policía para anunciar que había aparecido el cuerpo de Ana quemado y descuartizado. Mi madre, entre gritos de dolor, repetía lo que le decían del otro lado de la línea: que lo habían encontrado en un baldío por un llamado anónimo. Julián había cumplido con su parte de la tarea a la hora convenida, y eso me alegraba; no quería que se extendiera la angustia de mis padres porque Ana no aparecía. Cuanto antes se iniciara el duelo por mi hermana, mejor. Los gritos de mamá me dieron el pie para salir de mi cuarto.

317

Mi padre me abrazó y me dijo llorando: "Mataron a Ana". Yo me quedé abrazada a él y me puse a llorar descontroladamente. No podía respirar, creí que iba a desmayarme. Empezaron a llegar vecinos que se iban enterando de la noticia. Alguien le avisó a Lía, que llegó cerca del mediodía. La vecina de enfrente dijo que ella había sentido olor a carne quemada, "como cuando queman cadáveres en una morgue". Pero nadie le creyó porque "al cuerpo lo quemaron pasando la iglesia, cinco o seis cuadras después, no puede haber llegado el olor hasta acá". Y la mujer se terminó convenciendo de que lo habría soñado o que su percepción se debía a una conexión paranormal con mi hermana muerta. Nadie preguntó por los potes de arcilla que estaban en mi horno.

Dios quiso, esta vez quiso. No apartó de mí esa copa, pero yo hice su voluntad, no la mía. Nada más que su voluntad.

Epílogo: Alfredo

La violencia religiosa es diversa y multiforme.
JEAN-PAUL GOUTEUX,
Apología de la blasfemia

Querida Lía, querido Mateo:

Si están leyendo esta carta, es que se encontraron y decidieron hacerlo. Pensarlos juntos, a pocas horas de mi muerte, me pone feliz. Tan feliz que lloro sobre este papel en blanco que se va llenando de palabras.

Descarto que, a esta altura, habrán leído las cartas que iban dirigidas a cada uno de ustedes en forma individual. Ya tendrán tiempo si, como fantaseo, construyen una relación familiar amorosa y sólida, de compartirlas. Me despaché a gusto cuando las escribía, así que sepan disculpar la sensiblería de este señor mayor. Sensiblería de la que, por otro lado, no me arrepiento. Nos habían quedado algunas conversaciones pendientes, traté de continuarlas, pero verán que tampoco concluyen en esas cartas. Quién les dice, a lo mejor algún día volvemos a conversar. Y si ustedes, mis queridos ateos, después de leer la oración anterior se quieren reír de mí, adelante, que la risa nos salva más que cualquier religión.

Me quise reservar esta última carta para hablar de tres asuntos que quiero que abordemos juntos, como si yo estuviera allí, conversando con ustedes: la muerte, el amor y la fe.

Empiezo por la muerte. Y, en concreto, por la muerte de Ana, algo que ha perturbado a nuestra familia durante treinta años. Hoy, a poco de morir, sé qué le pasó a mi hija, la menor, la pequeña. Ana, mi pimpollo. Nuestra Ana. Luego de buscar, durante años y con desesperación, la respuesta a la pregunta de quién mató a Ana y por qué, encontrar la verdad supuso un dolor aun mayor que el que pude haber imaginado. Es por eso, por este nuevo dolor que se ha sumado al que siento desde el día en que ella murió, que me pregunté una y otra vez si debía trasmitirles o no esa verdad. Me lo sigo preguntando ahora mientras escribo; me lo preguntaré con esta carta ya escrita, en el momento en que sienta que abandono mi cuerpo. Sin embargo, ¿quién soy yo para negarles a ustedes la verdad? ¿Quién soy yo para dejar que sigan viviendo en la duda y en la mentira, con el afán de evitarles un nuevo dolor? La verdad que se nos niega duele hasta el último día. La que se revela, no lo sé; porque a mí me dieron un corto plazo entre esa revelación y mi propia muerte. Siempre supe que lo que padezco es una enfermedad terminal, aunque tenía la ilusión de que habría tiempo por delante. Y justo cuando decidí que no había otro camino que contarles lo que sé, el médico me confirmó que me quedaban semanas de vida. Entonces, a punto de hablar, me sentí egoísta. Yo calmaré este dolor en breve, cuando me muera. Todas las penas se irán conmigo. La anterior, de cuando no sabía; la actual, ahora que sé. En el momento en que estén leyendo esta carta, yo ya no sufriré por Ana. Pero para ustedes, ¿cuál de las dos penas será más tolerable?

Queridos míos, sólo puedo imaginar entregarles la verdad si están juntos. Sé que los dos se van a necesitar para poder hablar de lo que pasó, para aceptar lo irremediable de los hechos y, ahora sí, para empezar una vida nueva. Más allá del dolor, esta verdad les tiene que servir para que la herida cicatrice de una vez. Los imagino solos, cada uno por su lado, y me duele. Los imagino juntos, y sé que lo van a lograr.

Ana no fue asesinada. Al menos no fue asesinada en los términos en que la Justicia describe y castiga el delito de asesinato. Ana murió después de un aborto clandestino. Tuvo un cuadro que se llama síndrome de Mondor, un aborto séptico que produce una infección fulminante, mortal en un altísimo porcentaje de los casos. Ana fue una de las tantas mujeres que componen ese maldito porcentaje. Saber que ella, a sus diecisiete años, quedó embarazada, no quiso seguir adelante con su embarazo y fue a interrumpirlo a un lugar clandestino, falto de seguridad e higiene, acompañada por una amiga de su misma edad, me hace sentir absolutamente responsable de su muerte. Yo soy culpable de la muerte de Ana. Es mi responsabilidad que ella no pudiera contarme que estaba embarazada y que no quería seguir adelante con ese embarazo. Yo debería haber estado allí para ayudarla a resolverlo en mejores condiciones. Me declaro responsable por no haber creado el clima de diálogo propicio con mis hijas. Nunca hablamos de este tema ni de tantos otros. Yo no mencioné jamás la palabra "aborto" en mi casa. Y acompañé con mi silencio el espanto de su madre, si alguien la pronunciaba. "Aborto" no era una mala palabra en nuestra familia, era una palabra prohibida. Me siento un hipócrita, porque por supuesto yo, de haber sabido lo que le pasaba a Ana, la habría ayudado a interrumpir ese embarazo. Lo habría hecho aun con la oposición de su madre, a quien el catolicismo la habría obligado a elegir entre su obediencia a Dios y su hija, y sé qué habría elegido. No es un reproche hacia ella a esta altura, Dolores hizo lo que pudo con tanto precepto que le metieron en la cabeza acerca del bien y del mal. Pero el bien y el mal, ustedes y yo lo sabemos, son términos relativos. Y las religiones, por lo general, no te dan permiso para pensar con tu propio criterio dónde está lo uno y lo otro.

Yo debí haber sido un padre confiable para Ana, debí haberle enseñado que creyera en ella y en su propio criterio, debí haberla educado para que no sintiera vergüenza por no estar de acuerdo con todo lo que pregona la religión que le inculcamos. Y, mucho menos, lo que pregonan sus curas. Ni con respecto al aborto, ni con respecto a ninguna otra cuestión en las que las religiones te obligan a pensar en una sola dirección, de una manera colectiva e irracional. Por lo que debí haber hecho y no hice, yo, su padre, soy responsable de la muerte de Ana. Ése es mi oprobio. Y no lo digo para victimizarme. Por favor, no sientan pena de mí. Éste es mi último acto de dignidad, reconocer mi error: el daño que se puede hacer al otro cuando no lo dejamos elegir más camino que aquel que nosotros creemos correcto.

Seguramente se preguntarán por qué, entonces, si en términos penales nadie mató a Ana, se tomaron el trabajo de quemar su cuerpo y descuartizarlo. Ahí empieza la otra parte de la verdad. El embarazo de Ana fue consecuencia de una relación que había tenido con Julián, en el campamento del verano anterior a su muerte. Lamento que, al hablar de Julián, pueda provocar un daño particular en Mateo. Pero no hay forma de contar esta historia sin mencionar a su padre. Hablé con Julián cuando supe la verdad, y lo reconoció. Qué otra cosa podía hacer ante la evidencia. En el momento en que Ana quedó embarazada, él estaba en el seminario con el proyecto de ser sacerdote. Me confesó que la noticia lo noqueó. Que, por entonces, de ninguna manera estaba en sus planes dejar el seminario. Se encargó de señalar que no estaba de acuerdo con el aborto. Incluso usó la palabra "pecado". Para Julián, el aborto es, según dijo, un pecado mortal. Él se justifica sosteniendo que, a pesar de sus creencias, respetó la decisión de Ana. Que lo que hizo fue permitir que ella hiciera lo que había decidido hacer. Según Julián, "con absoluta libertad". Una frase poco feliz al referirse a una chica de diecisiete años a la que largó sola y a su suerte para que le practicaran un aborto, en un lugar siniestro que no cumplía con ninguna norma de salud. Y a la que, horas después, dejó morir mientras la infección avanzaba por su cuerpo.

Julián afirma que, para él, quienes quemaron y descuartizaron a Ana son los responsables de esa clínica clandestina, que lo hicieron para ocultar la causa de la muerte y su responsabilidad. No le creí; temblaba cuando me lo decía, le sudaban las manos. Pero no pude lograr, ni esa primera vez que hablamos, ni las siguientes, que me dijera qué más sabía. Sólo lloraba y decía: "Yo no lo hice, yo no lo hice". Y eso sí le creí, porque Julián no tiene agallas suficientes para descuartizar un cuerpo. No hablo de que tuviera conciencia de lo aberrante de ese acto, yo creo que su conciencia le hubiera permitido hacer cualquier cosa. Hablo de que no tiene valor. Por mucho que asegure que calló para proteger "la memoria de Ana", a él también le convenía que no se supiera de qué murió mi niña.

Junto a un forense que contraté para revisar el caso, elaboramos algunas hipótesis acerca de quién puede haberlo hecho por él, con encargo de Julián o no, en un intento de ayudarlo. Hicimos un listado: su padre, sus hermanos, algún compañero del seminario. Fui varias veces a Electrodomésticos Varela a enfrentarme a su familia. Iba y, cuando me atendían, me quedaba mirando a quien tenía frente a mí en silencio, esperando ver en sus ojos alguna reacción que lo declarara culpable. Pero debo reconocer que lo único que advertí fue compasión, una compasión paciente por este viejo, al que seguramente consideraban un loco.

Julián, como yo, y por más que no haya descuartizado y quemado a Ana, es responsable de su muerte. Porque no la acompañó, porque no la cuidó antes, durante y después de su embarazo, porque dejó que se muriera. Él sabía, y no hizo nada.

A Carmen no puedo entenderla, me resulta incomprensible que —sabiendo la verdad— se haya casado con él. Aunque es mi hija, la siento lejana, una desconocida, alguien con quien no podría mantener una relación de amistad. Lo sentí siempre, pero intenté negarlo; un padre, dicen, debe querer a sus hijos por igual. Me decía a mí mismo que lo que nos separaba era su profunda, casi fanática, fe católica. No era sólo eso. Después de que Julián me confirmó su participación en la muerte de Ana, ya no pude negar que Carmen y yo pertenecemos a dos mundos distintos. Ella sabía por qué murió su hermana, él le contó; Carmen lo perdonó y calló. Hay algo en ese pacto que se me escapa, algo oscuro que percibo en la pareja que formaron y que no puedo descifrar. O no quiero descifrar, o no me atrevo. Lo que los une como dos seres inseparables, como si fueran uno solo, es para mí un misterio. No es amor, el amor no se puede cimentar en algo tan turbio. No logro avanzar más allá de esa oscuridad que percibo en ellos.

Creo que cada uno de nosotros llega a la verdad que puede tolerar. Y, parado allí, no se atreve a dar otro paso. Es un límite que pone nuestro propio instinto de conservación. El mío, por más que me queda tan poco de vida, me permitió llegar sólo hasta lo que les cuento. Y no los perdono, ni a Julián ni a Carmen, por nada de lo que pasó antes y después de la muerte de

Ana. No les disculpo que no hayan dicho lo que sabían, que hayan permitido que, durante treinta años, me pasara el día y la noche preguntándome quién había matado a mi hija y por qué.

Permítanme una reflexión más. En la historia de Ana, hay una gran paradoja: para la ley, la única que cometió un delito es ella, porque abortó. Y los médicos que la ayudaron a abortar. Legalmente, yo, su padre, que permití que creciera en un ambiente donde no se podía mencionar la palabra "aborto", no soy culpable de ningún delito. Ni su madre, que ponía la religión por encima de todo y de todos. Ni Julián, que la dejó morir sola. Ni Carmen.

Hasta aquí lo que sé de la muerte de Ana. Espero haber hecho bien en contárselo. Sé que ustedes, juntos, podrán con esta verdad.

Ahora hablemos del amor. Quiero confesarles que, a pocos meses de mi muerte, me enamoré. Creo que me enamoré por primera vez en la vida. Porque lo que siento no es comparable con lo que creí que fueron amores anteriores. Ni siquiera con lo que sentí hace muchos años por tu madre, tu abuela. Cuando Dolores y yo empezamos a estar juntos, éramos dos niños de quince años. Y luego seguimos casi por costumbre, por cariño, por imposibilidad de pensar que el amor era otra cosa. En cambio, ahora sé que sí. Me enamoré de Marcela, la amiga de Ana. Espero que no me reprochen la diferencia de edad. Sé que no lo van a hacer. Marcela no sabe que estoy enamorado de ella. O lo sabe, pero lo olvida. Porque, a partir de un golpe que recibió el día de la muerte de

Ana, tiene una amnesia anterógrada que le impide recordar los nuevos sucesos de su vida. Por ejemplo, no puede recordar que ayer, o incluso hace unas horas, un señor mayor le dijo que la amaba. Que se lo dice cada día, cuando nos despedimos: "Yo te amo". Y se lo seguiré diciendo hasta el día que me muera. A diferencia de otras cosas, le pido que esto no lo anote; anotar en una libreta es la única manera que tiene de "recordar". Porque siento que así será libre, que cada día podrá decidir si ella también me ama o no, y yo tendré la oportunidad de ver, como un regalo repetido, ese brillo en sus ojos que sólo aparece cuando uno se sabe amado por primera vez.

Marcela fue quien acompañó a Ana a hacer el aborto. Es en quien mi niña pudo confiar. Y Marcela no la defraudó. Estuvo con ella, le tomó la mano en aquella camilla, la ayudó a volver a casa. Ana murió en sus brazos, en la iglesia, mientras Marcela la acariciaba. Cómo no estar enamorado de ella.

Y, por último, la fe. Sé que los dos son ateos. Hemos compartido lecturas que yo mismo les recomendé. Me alegro de que hayan tomado la decisión de cortar con las cadenas a las que estaban atados por mandato de una religión que les impuso nuestra familia. Hay que ser valiente para no creer en nada, yo estoy orgulloso de ustedes. Los admiro. Así y todo, antes de partir, debo confesarles que, aunque desde la razón me digo que no existe dios alguno, a veces dudo. O quiero dudar. Tal vez, si tuviera otra edad, o si no me hubieran diagnosticado un cáncer que me acerca cada día un poco más a la muerte, yo también me podría declarar ateo. Pero no lo hice a su tiempo, y hoy tengo ochenta años. Y me voy a morir en pocos días. Entonces, necesito creer. Deseo creer.

Quizás la fe sea otra trampa ingenua, en una vida sostenida por distintas trampas ingenuas. Quisiera, cuando terminen mis días en la Tierra, sorprenderme con que sí hay algo más. Un lugar creado por el dios que sea, de la religión que sea. O por nosotros. Un lugar donde encontrarnos otra vez y para siempre. Puede ser el aire, o el agua, un atardecer o el corazón de los que quedan vivos. Que a ese "dios", o como quieran llamarlo, cada uno le construya su propia catedral. Me imagino que la catedral de Marcela sería una construida con mariposas negras. La de Ana, una empapelada con sus dibujos. La de Lía, una catedral en la que los ladrillos de las paredes sean libros; ladrillos móviles, que puedan retirarse para ser leídos sin que la catedral se venga abajo. La de Mateo, una hecha de preguntas, donde un signo de interrogación se engancha con otro en una cadena sin fin. La mía, una catedral levantada con las palabras que quiero llevar conmigo a donde vaya. En las paredes estamparé algunas de las que más me gustan: "santarritas" y "buganvillas", por ejemplo. Y sus nombres, "Lía", "Mateo".

Allí estaré. Tal vez, algún día, nos encontremos en mi catedral o en la de ustedes. Y ojalá que, convertidos en lo que entonces seamos, podamos reconocernos por nuestra esencia, por lo que fuimos, por lo que siempre seremos.

Espero volver a verlos. Y a Ana, mi pimpollo, que no mereció morir. Si no, será que ustedes, mis ateos queridos, son los que tienen razón y luego de esta vida, mal que me pese, no hay nada más.

Los quiero, siempre.

Alfredo

Agradecimientos y menciones

Gracias.

A los primeros lectores de *Catedrales*: Marcelo Piñeyro, Marcelo Moncarz, Débora Mundani, Karina Wroblewski, Ricardo Gil Lavedra, Lucía Saludas, Tomás Saludas.

A Tomás Saludas, gracias también por detectar pasajes de la Biblia que ilustraron situaciones de esta historia y me ayudaron a componer personajes a través de las palabras justas.

A los profesionales Edurne Ormaechea, Pedro Cahn y Leandro Cahn, que me dieron precisiones acerca del síndrome de Mondor. A los especialistas Laura Quiñones Urquiza y Roberto Glorio, que respondieron mis preguntas acerca de un tema que me apasiona: la criminalística y lo forense. Y a los psicólogos Graciela Esperanza y Fernando Torrente, que me ayudaron a imaginar cómo piensan y por qué actúan algunos de los personajes de esta historia.

A los amigos y colegas españoles Berna González Harbour y Carlos Zanón, que amablemente despejaron mis dudas acerca de ciertos usos de nuestra lengua a un lado y otro del océano.

A mis amigas escritoras que, sentadas en algún café o paseando por alguna ciudad, escucharon esta historia y me alentaron frente a mis dudas: Samanta Schweblin, Rosa Montero, Cynthia Edul.

A Guillermo Martínez, escritor y amigo, a quien le agradezco no sólo las charlas acerca de esta novela sino de tantas otras cosas: el oficio de escribir, la situación del escritor, las políticas culturales, la familia, el país y, ahora también, el feminismo.

A Marcos Montes, por la paciente y precisa corrección del primer borrador de esta novela.

A mis editores Julia Saltzmann, Julieta Obedman, Pilar Reyes Forero y Juan Boido.

A Bárbara Graham y Guillermo Schavelzon.

La frase de Emerson que elegí como epígrafe de la novela aparece como cita en el libro *El espejismo de Dios*, de Richard Dawkins.

La cita de Borges que encabeza la parte "Mateo" integra una de las respuestas que el escritor le dio a Antonio Carrizo en las entrevistas que figuran en el libro *Borges el memorioso. Conversaciones de Jorge Luis Borges con Antonio Carrizo.*

En cuanto a Raymond Carver, mi más profunda admiración a sus cuentos en general y a "Catedral" en particular, al que tanto le debo, empezando por el título de esta novela.

Índice

Catedrales de Claudia Piñeiro
se terminó de imprimir en marzo de 2022
en los talleres de Impresos Santiago, S.A. de C.V.,
Trigo No. 80-B, Col. Granjas Esmeralda,
Alcaldía Iztapalapa, Ciudad de México, México.